民國文化與文學_{研究文叢}

研究
文叢

十 四 編

李 怡 主編

第 2 冊

「我們由中世紀跨進了現代」
——民國文學簡論（下）

賈 振 勇 著

國家圖書館出版品預行編目資料

「我們由中世紀跨進了現代」——民國文學簡論（下）／賈振勇
著 -- 初版 -- 新北市：花木蘭文化事業有限公司，2021〔民
110〕
目 4+164 面；19×26 公分
（民國文化與文學研究文叢　十四編；第 2 冊）
ISBN 978-986-518-513-8（精裝）
1. 中國當代文學 2. 文學評論
820.9　　　　　　　　　　　　　　　　　110011206

ISBN-978-986-518-513-8

9 789865 185138

民國文化與文學研究文叢
十四編　第二冊　　　　　　　ISBN：978-986-518-513-8

「我們由中世紀跨進了現代」
——民國文學簡論（下）

作　　者　賈振勇
主　　編　李怡
企　　劃　四川大學中國詩歌研究院
總 編 輯　杜潔祥
副總編輯　楊嘉樂
編　　輯　許郁翎、張雅淋、潘玟靜　美術編輯　陳逸婷
出　　版　花木蘭文化事業有限公司
發 行 人　高小娟
聯絡地址　235 新北市中和區中安街七二號十三樓
　　　　　電話：02-2923-1455 ／傳真：02-2923-1452
網　　址　http://www.huamulan.tw 信箱 service@huamulans.com
印　　刷　普羅文化出版廣告事業
初　　版　2021 年 9 月
全書字數　293106 字
定　　價　十四編 26 冊（精裝）台幣 70,000 元　　　版權所有・請勿翻印

「我們由中世紀跨進了現代」
——民國文學簡論（下）

賈振勇 著

目

次

第三章　從虛妄中站起：創傷體驗與 茅盾早期小說

　　本文所謂茅盾早期小說，是指從 1927 年 8 月下旬開始創作《幻滅》到 1932 年 12 月上旬《子夜》完稿這五年間的小說。如此界定，是因為這個時段既是確立茅盾著名文學家社會角色的過程，也蘊含茅盾小說創作的一個本質性內在邏輯發展線索：文學和政治、理性和審美、頹廢和抗爭、虛無和理想的對立與衝突。在促成和化解這些巨大內在矛盾的諸因素中，創傷體驗及修復產生了舉足輕重的更為隱蔽的精神和心理能量。作為反向心理刺激力的創傷體驗與茅盾早期小說的內在關係長期被忽視，即使論及者也往往一筆帶過，比如夏志清謂之「絢爛中帶有哀傷」[註1]，但並未深究為何哀傷、如何哀傷、哀傷又如何造就絢爛。

一、「矛盾」起源於童年

　　王德威在《革命加戀愛——茅盾，蔣光慈，白薇》中認為：「這幾位作家不僅在小說世界裏建構他們的革命加戀愛，也同時在現實世界裏身體力行，（有意或無意的）搬演一場又一場『革命加戀愛』的好戲。只有透過歷史與虛構交錯的閱讀行為——即把生命看成實中有虛的建構，把小說看成虛中有實的生命——我們才有可能瞭解『革命』與『戀愛』在現代中國文學史上的複雜意義。」[註2] 對茅盾而言，生命的虛實既是現實和文本的互動，又是因

〔註 1〕夏志清：《中國現代小說史》，復旦大學出版社 2005 年版，第 114 頁。
〔註 2〕王德威：《現代中國小說十講》，復旦大學出版社 2003 年版，第 95～96 頁。

果的積澱和淵源的變形,更需閱讀「歷史與虛構交錯」背後更複雜的深層內在因素,如何誘發創傷體驗的形成與修復,從而激發人與文的虛實交錯,從而形成歷史與虛構交錯中的斑駁人性光暈和人文景觀。

如果暫不考慮創傷體驗與各種誘因之間的互動關係,僅從創傷體驗的承受能力看,個性機制、人格特徵無疑是一個重要內在前提。茅盾個性機制和人格特徵中最顯著的,是強勢理性、知性生命創造力和弱勢感性生命創造力之間的統一對立。茅盾日後備受創傷體驗煎熬,很大程度上取決於童年時代就漸次形成的矛盾個性機制所造就的獨特感受和體驗方式。

一般來說,大多數人童年體驗的形成與父母關係極大。所謂「嚴父慈母」所傳達的,不僅是父母形象問題,更是父母對兒童的塑造、引導和影響功能。對茅盾而言,父母形象的塑造、引導和影響,和正常未成年人相比嚴重失衡。茅盾記憶中的父親不是一個強勢形象,又因「父親的三年之病」,父親不但不能以強勢形象對未成年茅盾的人格、意志等精神構成產生示範和激勵,反過來還可能產生潛移默化的消極影響。父親對茅盾的積極影響主要是理性設計方面,比如「大丈夫當以天下為己任」的教導。就人格機制、情感傾向、意志強弱等非理性精神層面而言,母親對茅盾的影響不但是全能的,某種程度上還是強勢女性對弱勢男性的壓抑和遏制,茅盾人到中年曾感慨「在二十五歲以前,我過的就是那樣的在母親『訓政』下的平穩日子」〔註3〕,晚年還自陳「幼年稟承慈訓而養成之謹言慎行,至今未敢怠忽」〔註4〕,都足以說明強勢母親形象給茅盾留下多麼深刻的記憶和影響。

茅盾的母親堪稱女強人。「沈老太太確是一位個性倔強的人物,而且彷彿還有點近乎冷酷,所以一般和她接觸的人,常會感覺得一種冷峻的壓抑」〔註5〕,孔另境的印象尚且如此,茅盾自不待言,讀讀《我的家庭與親人》《我的學生時代》,不難判斷出強勢母親如何影響與塑造了未成年茅盾。人們往往讚頌母愛偉大,可是母愛有時也會對未成年人的心理成長和精神塑造形成壓抑和剝奪,未成年人的心理和精神世界未必會依照母愛的理性邏輯指

〔註3〕茅盾:《我的小傳》,《茅盾專集》第一卷上冊,福建人民出版社1983年版,第353頁。

〔註4〕茅盾:《〈我走過的道路〉序》,《茅盾專集》第一卷下冊,福建人民出版社1983年版,第951頁。

〔註5〕孔另境:《一位作家的母親──記沈老太太》,《茅盾專集》第一卷上冊,福建人民出版社1983年版,第37頁。

標發展。現實生活中缺失父親形象，本來就易造成男性未成年人陽剛之氣的匱乏，茅盾性格中謹慎、穩重、膽怯、懦弱等特點，顯然與家庭結構中父親角色的實質性缺位關係至大。儘管母親具備「嚴父兼慈母」雙重角色，但也只是父親部分職能的替代。男權女權在現實生活中不僅是一種性別展示，更是一種日常政治實踐。母親的全能角色，一方面使未成年茅盾能按照父親遺囑（理性教導）循序漸進成長，另一方面也使未成年茅盾難以辨清和習得男女角色在家庭和社會中各得其所的形象定位。茅盾的女性化精神氣質（如宋雲彬戲稱「孔太太」、史沫特萊所謂 a young lady）是否與父親缺位、母親全能家庭結構中形成的童年體驗有關？「恂恂小丈夫的氣度」實乃造化弄人所致，茅盾生命中最重要的女人，無論個性、精神氣質還是社會能力，都氣勢如虎：強勢的母親，強勢的妻子，強勢的情人。不必責怪母親在茅盾成人歷程中的霸權角色，如果沒有母親的強勢引導和干預，未必會有大成功者茅盾。

　　需要特別指出，如果從戀父戀母情結審視，在沒有「父與子」衝突的人生境遇中，茅盾的戀母情結混合著依賴和叛逆雙重取向。母親的強勢全能角色，固然易使未成年茅盾產生性別角色的認知錯位和體驗偏執，但也會反向激勵未成年茅盾嚮往與渴慕強勢男性形象。未成年茅盾胸有大志、壯懷激烈的一面亦不容小覷，這既是源於父親的理性教導，也是出於對強勢男性角色的嚮往，還來自性別的社會認同慣例的矯正。這在他少時的國文中略見一斑，以至於老師讚歎：「行文之勢，尤蓬蓬勃勃，真如釜上之氣」，「慷慨而談，旁若無人，氣勢雄偉，筆鋒銳利」，「目光如炬，筆銳似劍，洋洋千言，宛若水銀瀉地，無孔不入」，「此子必成大器」。〔註6〕少時茅盾也因此萌生「著作一種偉大小說，成一名家」的志願。〔註7〕如此雄心壯志和成名欲望，既符合社會慣例對男性發展的指標和評判，也展示出茅盾精神結構和心理模式中強勢的理性和知性生命創造力的那一面。

　　如果說「稟承慈訓，謹言慎行」體現的是他個性中穩重、柔順、懦弱、自保等內斂的側面，那麼「大丈夫當以天下為己任」的雄心壯志則顯示了他個性中強勢、外傾和擴張的那面。這種性格組合，有沒有隱含他人格機制中那個「矛盾」的種子？有沒有孕育他早期作品精神品格和藝術氣質的萌芽？如

〔註6〕桐鄉市茅盾紀念館編：《茅盾文課墨蹟》。
〔註7〕志堅：《懷茅盾》，《茅盾專集》第一卷上冊，福建人民出版社 1983 年版，第47 頁。

果說謹言慎行、循規蹈矩常與強烈的自我實現意識產生矛盾，如果說這種矛盾在平和的日常狀態能找到折衷、妥協辦法，那麼在激烈的非正常狀態又如何協調？茅盾耄耋之年所謂「中年稍經憂患，雖有抱負，早成泡影」〔註8〕，彷彿輕描淡寫，但那段驚心動魄的非正常的不可抗拒的激烈狀態中他遭遇了怎樣驚心動魄的心靈苦痛？他又怎樣忍耐並漸漸修復了心靈創傷？

　　童年體驗作為人生的原型經驗，奠定的是一個人基本的心理認知、感受和體驗框架與模式。創傷體驗是一種心理認知和感受的效果，與個體心理承受能力關係極大，同類事件所誘發的心理效應也往往不同。如果說魯迅等人的童年體驗（特別是創傷體驗）與日後創作有明顯關聯，那麼茅盾在這方面則略顯隱曲和轉折。如果說魯迅童年體驗中突如其來的不可抗力發揮了作用，那麼茅盾更多的則是緩慢的潛移默化的累積效應，即使「助父自殺」事件，從茅盾的回憶推斷，也未必對他未成年心理產生強烈震驚與衝擊，如果造成創傷體驗也屬輕度。然而這種累積能量的潛移默化，卻為成年茅盾的精神結構、心理模式和人格機制，鋪就了生命底色，奠定了生存基調。

　　童年體驗作為人之初對世界的最早生命感受，之所以會成為以後諸種體驗的原型，就是因為早年的心靈震驚會不斷以變形的方式重現在生命形式的展開中，以置換的方式再現那種原初體驗。歷史的發展具有驚人的相似，人的生命形式的鋪展何嘗不是？未成年時代「訓政」下的平穩日子固然沒有多少驚濤駭浪，可是心靈的百般錯綜猶如靜默深淵下的激流，一旦遭遇狂風巨浪便會放大、擴散它的能量，原型也往往造就人生的定型。

二、政治創傷與文學想像力的解放

　　1927年國共分裂引發的政治創傷、精神虛無和生存危機，促成了茅盾生命的轉型。如果說母親「訓政」下的歲月，體驗的是循規蹈矩、循序漸進的安穩；如果說進商務、革新《小說月報》、從事共運、捲入大革命洪流，體驗的是獨當一面、叱吒風雲的豪邁；那麼大革命失敗遭遇的政治挫折，體驗的卻是理想失落後的幻滅、理性崩潰後的虛無、意志萎靡後的頹廢。如果說這次重大政治創傷之前，按照父母和自我的理性構想，他順應社會潮流基本能達到自我實現，性格組合中矛盾的各層面也能夠找到平衡與妥協；那麼這次政

〔註8〕茅盾：《〈我走過的道路〉序》，《茅盾專集》第一卷下冊，福建人民出版社1983年版，第951頁。

治遇挫導致的災難性後果，使他從內在精神世界到外在事業功名，都遭到毀滅性衝擊，墜入未曾有過的心理創傷和精神危機。過去的一帆風順終於被狂風暴雨擊碎，成年茅盾必須獨自去闖這人生的險關，過去從父母、社會習得的哪些人生體驗會被放大和擴展？哪些能夠助他一臂之力挽回人生的頹敗？

　　1927 年大革命失敗導致的政治創傷，對茅盾的確是突如其來。然而對大多數中國文人知識分子何嘗不是同樣猝不及防的血腥災難？為何同樣是政治遇挫的創造社、太陽社反而激情反彈、越挫越勇，揭竿而起提倡「革命文學」？人們常說性格決定命運，政治遇挫前的茅盾，即使何等意氣風發、指點江山，也沒有壓抑住強勢理性意志背後那些弱勢感性因素的萌動。從事早期共運、積極宣傳馬列期間，儘管獲得陳獨秀、李達、李漢俊等早期領導人的欣賞，但他似乎缺乏革命者所應有的堅定不移的意志、毫不猶豫的精神和奮不顧身的熱忱，鄭超麟回憶說：「我們做黨內工作的人對於沈雁冰的評價，認為他不是一個積極的黨員，但如果黨組織派給他什麼任務，他會毫不遲疑地完成的。」〔註9〕當他從共產主義發源地上海奔赴革命大本營廣州再奔赴革命中心武漢，轟轟烈烈的大革命在別人看來「含著無限的鼓舞」，可是在他（靜女士）眼中「那時的廣州是一大洪爐，一大漩渦。——大矛盾！」「這時的武漢又是一大漩渦，一大矛盾！」〔註10〕不是由此判定茅盾革命態度有問題，而是說當他踐行理性設計的夢想而鬥志昂揚時，他精神結構、心理模式、人格機制、情感取向等層面中那些弱勢的、內傾的因素並未泯滅，只是暫時被抑制在外部世界轟轟烈烈景象的陰影中，只是偶而發出對轟轟烈烈景象的迷惑和疑問。多年後他坦言「沒有做成革命家，所以就做了作家」〔註11〕，在促成他放棄革命家夢想轉而成為小說家的過程中，斷然不能缺乏這些迷惑和疑問及其背後那些精神力量的支撐。

　　政治創傷帶給茅盾的，首先是一種殘酷的心理事實和嚴重精神危機，是一種不想承受、無法承受卻又不得不承受的愴痛。在外部不可抗拒的強大摧毀性力量面前，他本來就充滿矛盾糾結的精神結構、心理模式、人格機制、情感取向、意志系統等內在層面，再也無法找到平衡和妥協之道；過去那些

〔註9〕鄭超麟：《回憶沈雁冰》，《懷舊集》，東方出版社 1995 年版，第 169 頁。
〔註10〕茅盾：《幾句舊話》，《茅盾專集》第一卷上冊，福建人民出版社 1983 年版，第 364、365 頁。
〔註11〕蘇珊娜・貝爾納：《走訪茅盾》，《新文學史料》1979 年第 3 輯。

因強勢理性、知性生命創造力勃發而被抑制的弱勢感性生命創造力，終於在無奈的苦痛心境下有了大展風采的機遇。殘酷的心理創傷和精神危機，對小說家茅盾的誕生，是一種誘因和起點。

　　人遭遇創傷體驗的第一個本能反應，大概都是療傷。十字街頭的血雨腥風，廬山牯嶺的清風明月，人生理想的破碎，成了啟動過去被壓抑的精神資源和心理能量、從事文學創造的導火索，於是有了《幻滅》《動搖》和《追求》。大約一年後他回首那段慘痛的心路歷程，依然沉重不堪：「經驗了動亂中國的最複雜的人生的一幕，終於感到了幻滅的悲哀，人生的矛盾，在消沉的心情下，孤寂的生活中，而尚受生活執著的支配，想要以我的生命力的餘燼從別方面在這迷亂灰色的人生內發一星微光，於是我就開始創作了。」〔註12〕1927 年的國共分裂，轟毀了沈雁冰作為一個政治活動家的夢想，但一個署名茅盾的作家卻就此站在現代中國文壇，正如安敏成所說：「沈政治上的失敗，以及由此導致的他對政治現實內部複雜的張力（或矛盾）的領悟，在某種意義上解放了他的文學想像力。」〔註13〕文藝是苦悶靈魂的象徵，茅盾早期小說既是政治遇挫、創傷體驗的產物，也是他生命意志和精神苦悶的轉移與再生，還是過去被壓抑的弱勢感性生命創造力的擴散與放大。

　　《蝕》三部曲的創作，不但幫助他療救了近於崩潰的靈魂，也解決了因政治災難無法謀職的生計問題，更重要的是確立了茅盾作為著名文學家的社會角色和地位（當時大多數人尚不知茅盾即是沈雁冰）。然而這次生命轉型卻是「不得已而舞文弄墨」：「我對於文學並不是那樣的忠心不貳。那時候，我的職業使我接近文學，而我的內心的趣味和別的許多朋友──祝福這些朋友的靈魂──則引我接近社會運動。我在兩方面都沒專心，我在那時並沒想起要做小說，更不曾想到要做文藝批評家。」〔註14〕與其說這是過往經驗的回顧與總結，毋寧說是以後狀態的預言和寫照。當頹廢、幻滅和虛無等創傷體驗誘發了他那本來處於弱勢的感性生命創造力，這種感性生命創造力又誘發了他的藝術才情；當藝術才情轉化為虛構的小說世界從而對實然世界發揮作

〔註12〕茅盾：《從牯嶺到東京》，《茅盾專集》第一卷上冊，福建人民出版社 1983 年版，第 331 頁。

〔註13〕安敏成：《現實主義的限制：革命時代的中國小說》，江蘇人民出版社 2001 年版，第 125 頁。

〔註14〕茅盾：《從牯嶺到東京》，《茅盾專集》第一卷上冊，福建人民出版社 1983 年版，第 332 頁。

用後，理想失落、理性崩潰、意志萎靡後的頹勢被遏制住，曾經一度潰敗不堪的理性世界的那些外傾趣味也悄悄復蘇。

對茅盾影響巨大且使他陷入更深焦慮狀態的，與其說是《蝕》帶來的掌聲，毋寧說是嚴厲的批判。這批判深深刺激了曾熱衷於社會政治活動的茅盾，使他自感政治消極的自卑，激發他去辯解，同時也勾起他恢復理性和知性生命創造力的欲望。本來，《蝕》三部曲是作者目睹「性與革命」的能量激情釋放後，在別人看到小資產階級知識分子灰色軟弱的地方，在別人貶斥的革命加戀愛的緋色漩渦中，以小說這種藝術形式營造了動盪年代「性與革命」對人的生存的支撐和潰敗；本來，《蝕》是作者精神世界中那些理性教條和禁忌被徹底轟毀後，在創傷體驗刺激下感性生命創造力借助小說藝術的一次爆發，是他情感世界一次藝術上的原生態展露。

然而矛盾在於，當政治遇挫導致沉重創傷時，他對宏大理性設計產生了幻滅感；當借助小說創作恢復元氣後，在此起彼伏的批判聲中又對自己的頹唐狀態產生了懷疑；他當然不贊成錢杏邨們的抨擊，但又無法否認和錢杏邨們在大方向上的一致：「批判者認為整篇的調子太低沉了，一切都幻滅，似乎革命沒有希望了。這個批評是中肯的。但這並非我的本意。」〔註15〕這話儘管是半個世紀後所言，基調卻和當年的《從牯嶺到東京》一致。

《從牯嶺到東京》表面是對批評之聲的回應，內裏卻是對自我內心世界的一次清理。細讀全文，第一到第六部分一直都在訴說怎樣創作三部曲，絮絮叨叨中充滿混亂與矛盾，一會說小說有自己的悲觀思想情緒，一會又強調小說反映了「客觀的真實」；第七部分從理論上批駁左翼激進派革命文學觀念的淺陋與教條；到第八部分才圖窮匕見：「悲觀頹廢的色彩應該消滅了，一味的狂喊口號也大可不必再繼續下去，我們要有蘇生的精神，堅定的勇敢的看定了現實，大踏步往前走，然而也不流於魯莽暴躁。」〔註16〕顯然在茅盾的理性自覺意識中，既不滿意錢杏邨們粗暴簡單的指責，也不滿意自己「竟做了這樣頹唐的小說」。這份文獻的複雜、微妙之處在於，既是他對錢杏邨們橫暴批判的答覆，也是他的自我辯解、自我說服、自我表白和自我宣示，更是他對理性、知性生命創造和感性生命創造力之間複雜糾葛進行自我調節的

〔註15〕茅盾：《創作生涯的開始——回憶錄〔十〕》，《新文學史料`》1981年第1期。
〔註16〕茅盾：《從牯嶺到東京》，《茅盾專集》第一卷上冊，福建人民出版社1983年版，第345頁。

思想備忘錄。

因《蝕》而招致批判，是茅盾精神歷程的又一個界標。過去的研究多側重將茅盾和太陽社創造社論戰納入革命文學論爭加以分析，闡述茅盾和左翼激進派對革命文學如何生成、發展的分歧。其實分歧不過是五十步笑百步，並無本質衝突。這場論戰之所以對茅盾至關重要，標誌著他在文學領域開始集中面臨和處理理性與審美、文學與政治、頹廢與抗爭、虛無與理想的複雜矛盾糾葛。他當然不甘心長期陷於虛無、幻滅、頹廢等非理性的創傷體驗狀態而不能自拔，然而又不甘心放棄由虛無、頹廢、幻滅等所激發的藝術創造力和審美誘惑力。與其說是和錢杏邨們論戰，毋寧說是感性的茅盾和理性的茅盾、文學的茅盾和政治的茅盾在辯駁，是他人格機制中內斂的、內傾的層面和外傾的、擴張的層面在爭鋒。這種辯駁和交鋒，一直延續到《子夜》的創作。甚至《腐蝕》和《霜葉紅似二月花》中，那憂鬱、內向和感傷的一面也驚鴻一瞥，泛起精彩漣漪。

三、創傷療救與理性復甦

政治創傷體驗激發、誘導茅盾進入了一生中最重要的文學創造階段：「一九二七年九月，我開始做小說，到現在已經整整五個年頭了。五年來，除了生病，（合算起來，這也佔據了兩年光景）我的精神時間，幾乎完全在小說的構思與寫作。」〔註17〕令人奇怪的是，他認為這五年自己「里程碑」的作品竟然是《創造》《陀螺》《大澤鄉》《林家鋪子》《小巫》。如果不是出於《茅盾自選集》的編選要求，那只好理解為這五篇小說證明了他「這幾年來沒有被自己最初鑄定的形式所套住」。〔註18〕他在許多文章中一再聲稱「沒有一篇自家得意的」作品、希望「能夠寫成更像樣些的作品」，這一方面可視為自謙，另一方面也顯示他深深憂慮自己的創作與所期許的「真正的深刻和獨創」的確還有很大距離。不管怎樣，這五年既是茅盾集中精力進行創作並達到巔峰的時期，也是他時時感受到創作瓶頸並努力尋求突破的時期。但突破口真在於他所致力的題材和描寫方法嗎？題材和描寫方法等小說形式的突破，能幫助他寫出期許已久的「真正深刻和獨創」的里程碑作品嗎？

〔註17〕茅盾：《我的回顧》，《茅盾專集》第一卷上冊，福建人民出版社1983年版，第354頁。

〔註18〕茅盾：《我的回顧》，《茅盾專集》第一卷上冊，福建人民出版社1983年版，第357頁。

「茅盾是一位理智勝於情感的人，所以他能理智地分析現象，把握事實，他應付一切生活的遭遇幾乎是不大動感情的，但這並不是說他沒感情，他也具備一個文藝家所必須具備的熱烈豐富的情懷，不過他不是外爍而是內蘊罷了，否則他是寫不出這許多有血有肉的著作來的。」〔註19〕孔另境確乎知人論世。縱觀茅盾一生，理智勝於感情可說是他的生命常態，而感情勝於理智則罕有。恰恰是罕有的理智近於崩潰、感情趨於爆發的時刻，激烈的非正常狀態逼迫他進入小說創作這個精神避難所，他生命中的藝術創造力才被激發出來。或者說當沉重的創傷體驗襲來，精神陷入虛無、幻滅、頹廢狀態時，他只能借虛幻的藝術創造行為抵制現實的重壓、逃避理智的困頓，正如普實克所說：「將剛發生的事件以文藝形式表現出來，其主要動機是要找到一種傾吐充斥於這一代人的心中的情感和感受的方式，不然的話，他會被逼得發瘋的。」〔註20〕

激烈狀態總歸罕有，茅盾外爍的理智也總是勝於內蘊的感情。當他借虛幻的小說創造行為緩解了現實重壓和理智困頓後，他的強勢理性、知性生命創造力也開始展示強韌的修復能力。茅盾一再強調自己是「經驗了人生才來做小說的，而不是為了說明什麼才來做小說的」〔註21〕，最初的創作動機或許如此，可是當他從創傷體驗的陰影中慢慢復蘇，卻開始「為了說明什麼來做小說」。他把過去社會運動和政治實踐中無法預期實現的理性設計與夢想，轉移到文學領域，借小說這種藝術形式來思考和說明置身其中的世界以及這個世界帶給他的「矛盾」。但是，當理性、知性生命創造力以強勁勢頭介入本該是感性的藝術才情大放光彩的小說園地，他還能繼續保持創作《蝕》三部曲時的那股近乎原創的、原生態的、本能藝術創造力的宣洩嗎？王曉明的感歎入木三分：「他寫小說的最初目的主要是舔傷口，他是靠著藝術氣質對政治熱情的不自覺的壓制，才轉變為一個小說家的，說得誇張一些，其實是只有半個靈魂在支撐他作這種轉變。他能夠在《追求》裏那樣盡情地表現幻滅感，是因為那另外半個靈魂還沒有從創傷中恢復過來。但我知道這一半靈魂的頑強的生命力，它遲早總會緩過氣來。到那時候，茅盾還能保持現在這樣的藝

〔註19〕東方曦：《懷茅盾》，《茅盾專集》第一卷上冊，福建人民出版社1983年版，第54頁。

〔註20〕普實克：《茅盾》，《茅盾專集》第二卷下冊，福建人民出版社1983年版，第1523頁。

〔註21〕茅盾：《創作生涯的開始——回憶錄〔十〕》，《新文學史料`》1981年第1期。

術風姿嗎？」〔註22〕

　　茅盾後來說，為了向批判者辯解並表白革命必勝信念，「有意為之」寫了《創造》。暫且不論是否以後出於政治正確考慮對《創造》實施意義增值，額外賦予《創造》以革命必勝的創作意圖，但這個「有意為之」，卻是他精神世界中理性、知性生命創造力開始復蘇的一個萌芽。儘管《創造》寫於《追求》之前，但是《追求》彷彿廣陵散絕的最強音，創傷體驗達到極致宣洩後開始趨緩，從《創造》開始的「為了說明什麼來做小說」的意圖，開始逐漸盤踞在他小說創作的問題視野了。

　　《虹》是茅盾的理性、知性生命創造力重新崛起的重要標誌。《虹》向來被視為茅盾最出色的作品之一，既標誌著茅盾小說創作開始進入嚴密的理性設計和規劃的較成熟階段，又初步展示了理性設計和規劃所帶來的創作危機與困境，即如何妥善處理理性構想、理念取向和藝術才情天然流露之間的弔詭。作為一個複雜多維、氣韻生動、七情六欲皆備、性格猖介豐滿的小說人物，梅行素的形象塑造如何精彩，學界已經論述頗多，不必多言。需要特別指出，《虹》的後半部分與前半部分相比頗為遜色，也就是小說敘事中梅女士東出夔門之前蜀中歲月的描寫，要遠勝於梅女士到上海後逐漸「將身體交給第三個戀人──主義」的描寫。在《蝕》三部曲中「我們處處看到作者認識到人力無法勝天這回事」〔註23〕，而《虹》中虛無、幻滅、頹廢的精神色彩已經開始銷聲匿跡，進而「取了希臘神話中墨而庫里架虹橋從冥國索回春之女神的意義」〔註24〕。

　　茅盾將原稿寄給《小說月報》主編鄭振鐸時曾附信一封，細說小說的象徵和寓意：「『虹』是一座橋，便是春之女神由此認出冥國，重到世間的那一座橋；『虹』又常見於傍晚，是黑夜前的幻美，然而易散；虹有迷人的魅力，然而本身是虛空的幻想。這些便是《虹》的命意：一個象徵主義的題目。從這點，你尚可以想見《虹》在題材上，在思想上，都是『三部曲』以後將轉移到新方向的過渡；所謂新方向，便是那凝思甚久而終於不敢貿然下筆的《霞》。」〔註25〕且不論創作動機是出於某種精神寄託和象徵，還是作家親歷本事和小

〔註22〕王曉明：《驚濤駭浪裏的自救之舟》，《王曉明自選集》，廣西師範大學出版社1997年版，第141頁。

〔註23〕夏志清：《中國現代小說史》，復旦大學出版社2005年版，第104頁。

〔註24〕茅盾：《亡命生活──回憶錄〔十一〕》，《新文學史料`》1981年第2期。

〔註25〕茅盾：《亡命生活──回憶錄〔十一〕》，《新文學史料`》1981年第2期。

說虛構敘事之間是否互動，一個基本事實：不但《虹》的敘事虎頭蛇尾，所謂
「轉到新方向」、「不敢貿然下筆的《霞》」，最終也未動筆。茅盾的理由是「人
事變遷」〔註26〕。當年他曾在《虹》後記中悵惘：「或者午後山上再現虹之彩
影時，將續成此稿。」〔註27〕然而虹之彩影終未再現，姊妹篇亦未續成，與
秦德君分手是否是「人事變遷」的真正含義？

如何融會貫通理性與審美、文學與政治之間的弔詭，是茅盾小說創作的
真正障礙。《蝕》三部曲儘管存在小說結構等理性構思的不足，小說的精神氛
圍也充斥著矛盾、混亂和壓抑的感覺，但政治創傷導致的深刻苦悶，切切實
實促成了他藝術才情的爆發，他已經顧不上那些理性枷鎖的羈絆，急切地沉
浸到審美的激情體驗中尋求靈魂的休憩，從而小說充盈著原創的藝術激情與
魅力。到寫作《虹》時，理性和知性創造力已經開始指導他的創作，「他的苦
心不得不是繼續地探求著更合於時代節奏的新的表現方法」〔註28〕。

「時代性」是那時茅盾指導自己創作、進行文學批評的一個重要概念，《讀
〈倪煥之〉》中已有較為系統論述，不必贅言。問題是：他對所謂「時代性」有
多少切身的真實體驗？他過去那些刻骨銘心的人生經驗如何融匯到「時代性」
這個具有虛構性質的概念中？作為一種認識和理念的「時代性」概念和真實的、
原生的、自在狀態的「時代性」又有多少合拍？他的思想信仰、政治理念如何
與藝術真實達成高度契合？《虹》的創作之所以虎頭蛇尾（且不說是否與原型
胡蘭畦、秦德君有關），在於前半部分的精彩來自於他那尚未被社會政治理念
所整飭的藝術原初經驗的自然綻放，而後半部分的粗疏在於他理念中的「時代
性」與時代真實狀況、個體真實體驗的間離，夏志清可謂一針見血：「《虹》結
尾的失敗並非是由於茅盾鼓吹共產主義思想，而是他無法像在這部小說的前半
部中用寫實的和細膩的心理手法去為這種思想辯護。在最後一部分裏，無論在
思想上或情緒上的描述，已不復見先前那種真誠的語調了。」〔註29〕

經過半個世紀的人生歷練，茅盾都未意識到問題的要害：「梅女士思想情
緒的複雜性和矛盾性，不能不說就是我寫《虹》的當時的思想情緒。當時我

〔註26〕茅盾：《亡命生活——回憶錄〔十一〕》，《新文學史料`》1981 年第 2 期。

〔註27〕茅盾：《〈虹〉跋》，《茅盾專集》第一卷下冊，福建人民出版社 1983 年版，第
816 頁。

〔註28〕茅盾：《〈宿莽〉弁言》，《茅盾專集》第一卷下冊，福建人民出版社 1983 年版，
第 818 頁。

〔註29〕夏志清：《中國現代小說史》，復旦大學出版社 2005 年版，第 108～109 頁。

又自知此種思想情緒之有害，而尚未能廓清之而更進於純化，所以《虹》又只是一座橋。思想情緒的純化（此在當時白色恐怖下用的暗語），指思想情緒的無產階級化，亦即小資產階級知識分子的思想改造。」〔註30〕豈不知恰恰是「此種思想情緒之有害」、「尚未能廓清之而更進於純化」，才使他免於全面陷於「時代性」理念的虛構與幻覺，才能在作品中更真實地展示自己思想情緒的原生態，也更真實地表現小說人物的獨特藝術品格和複雜內涵。這種「有害」的、未達到「純化」的思想情緒，才符合作者的、歷史的和小說藝術的本真性與時代性，才是小說藝術創造的原初精神起點。《虹》正是在這樣的心理和精神支點上建構了一個具有豐富底蘊的藝術世界，這也是多年後讀起來讓人仍感到津津有味的藝術奧秘。

四、理性律令與審美想像的弔詭

如果說《蝕》三部曲是茅盾遭受嚴重政治創傷、理性近乎崩潰後的盡情發洩與審美慰藉，如果說《野薔薇》是茅盾度過精神危機後初步的心理調整和文學設計，如果說《虹》是茅盾的政治創傷修復、理性和知性生命創造力基本恢復風采的自我引渡之橋，那麼《子夜》就是茅盾雄心勃勃意圖用理性王國的精神律令駕馭文學創作的集大成者。

《子夜》向來被視為現代文學史上最重要的經典之一，1990年代以來卻面臨著「祛經典化」的文學史評價危機，概括說即：《子夜》缺乏一部偉大經典作品所應具備的審美資質和超越性文學內涵。近年來不少學者又試圖通過文本細讀來證明《子夜》的文學價值和審美本性。反、正兩方面觀點，以藍棣之《茅盾：〈子夜〉》、陳思和《浪漫‧海派‧左翼：〈子夜〉》為代表。表面看兩文對《子夜》的評價相左，然而出發點卻是一致，即《子夜》的藝術性問題：藍文從「文學水準」、「主題先行」、「現實世界與藝術世界」三個層面切入，針針見血地指出《子夜》作為偉大作品的不足，得出了那個在學界引發爭議的結論：「《子夜》讀起來就像是一部高級形式的社會文件」；陳文從「浪漫」、「頹廢」、「左翼」三個層面入手，深入挖掘《子夜》中精彩的、有個性的、能展示茅盾藝術家氣質和藝術能力的「優秀的因素」。〔註31〕

〔註30〕茅盾：《亡命生活──回憶錄〔十一〕》，《新文學史料》1981年第2期。
〔註31〕兩文分別載藍棣之：《現代文學經典：症候式分析》（清華大學出版社1998年版）、陳思和《中國現代文學名篇十五講》（北京大學出版社2003年版）。

　　其實對《子夜》評價的眾說紛紜，從它誕生之日起就已出現。如果沿用政治和藝術二分法視角看這些評論，1949 年前的研究和評論，在政治上藝術上的褒與貶比現在的還要多彩多姿，因為那時還沒有統一的法定意識形態來制約評論者暢所欲言。其中，政治評價方面影響最大的莫過於「瞿秋白模式」，直到今天大部分文學史和論文還在沿用瞿秋白的論調；藝術評價方面最獲茅盾青睞的是吳宓的《茅盾著長篇小說〈子夜〉》，今天卻幾乎被遺忘。茅盾對瞿秋白從政治閱讀角度進行的評價當然心懷感念，尤其是說《子夜》應用「真正的社會科學」來表現中國社會關係和階級關係，無異於視為革命文學的「扛鼎之作」。

　　但茅盾沒有忘記小說還是一種藝術，對《子夜》的藝術水準還頗為自負，或許是出於「謹言慎行」的習慣才很少表白與宣揚，半個世紀後他借追述吳宓的評價來表達藝術成就上的恨無知音賞：「吳宓還是吳宓，他評小說只從技巧著眼，他評《子夜》亦復如此。但在《子夜》出版後半年內，評者極多，雖有亦及技巧者，都不如吳宓之能體會作者的匠心」〔註 32〕。確如茅盾所遺憾的，後來的評論更是多著眼於《子夜》的題材、主題、結構、人物、篇幅甚至是氣魄，很少論及小說的藝術氣韻、美學意味和語言魅力。這與茅盾宣稱「大規模地描寫中國社會現象的企圖」〔註 33〕以及對小說創作動機、主題思想的反覆解說有關，也與當年左翼陣營特殊人物瞿秋白的評價和文學史寫作的政治意識形態要求有關，更與《子夜》呈現在受眾眼前的整體藝術面貌和主要閱讀印象有關，當然還與研究者們糾結於自然主義、寫實主義、現實主義等本來是西方人用來概括西方文學傳統的概念、標籤而不尊重小說文本有關。

　　正如茅盾所說：「大家一致讚揚的作品不一定好，大家一致抨擊的作品不一定壞，而議論分歧的作品則值得人們深思。《子夜》正是這樣。」〔註 34〕應該說，各持己見的評論者們都從某一角度把握住了《子夜》的部分真實，之所以產生分歧主要源自《子夜》文本的複雜與含混。當年韓侍桁的批評眼光

〔註 32〕茅盾：《〈子夜〉寫作的前前後後——回憶錄〔十三〕》，《新文學史料`》1981
　　　　年第 4 期。據沈衛威教授初步考證，茅盾所引吳宓這個材料，實乃趙萬里之
　　　　作。
〔註 33〕茅盾：《〈子夜〉後記》，《茅盾全集》第三卷，人民文學出版社 1984 年版，第
　　　　553 頁。
〔註 34〕茅盾：《〈子夜〉寫作的前前後後——回憶錄〔十三〕》，《新文學史料`》1981
　　　　年第 4 期。

頗為敏銳:「《子夜》不只在這一九三三年間是一部重要作品,就在五四後的全部新文藝界中,它也是有著最重要的地位。//它是一部偉大的作品,但是它的偉大只在企圖上,而並沒有全部實現在書裏。//它雖然有著巨大的企圖,但它並沒有尋到怎樣展開他的企圖的藝術」;而且他一再提及小說具有濃厚的羅曼蒂克色彩,儘管他是以此來批駁左翼所提倡的「新寫實主義」在《子夜》中得以實現的論調。〔註35〕韓侍桁的政治立場和批評目的暫且不論,但他卻觸及到《子夜》創作的一個主脈搏,即茅盾在小說創作中如何解決理性構想、政治意圖、社會分析、歷史觀念和藝術才情、個體經驗、審美嗜好、美學風格之間的緊張、對立關係。本文即從這個視點立意,探討茅盾的理性、知性生命創造力與感性生命創造力如何糾結於《子夜》的創作中,如何造就了《子夜》的小說生態系統和接受面貌。

必須首先確認,茅盾在小說藝術的理性構思方面的眼光、氣魄、雄心與能力,在近百年文學史上也是少見的。《子夜》對現代中國社會的敘事能力,不僅僅是過去研究中常常涉及的對都市、農村、工廠、機器、經濟、金融、舞廳、摩天大樓、聲光電化、階級鬥爭等等五花八門的現代社會具體形態的把握,更在於對這些現代社會具體形態背後的時間意識、空間意識的藝術布局和駕馭;對時空布局背後人與社會精神狀態的複雜糾葛的藝術領悟;對現代人置身於嘈雜的公共空間、個體置身於盲動的群體、個人受不可抗拒的社會動盪挾裏的無助、茫然和空洞感的藝術表現;對自我和他者在社會存在網絡中相生相剋的精神關聯與肉身依賴這一無奈事實的深刻藝術洞悉。如果意識到《子夜》小說敘事對諸如此類現代命題的展現,就可以理解顧彬為什麼說「茅盾用敘事形式提出的現代人的問題似乎只能從『歐洲』出發才能得到理解」。〔註36〕

《子夜》所追求的藝術哲學,那種對社會圖景和歷史流程充滿絕對自信的藝術把握企圖,那種「大規模地描寫中國社會現象的企圖」的理性慾望和衝動,實質上是西方現代性移入中國以來第一次大規模在現代中國文學領域的宏大藝術展現。這種宏大小說敘事的視野的全面性、內涵的包容性、藝術情調的含混與複雜性,迄今也不多見。如果同意黑格爾「小說是資產階級世

〔註35〕韓侍桁:《〈子夜〉的藝術,思想及人物》,《茅盾專集》第二卷下冊,福建人民出版社 1983 年版,第 944、945、956 頁。
〔註36〕顧彬:《二十世紀中國文學史》,華東師範大學出版社 2008 年版,第 106 頁。

界史詩」的說法，那麼《子夜》在創造現代中國資產階級社會史詩方面，確乎具有非凡的氣魄、眼光和藝術敏感。

最近 20 多年來受以「純文學」觀念為核心的審美意識形態影響，許多人誤以為是茅盾的強大理性能力妨害了《子夜》審美理想和美學企圖的鋪展，「茅盾被當前新一代的中國文學批評界輕率地貶低為概念化寫作的代表。而從世界文學的角度來看，他卻是一個技法高明的作家。」〔註 37〕其實技法再高明，也無法徹底彌補因藝術元氣分裂導致的創作困境。問題的關鍵在於茅盾依據理性能力所把握的那些所謂真理，是否與歷史真實尤其歷史精神達到高度一致。現在已經有充分的事實證明，當年所謂的唯物辯證法創作方法、新寫實主義、文學的黨性原則等創作理念，和社會圖景、歷史流程的複雜真實底蘊存在著多麼大的距離。

如果茅盾能找到一條既葆有強大的理性判斷和駕馭能力，又符合自我藝術個性和藝術才情的小說創作道路，而不是拘泥於理念尤其是政治判斷的束縛，拘泥於題材、方法和技巧的困惑，那麼《子夜》很可能會成為中國的《人間喜劇》《魯貢－瑪卡爾家族》《戰爭與和平》，茅盾也許就是中國的巴爾扎克、左拉和托爾斯泰，現代中國文學也將會有自己的批判現實主義高峰。遺憾的是，《子夜》的偉大藝術企圖的確沒有在小說中全部實現。《子夜》最終沒有達到小說藝術臻境的主要原因，就在於他強勢的理性、知性生命創造力和弱勢的感性生命創造力，無法和諧共生出強大的小說藝術原創力。《子夜》也就在明晰和邏輯中充滿了矛盾、倉促、含混與張力。

「沒有尋到怎樣展開他的企圖的藝術」，也就意味著這種企圖在藝術中將要弱化或萎縮。在茅盾對《子夜》創作的追述中，有一個常常被忽視卻隱藏著《子夜》創作過程遭遇難以克服矛盾、陷入困頓的情況，這就是他的創作計劃不斷壓縮：從都市——農村交響曲的《棉紗》《證券》《標金》，到縮減為只寫都市的《夕陽》（或《燎原》《野火》），到「再次縮小計劃」、「徹底收起那勃勃雄心」後成稿的《子夜》。他在《子夜》後記中解釋說「因病，因事，因上海戰爭，因天熱」才「倉卒成書」，其實這不過是託辭而已。真正的原因或許茅盾也難看清。壓縮寫作計劃的過程，是他「勃勃雄心」不斷衰退的過程，或者說他的理性企圖、特別是用「真正的社會科學」對社會現狀和歷史趨勢做出的分析和判斷，難以與小說創作的內在規律和形式要求達到水乳交融，

〔註 37〕顧彬：《二十世紀中國文學史》，華東師範大學出版社 2008 年版，第 112 頁。

所以最終要退而求其次。

就是壓縮計劃後成稿的《子夜》中，展示他的理性企圖的部分和體現他藝術才情、審美趣味的部分，也是分離而非共鳴的、人為嫁接而非自然生成的，以至於小說的斧鑿痕跡頗為明顯。顯然，他的個體藝術經驗和他的理性構想並不融會貫通，他的感性生命創造力和理性、知性生命創造力難以達到氤氳共生，他難以填平理性和審美、政治和文學之間的鴻溝。這條鴻溝是迄今境內現代中國文學家們一個難以跨越的坎，《子夜》當然是一個典型：「它的不滅的功績，是這本書給我們貧乏的文藝界中輸入了一種新的眼見，它的材料至少是從來未被取用過地新鮮的，而且它的缺點，也是一個首創者的光榮缺點，它的缺點將成為無數未來的作家的有益的借鏡。」〔註 38〕韓侍桁的評價，我以為至今有效。

《子夜》文本的複雜性和藝術性，也絕非理性企圖所能完全操控和替代。從文如其人角度看，《子夜》文本還是茅盾內在心理結構、精神徵兆、個性機制、情感取向的一個多維度的外在投射。雖然創作《子夜》時的茅盾已經徹底從創傷體驗中恢復過來，但是過往的人生經驗不會徹底消泯。尤其是沉浸到小說的具體寫作狀態時，儘管愴痛之感早已恍如隔世，但以往的是是非非、喜怒哀樂絕非過眼煙雲。時代女性、知識分子、小資情調、都市氛圍、燈紅酒綠、虛無頹廢等等親歷或目睹的那些人和事、情與境，對女性的迷戀、浪漫的追逐、弱勢心理的回味、文人惆悵的積習等等積澱或嚮往已久的那些內心的衝動和欲望，都在小說中泛起非凡的、天然的藝術魅力，構成了小說文本的精彩之處。

這些部分的描寫和敘事，彷彿不再聽命於理性律令的節制，而且採用的是當時屢受批評的「舊的」自然主義和羅曼蒂克手法，而非茅盾和他的左翼同仁們欣賞的新寫實主義。這些之所以成為小說中富有藝術魅力的部分，既在於裏面蘊藏著他深層的、甚至是無意識的人生體驗、衝動和欲望，又在於這是過去成熟創作經驗的風華再現，更在於他的感性生命創造力和小說藝術的表達規律達到了共鳴狀態。固然茅盾的理性企圖和設計，更是小說創作的重頭戲，比如人物塑造、結構和情節的設置、故事的展開等等，充分展示了他的理性、知性生命創造力所具有的宏大氣魄，然而這些部分的人為痕跡和

〔註 38〕韓侍桁：《〈子夜〉的藝術，思想及人物》，《茅盾專集》第二卷下冊，福建人民出版社 1983 年版，第 956 頁。

濃重匠氣也說明，茅盾並沒有找到合情合理表達他雄心勃勃的理性企圖和觀念設計的較完美的藝術方法。

值得強調的是，吳蓀甫是小說中能夠集中體現茅盾內在心理結構、精神徵兆、個性機制、情感取向等層面的外在投射的人物形象，充分體現了他的理性、知性生命創造力和感性生命創造力的複雜糾結。簡略來看這個人物的塑造，茅盾所謂原型取之於盧表叔以及從事工業的同鄉，當然是創作事實，但是考諸中外文學史任何一個成功小說人物的原型，其來源絕非單一，往往是雜取種種、合而為一，而且作者的主體意識往往也投射於小說人物。盧表叔是茅盾生命歷程中的貴人，或許從少年時代就成為茅盾心嚮往之而身不能至的強勢男性楷模，吳蓀甫身上有盧表叔的影子實屬情理之中。可是，「魁梧剛毅紫臉多皰」、「二十世紀機械工業時代的英雄騎士和『王子』」的形象塑造，「大的野心」、「冒險的精神」、「硬幹的膽力」的強人性格、氣質，難道沒有寄予著茅盾從童年時代就形成的對強勢男性的渴望和羨慕？難道不是在藝術的虛構王國實現了現實實踐中無法實現的理性設計中的那個期待的自我？難道沒有蘊含著對現實人生缺憾的某種藝術補償？

或許，關於吳蓀甫外強中乾的脆弱心理描寫更能說明問題。當吳蓀甫從資本家的角色退回到私人領域，特別是遭遇困境時的煩躁、沮喪、軟弱、陰鬱、恐懼、緊張、無奈等負面精神狀態的描寫，如果沒有深切的人生體會與深層的心理經驗，很難達到那麼栩栩如生、繪聲繪色的小說境界。這難道不是那個弱勢的、內斂的、感性的茅盾的自我鏡象和心理投射嗎？這難道不是他從童年、青年直到人生的壯年遭遇過的諸種負面人生體驗和心靈困境（特別是創傷體驗）的又一次藝術釋放和精神移情嗎？看來，一個成功小說人物的最重要、最原始的原型，莫不是作者心靈中的那個無意識的自我。

五、觀念枷鎖與創造力的衰退

茅盾回顧自己早期小說創作時曾言：「我所能自信的，只有兩點：一、未嘗敢『粗製濫造』；二、未嘗為要創作而創作，——換言之，未嘗敢忘記了文學的社會意義。這是我五年來一貫的態度。」〔註39〕然而態度不能決定一切，願望不能必然實現。綜觀茅盾創作歷程，他的不少小說不是虎頭蛇尾就是未

〔註39〕茅盾：《我的回顧》，《茅盾專集》第一卷上冊，福建人民出版社 1983 年版，第 354 頁。

竟之篇，很多雄心勃勃的創作計劃也難以實現，鮮有一氣呵成、酣暢淋漓之作，連《虹》《子夜》這樣的名篇都有匆促、未完之感。

是什麼原因造成茅盾小說創作的這種困境？他的藝術才華在什麼樣的情境中才能較為淋漓盡致地發揮出來？我以為《蝕》三部曲可以說是一個難得的例外。「凡讀過他的《追求》《動搖》《幻滅》的，莫不感到強烈濃厚刺戟神經的時代性的麻醉酒味，輕盈活潑舞態翩翩的流利文字，抑鬱悲恨的熱情，和一腔不可發洩的慨歎」〔註40〕，雖然半個多世紀時光流逝，可是這半個世紀之前的審美閱讀體驗至今令人心有戚戚焉。由此我們也可以看到，茅盾心靈深處那些最柔弱的部分和感性的生命能量，才是他藝術才情的藏身之所。

必須提及的是，政治創傷固然是激發茅盾藝術才情的最主要誘因，但是必須看到來自疾病、婚戀等層面的生理和情感創傷也是隱秘的重要藝術移情因素。茅盾可能是較多地公開抱怨疾病影響創作的作家之一：《蝕》是在「貧病交迫中用四個月的工夫寫成的」〔註41〕；寫《路》時「痧眼老病大發」〔註42〕；《子夜》動筆前「神經衰弱，胃病，目疾，同時並作」，寫作期間酷熱又損害了健康〔註43〕；又說希望自己「能夠寫成更像樣些的作品，如果神經衰弱和胃病不至於逐漸加深」〔註44〕。就不必說他曾反覆申辯的使他滯留牯嶺無法參加南昌起義的嚴重腹瀉和重症失眠，也不必說秦德君回憶他在日本期間體質虛弱、經常生病了〔註45〕。疾病影響創作是事實，可是他這種反覆述說背後隱含著怎樣的心理動機？是為作品的不成熟委婉開脫以取得諒解？是感慨「多愁多病身」的文人舊習？還是弱勢心理借助理性文字的無意識表達？

無論如何，疾病帶來的不僅是生理創傷，也能轉化為精神的孤獨、苦悶、痛楚、抑鬱等心理創傷，這對他的創作心理和藝術構思會造成什麼影響？如

〔註40〕 顧仲彝：《〈野薔薇〉》，《茅盾專集》第二卷上冊，福建人民出版社 1983 年版，第 821 頁。

〔註41〕 茅盾：《〈蝕〉題詞》，《茅盾研究資料》中，中國社會科學出版社 1983 年版，第 16 頁。

〔註42〕 茅盾：《〈路〉第一版校後記》，《茅盾研究資料》中，中國社會科學出版社 1983 年版，第 18 頁。

〔註43〕 茅盾：《〈子夜〉跋》，《茅盾研究資料》中，中國社會科學出版社 1983 年版，第 19 頁。

〔註44〕 茅盾：《我的小傳》，《茅盾專集》第一卷上冊，福建人民出版社 1983 年版，第 353 頁。

〔註45〕 沈衛威：《一位曾給予茅盾的生活與創作以很大影響的女性（一）──秦德君談話錄》，《許昌師專學報》1989 年第 2 期。

果說生理創傷和文學創作之間的關係尚需更為準確的科學依據，那麼婚戀帶來的情感創傷對茅盾及其創作的影響是顯而易見。無論是青年時期在母親「訓政」下不敢接受王會悟的愛慕、無奈與早有娃娃親的孔德沚結婚，還是以後和秦德君那段說不清剪還亂的愛恨情仇，這些事件給予茅盾的情感創痛，又怎樣以更為隱曲的移情方式轉化為作品的重要資源？作品中那些有關感情的敘事是不是他悲歡離合的情感世界的一面鏡象？值得注意的是，在 1928 年到 1932 年創作高峰期間，茅盾疾病、婚戀創傷的爆發與修復，恰好與政治創傷的爆發與修復疊合在一起。這或許既是禍不單行，也是牽一髮而動全身。

　　所謂悲憤出詩人、痛苦出詩人，大革命失敗導致的政治創傷體驗和疾病婚戀帶來的生理、情感創傷糾結、積澱在一起，將他心靈底層那些最柔弱的體驗和感性的生命能量激發出來，使他不但把握住了小說的藝術性，也把握住了那個觀念和意志並不一定能定義和把握住的真正的「時代性」。但是他在自我的理性意識中，卻越來越傾向於那個「真正的社會科學」引導下的觀念的「時代性」。表面的，這是他的理性、知性生命創造力越來越被號稱真理的那些觀念的力量所俘獲，感性的生命創造力越來越被「純化」和邊緣化；內裏的，這是他自童年時代就慢慢形成的充滿矛盾的精神結構、心理模式、人格機制、情感取向、意志系統在文學領域的天然釋放和藝術定型。

　　顧彬在談及茅盾時認為：「分析當代時勢最好應保持一定距離，而不是從自身經歷出發。茅盾因此需要遵循某些規定，如果這些規定由中國共產黨發出，那麼歷史和文學之間，政治宣傳與藝術創作之間就存在一種事屬必然的緊張關係。問題是，敘事者最終應該站在哪一方？是明確地站在革命和科學的立場，還是站在那些毋寧說同命運和預兆相關聯的力量一邊？也就是說，是為了符合正確的馬克思主義觀點而犧牲人物自身，還是寧願相信他對時代進程的切身洞察？——這些進程並不總是符合邏輯的。」〔註46〕我以為，遭受嚴重政治創傷體驗之後的茅盾、從喧囂的社會舞臺退回到個人內心世界的茅盾，在作為小說家的最初時刻，站在了對社會、對時代、對歷史、對人生、對自我的切身洞察的那一面，或許這些切身洞察刺激了神經卻不一定符合所謂的規律和邏輯。然而，隨著創傷體驗的慢慢修復，隨著理性、知性生命創造力的捲土重來，他漸漸站了革命的、科學的、馬克思主義的或者說想像中的真理的那一面。這不僅是茅盾也是大多數左翼作家的選擇。

〔註46〕顧彬：《二十世紀中國文學史》，華東師範大學出版社 2008 年版，第 107 頁。

　　通過對茅盾早期創作生涯中幾部里程碑式小說的分析，我們可以清晰地
看到：他精神結構中的理性和知性力量，是怎樣誘導他一步步地陷入理性邏
各斯的牢籠和觀念的枷鎖中；他的由創傷體驗所激發出來的富有含混張力的
藝術才情，是怎樣一步步地被理性自我所閹割、被所謂的真理所規訓。當他
努力將自己的思想情緒達到「純化」境界後，他找到了自己的社會定位，卻
漸漸迷失了藝術的原創力和本真的自我，他的藝術創造力再也難以逾越理性
和知性的迷障。

第四章 尋找真正的蕭紅：創傷·幻想·詩性智慧

　　夏志清《中國現代小說史》對中國現代文學研究的推動有目共睹，尤其使一度被歷史塵埃湮滅的張愛玲、沈從文等作家重見天日，並迅速攀升到經典廟堂。該書當然也存在不少問題與失誤，比如蕭紅的付之闕如。夏先生為此深感遺憾：「四五年前我生平第一次系統地讀了蕭紅的小說，真認為我書裏未把《生死場》《呼蘭河傳》加以評論，實在是最不可寬恕的疏忽。」〔註1〕歷史往往以曲解的形式展開自身的生命歷程，學術研究亦復如此，夏先生的「疏忽」未必「不可寬恕」，反而可能無意中避開了一個難以把握的研究對象，焉知不是塞翁失馬？不然，假如沒有這個疏忽，夏先生又該怎樣解讀和品評蕭紅呢？能否像評說張愛玲那樣精確把握蕭紅小說的神韻，從而使之綻放出令人眩暈的應有藝術光彩呢？

一、蕭紅研究的難題與不確定性

　　蕭紅研究存在的最令人費解的難題，大概莫過於蕭紅生平本事和人生行徑存在太多的羅生門現象。對一個作家生平本事、人生行徑等史料掌握的豐富程度，對研究其作品的重要性不言而喻。一般來說，在大多數的作家研究中，史料越多毫無疑問越能使人們全面、準確地逼近這個作家的真實形象，加深對其作品的感悟、理解與解讀。有關一個作家及其作品的諸多史

〔註1〕〔美〕夏志清：《中國現代小說史》中譯本序，第16頁，上海：復旦大學出版社，2005年。

料，一般情況下是相互印證和相互補充的，即使出現矛盾和疑惑，大多也能澄清和梳理個八九不離十。再甚者，即使謎團無法破解，一般也不會影響人們的整體判斷和基本印象。可是這些常見的有關作家生平本事、人生行徑的套路，在蕭紅面前卻難以行之有效了。因為關於蕭紅生平本事、人生行徑中任何一個謎團的破解，都有可能動搖乃至改變蕭紅研究中業已形成的一些所謂定論。

事實上，蕭紅研究中存在的謎團，還真不是一般作家研究中常遇到的問題。比如生卒年月，中國現代文學史上絕大多數重要作家的生卒年月大概無人質疑，可是蕭紅是出生於 1911 年 6 月 1 日農曆端午節這一天還是之後的第二天？再比如家庭，哪個重要作家及其祖宗八輩的陳穀子爛芝麻不是在一遍又一遍的翻來曬去中原形盡顯？可是蕭紅的生父是張廷舉還是那個所謂被張姓地主害死的貧農呢？按蕭軍的記載，蕭紅姐弟倆對此都有過懷疑，而且張廷舉還曾對蕭紅圖謀不軌。〔註 2〕再比如學界幾乎形成定論的那個欺騙蕭紅同居的人，是叫汪恩甲還是王恩甲或者汪殿甲？這是三個人、兩個人還是一人幻影成三人？蕭紅是被騙還是自願和這個人私奔終至困居東興旅館？而這個旅館竟然還叫做東興順旅館？至於幾乎被視為愛情經典的兩蕭結合，彷彿一開始就很難說是英雄救美的浪漫傳奇，這個美麗的傳說摻雜著多少並不美麗甚至有些殘忍的動機和情節？其間又有多少變數和陰差陽錯呢？

當然謎團還有更多，比如在生命最後階段，蕭紅、端木蕻良、駱賓基那段糾纏不清的感情真相究竟何在？比如蕭紅和汪恩甲、蕭軍所生的那兩個孩子的下落？再比如寫下那首千古悼亡傑作的戴望舒有沒有如他自己所說參與蕭紅的送葬？面對蕭紅研究中的諸多謎團，張志忠教授感歎到：「如果說，在遇到蕭軍、寫出《生死場》之前，默默無聞的張乃瑩（蕭紅本名）往事無考，僅憑本人的自述（季紅真斷定其中有許多是在『極度病痛與孤獨的處境中產生的幻象』）不足取信於人，尚且可以理解，何以在成為著名作家和社會公眾人物以後，始終生活在人們的關注和朋友、親人的身邊，如葛浩文所言，『雖然在政治上蕭紅不屬於任何黨派，也不是文藝社團中的活躍分子，但她卻與當時文壇的許多知名人士有深厚的友誼』，除了先她而辭世的魯迅、葉紫，幾乎每個結識她的人都寫過紀念文字，但是，對她的生平仍然無法梳理清楚，反而是越說越糊塗，甚至在最接近蕭紅的人們筆下寫出來的事情也相去甚遠、

〔註 2〕蕭軍：《蕭紅書簡輯存注釋錄（二）》，《新文學史料》1979 第 3 輯。

互相矛盾。」〔註3〕

　　蕭紅研究面臨的這些難題，至少迄今為止的的確確是越說越糊塗。蕭紅生平本事、人生行徑的諸多羅生門，不但證明了客觀至上、實證至上的研究方式存在多大程度的侷限與虛妄，更說明了蕭紅研究不但比其他作家研究存在更多的複雜性和模糊性，而且其不確定性的程度也是難以想像的。兩本比較有影響的蕭紅傳記的作者，對此先後都望洋興歎。葛浩文教授在上世紀70年代寫作《蕭紅評傳》時就說：「本書傳記部分的主要目的是要把蕭紅畢生的史蹟，以編年方式介紹給讀者。遺憾的是這一目的並不能完全達到；主要原因不是由於資料欠缺（請參看所附的書目），而是因為目前有關蕭紅的資料有的是無法求證，有的互相矛盾，不足採信。」〔註4〕大約近30年後季紅真教授同樣也發出不平與無奈之聲：「和所有的女作家一樣，蕭紅的思想和才華長期地被人們漠視，私生活卻不斷地被爆炒。以至於關於她的生平，至今仍然眾說紛紜，莫衷一是，許多資料出入極大，無法考證。經過反覆查考，仍然難辨真偽，只能存疑。」〔註5〕蕭紅研究中諸多材料的真偽難辨、相互矛盾、難以統一，的確如兩位學者實實在在感受到的那樣撲朔迷離。儘管以後很多學者對不少謎團做了紮實、詳盡而艱難的考釋和辨析，但是最終的結論好像也僅僅是一種推斷而已，很難說是言之鑿鑿的不刊之論。

　　不管這些謎團怎樣的撲朔迷離，總歸有個唯一的真相隱藏在背後，不能說沒有勘破的可能。可是，蕭紅研究中還有很多主觀性很強的命題，比如關於蕭紅言行、小說的理解與闡釋問題，也就是我們文學研究和文學史述史中對蕭紅及其小說的解釋與判斷，準確性、精確度到底有幾許呢？比如關於蕭紅的愛情、婚姻悲劇，不少學者要麼歸罪於封建家庭、時代動盪和遇人不淑，要麼對蕭紅那句「我一生最大的痛苦和不幸，都是因為我是一個女人」進行過度闡釋。固然這些因素都是造成蕭紅人生悲劇的重要成因，可是要知道遭遇封建家庭、時代動盪和遇人不淑的作家不在少數，要說是女人民國時代至少應該有兩萬萬，為什麼他／她們並沒有淪落到蕭紅那樣的悲慘地步？所以郝慶軍就質疑說：「蕭紅的悲劇，來自封建禮教的束縛和封建家庭的壓迫，這

─────────────

〔註3〕張志忠：《「一生都在逃亡」——讀季紅真〈蕭紅傳〉兼談蕭紅研究》，《當代作家評論》2001年第5期。

〔註4〕〔美〕葛浩文：《蕭紅評傳》，第4頁，哈爾濱：北方文藝出版社，1985年。

〔註5〕季紅真：《蕭紅傳》，第1頁，北京：北京十月文藝出版社，2000年。

是一種較為普遍、也很方便的說法，但這種解釋往往遮蔽了許多值得深思的命題，妨礙了對人性深處的幽暗面作進一步探詢的可能性。蕭紅的不幸固然是社會造成的，但她自己，她性格中的不和諧因素，她的心理層面中存在的某些不健康是否也應負一定的責任？」〔註6〕應該說，這位學者的眼光不但獨到、犀利，而且引人深思。因為在人文學科的研究領域，絕大多數說明性和闡釋性命題，基本上很少有謬誤之辯和對錯之分，關鍵在於是否說明準確和闡釋到位，搞一些放之四海而皆準的空話、大話，來解釋一個唯一的作家及其唯一的行為、唯一的作品，就不能不說是隔靴搔癢。如此解釋下去，中國現代文學史上的作家們會不會變成統一訂做的單面人呢？我們在關注事件成因的共性條件時，是否更應該尋找那些獨特性的因素呢？

如果說有關蕭紅言行的說明是否準確、闡釋是否到位，似乎最終並不妨礙人們對蕭紅小說的閱讀與闡發，那麼迄今為止我們有關蕭紅小說的解讀與闡釋，是否能夠挺直腰板、理直氣壯呢？恐怕問題也是多多。之所以說夏志清先生的「疏忽」蕭紅是塞翁失馬，是因為不知道他是從眾隨俗，還是別出心裁地闡發蕭紅作品的獨特性和獨創性。關於蕭紅小說的解讀和闡釋，存在不少大而空且用在其他作家作品頭上亦無不可的主觀臆測性評判，這些主觀臆測性評判存在的問題不是對與錯的問題，而是是否準確、到位的問題。蕭紅作品研究中存在的這種現象，不僅關乎如何恰切定位和評價蕭紅及其作品的問題，還牽涉到我們的文學研究、文學史述史的自我調整與再建構這樣一個重要命題。

在蕭紅評價史上，魯迅的《蕭紅作〈生死場〉序》、胡風的《〈生死場〉讀後記》和茅盾的《〈呼蘭河傳〉序》可謂厥功甚偉。假如沒有這三個文壇大腕的褒揚，蕭紅很難說能獲得以後的文學史地位，因為歷史敘事有時候也很勢利。這三個文壇大腕站在民族的、國家的、社會的、階級的、男權的乃至無意識的諸多宏大立場，品評和闡發蕭紅小說的精彩之處，將蕭紅及其小說定位於文學史發展的主流敘事圖景中，蕭紅的文學史形象和地位也因權威的證詞而確立下來。毫無疑問，這三個人的評價為以後的蕭紅研究奠定了基調。然而，所謂成也蕭何敗也蕭何，魯、胡、茅等人的評價是否準確把握住了蕭紅小說的神韻呢？他們將蕭紅定位於文學史主流敘事圖景的那些權威證詞是否

〔註6〕郝慶軍：《愛的永遠憧憬和追求——關於蕭紅的一段情感遭際的考證》，《南京師範大學文學院學報》2005年第3期。

有強作解人之嫌呢？

　　之所以說他們的評價為以後的蕭紅研究奠定了基調，就在於以後關於蕭紅小說的研究儘管更換了理論和概念，但大多還是在延續他們的致思模式。比如在近些年的「蕭紅熱」中女權主義理論的大顯身手。女權主義理論對蕭紅地位的提升也是有目共睹，正如王彬彬教授所判斷的：「蕭紅的大紅大紫，蕭紅的成為『偉大作家』，與女性主義在 80 年代進入中國並被用於文學批評和研究有直接的關係。不妨說，是女性主義文學理論進入中國，才使蕭紅從一個在文學史上並不占有重要地位的作家，一躍而成為一個大作家的」〔註 7〕女權主義理論的運用毫無疑問拓展了蕭紅研究的視野，但問題在於女權主義理論運用者們的研究模式，和魯、胡、茅的模式有什麼本質差別呢？除了立場、理論和概念的不同，是否目光同樣聚焦於過去我們研究中常說的那個所謂作品的思想內涵、主題意蘊、價值意義等層面呢？

　　這當然不是否定思想內涵、主題意蘊、價值意義等命題在蕭紅研究中的重要性，而且以往的研究在這些層面對蕭紅小說的挖掘也是成績顯著，比如：「我們讀到了一個啟蒙的蕭紅，左翼的蕭紅，抗日的蕭紅，階級的蕭紅，詩性的蕭紅，女性主義的蕭紅，傾向於革命但最終和延安失之交臂的蕭紅，以及一個孤獨地飄泊著的蕭紅……」〔註8〕再比如：「我們當代文壇討論的所有問題，蕭紅那裡幾乎都有。譬如，底層寫作問題、身體敘事的問題、民族國家的問題、性別的問題、終極關懷的問題、生命價值的問題，甚至包括早期後殖民的問題，更不用說民族化和文體的問題等等。」〔註9〕毫無疑問，思想內涵的包孕性、主題意蘊的多樣性和價值意義的開放性，是傑作所應具備的重要品質。可是對大多數傑作來說，思想內涵的包孕性、主題意蘊的多樣性和價值意義的開放性，是在傑作的獨特性和獨創性得以確定的基礎上展示出來的，而且往往構成了傑作之所以成為傑作的原因。

　　可是，「蕭紅之所以成其為蕭紅的東西」，蕭紅小說尤其是《生死場》和《呼蘭河傳》的獨特性和獨創性，是否得以明確揭示和確定呢？啟蒙的蕭紅、左翼的蕭紅、抗戰的蕭紅、革命的蕭紅、女權的蕭紅、身體敘事的蕭紅、底層

〔註 7〕　王彬彬：《關於蕭紅的評價問題》，《中國現代文學研究叢刊》2011 年第 8 期。
〔註 8〕　郭冰茹：《蕭紅小說話語方式的悖論性與超越性》，《中國現代文學研究叢刊》2011 年第 6 期。
〔註 9〕　季紅真：《錯動歷史中的文學飛翔──對蕭紅的再審視》，《南開學報》2011 年第 4 期。

寫作的蕭紅、民族國家的蕭紅、早期後殖民的蕭紅、乃至文體的蕭紅、詩性的蕭紅等等闡釋，是蕭紅小說的獨特性和獨創性使之然呢，還是人們解讀蕭紅小說後的理論放大與觀念拔高呢？或者說，學者們解讀出來的這些思想內涵、主題意蘊和價值意義，是蕭紅小說的獨特性和獨創性嗎？

不管怎樣評價蕭紅，有一個根本前提是必須的，這就是閱讀體驗。正如有的學者解讀出了蕭紅作品的諸多內涵、意蘊、價值和意義；正如有的學者解讀出了蕭紅小說創作存在缺陷、生澀彆扭、並不成熟；我的閱讀體驗告訴我，迄今為止人們關於蕭紅小說獨特性和獨創性的解讀還存在極大的不確定性，很多結論似是而非，貌似定論實則經不住推敲。我們目前為止大多數的關於文學的觀念和理論，基本上都無法精確定位和穿透蕭紅的小說，難以讓我們抵達如霧似幻的蕭紅文學世界的靜默深淵，充其量只能讓我們滯留在似有若無的感覺層面去體察蕭紅小說的神韻。從某種意義上說，已有的文學知識譜系、價值觀念和意義系統，因為無法根除黑格爾意義上的「理性的狡點」，還有可能將我們的閱讀體驗和藝術感覺帶錯方向。

陳思和教授在解讀和評價《生死場》時認為：「《生死場》寫得很殘酷，都是帶毛帶血的東西，是一個年輕的生命在衝撞、在呼喊。我覺得這樣的東西才是珍品。她的生命力是在一種壓不住的情況下迸發出來的，就像尼采說『血寫的文學』。這樣的作品，在文學史上具有至高無上的價值。這不能用一般的美學的觀念去討論，它要用生命的觀念去討論。」〔註10〕我贊同陳思和教授的判斷，因為他所說的那個「一般的美學觀念」，不但構成了我們以往蕭紅研究的基本觀念前提和理論預設，而且在某種意義上也成為我們抵達蕭紅小說獨特性、獨創性幽深地帶的絆腳石。

我們中國現當代文學的既有知識譜系、價值秩序和意義系統，在賦予蕭紅以文學史地位、價值和意義的同時，也有意無意中成為限制蕭紅小說研究走向澄明之境的話語牢籠。比如魯迅，他在燈下讀完《生死場》後的第一閱讀體驗是「周圍像死一般寂靜」的藝術通感，可是他很快將這種感覺引向「我們還絕不是奴才」；所以他所謂的「越軌的筆致」，在某種程度上是否是閱讀體驗與文學的知識譜系、價值秩序和意義系統發生間離和牴牾後的審慎落筆呢？再比如茅盾，在明明感受到蕭紅小說「寂寞」、「淒婉」的韻味和格調時，

〔註10〕陳思和：《中國現當代文學名篇十五講》，第 276 頁，北京：北京大學出版社，2003 年。

沒有在尊重自己細膩閱讀體驗的基礎上繼續走向蕭紅小說的幽深地帶，反而退卻到主流敘事話語和模式上去探討蕭紅小說的所謂卓越之處。之所以以魯迅、茅盾為例，就是因為後世的研究者們大多在重蹈他們的老路。

二、創傷與退行

發現和品評蕭紅小說的獨特性和獨創性，應該有「越軌」的眼光。

事實是，有關蕭紅小說的很多評價和定論，在某種意義上近乎於評價者的自說自話。關於蕭紅生平本事、人生行徑的羅生門，已經和蕭紅本人沒有多大關係；關於蕭紅小說評價的仁智之見，也和蕭紅小說的獨特藝術韻味存在不小的距離。她的生平本事、人生行徑已經往事如煙，她的小說也已成為獨立、自足而開放的文本系統，只是靜靜地留待後世去發現和品評。即使有朝一日關於蕭紅生平本事、人生行徑的諸多謎團得以落實和澄清，也未必能從根本上有助於我們對蕭紅小說獨特性和獨創性的發現和評判。要尋找真正的蕭紅，當務之急是首先要解構或跳出我們中國現代文學研究固有的知識譜系、價值秩序和意義系統，及其衍生出來的那些觀念枷鎖的限制。

這個問題之所以重要，是源於一個基本事實：文學作品和研究文學作品的那些理論、概念、思路是兩碼事。這兩個領域儘管有很大的共生性和相通性，但文學作品更多的是人類社會這一自然形成的秩序中以自發生長為主要特徵的產品，而文學觀念、文學理論等則基本上屬於人為設計和理念建構的產物，而且在根本上是文學作品的派生物，儘管它在實踐中逐漸獲得了獨立性和自足能力。這類似於意識形態和經濟基礎之間的關係，意識形態儘管是建立在經濟基礎之上，但它獲得獨立性和自足能力後，既有可能促進生產力的增長，也很有可能阻礙生產力的發展。

西梅爾《現代文化的衝突》一書，從文化高度對類似命題進行過分析與辯證：「一當生命產生出它用以表現和認識自己的某種形式時，這便是文化：亦即藝術作品、宗教作品、科學作品、技術作品、法律作品，以及無數其他作品。這些形式蘊含生命之流並供給它以內容和形式、自由和秩序。儘管這些形式是從生命過程中產生的，但由於它們的獨特的關係，它們並不具有生命的永不停歇的節奏、升與沉、永恆的新生、不斷分化和重新統一。這些形式是富有創造力的生命的框架，儘管生命很快就會高於這些框架。……框架一旦獲得了自己固定的同一性、邏輯性和合法性，這個新的嚴密組織就不可避

免地使它們同創造它們並使之獲得獨立的精神動力保持一定的距離。」〔註11〕
如果我們將文學作品和文學觀念、文學理論的關係，類比於這種生命和形式
的相生相剋、對立統一，似乎並無不當。竊以為，尋找真正的蕭紅的起點，應
該建立在文學作品和文學觀念、文學理論的分野基礎上。

事實上，最大的解構還不是打碎，而是跳出和放棄，返回到最初的原點。
換句話說，我們應當掙脫既有文學觀念和理論的綁架，在文學起源和發生意
義的層面上，去尋找真正的蕭紅；從作為存在者的蕭紅和小說創作之間的主
體間性，來理解蕭紅及其小說；亦即從本源意義和發生學角度，來探詢小說
這種藝術形式和存在者蕭紅的互文性是什麼。簡單說，蕭紅小說創作的內在
驅動力是什麼？小說寫作滿足了她怎樣的精神意志和心理需求？當然還包括
下文專門要談的她的生命意志如何轉化為獨創的藝術世界，她創造了一個怎
樣的藝術自我從而實現了情感的宣洩、意志的轉換、精神的移情和生命的綻
放。

蕭紅小說得以創生的因素萬萬千千，當然包括人們已經重複了很多遍的
封建家庭、社會動盪、遇人不淑等等外部條件，當然也包括屢見不鮮的那些
性別抗爭、身體欲望、生命關懷等等內部要件。所謂民族的、國家的、社會
的、階級的、時代的、女性的、個人的、身體的那些元素，毫無疑問都會構成
蕭紅小說創生與存在的基礎。問題在於，並非只有蕭紅及其作品存在於那樣
的一個時空中，幾近相似的條件也曾催生出過面貌各異、風格獨特的作家作
品，比如盧隱、石評梅，再比如丁玲，張愛玲。我以為，在賦予蕭紅小說以獨
特性和獨創性的藝術生成過程中，創傷體驗及其內在轉換是一個迄今未被說
清說透、且至關重要的因素。創傷體驗之於文學創作的影響，在中國現代文
學作家群體中固然較為常見，但蕭紅創傷體驗及內在轉換的獨特性和罕見性
在於，她是用「退行」的方式實現了藝術創造。

蕭紅的創傷體驗毋庸多言。她 16 歲走出呼蘭小城，20 歲與家庭決裂，像
無頭的蒼蠅一樣亂飛一通，經行哈爾濱、北平、青島、上海、東京、西安、武
漢、重慶，一路風雨兼程，顛沛流離，疲於奔命。在奔往異鄉的坎坷路途上，
她飢寒交迫，貧病交加，居無定所，為情所困，半生盡遭白眼冷遇，終於在生
命的第 31 個年頭，香消玉殞在碧海藍天的淺水灣畔。葛浩文教授說他在寫

〔註11〕劉小楓主編：《現代性中的審美精神——經典美學文選》，第 415 頁，上海：
學林出版社，1997 年。

《蕭紅評傳》時越來越感到不安，蕭紅所受的痛苦在感覺上越來越真實，以至於難以終筆，彷彿他不寫最後一行，蕭紅就不會死。〔註 12〕我相信葛浩文教授的感覺是真實的，也正是因為類似的感覺，本文行筆至此，斷然決定放棄述說她那些讓無關外人聽來也心碎的淒慘往事的打算，因為這種述說也是一種痛苦和殘忍。簡直無法想像她那樣孱弱的身心，是如何承受那些生命中無法承受的慘烈之痛。

筆者在以往的作家研究中從來沒有過心情如此不能平靜，以至於動容，踟躕良久才能落筆。儘管對她那些身心創痛是那麼熟悉，可是又多麼希望那是陌生的不實傳言。我一直認為，只有憑藉感性的語言，才能在她的文學世界裏走的更深、更遠，可是最終還是發現因為無法抑制情緒而難以做到，只能無奈回歸到理性的語言表達與思路。我想說的是，蕭紅所遭受的那些身心創痛，無論是源自外部世界的逼迫與摧殘，還是源自內部世界的脆弱與陰暗，無論是真實發生過還是出於她某些病態的精神幻想，這些已經不重要，重要的是這些創痛已經化為她的一種存在的實在感，一種客體的心理體驗事實。

人生在世，無非是趨利避害，尋求最大的滿足與幸福。可是人生不如意十之八九，對大多數人來說，煩惱與苦痛往往多於滿足與幸福。對於蕭紅來說，她所遭遇的苦難和創傷，遠遠超過常人，在中國現代文學史上幾乎找不出一個作家可以與她在這方面一比高低。她的一生幾乎是在受難中渡過，來自外界不可抗力的、身心的和人際關係中的諸多創傷，輪番向她襲去。按照心理學家的說法：「所謂創傷，是指那些對人的情感構成沉重負擔的、由於生活中不常出現而讓我們缺乏可參照的應對模式的經歷。」〔註 13〕考諸蕭紅一生所遭遇的苦難與痛楚，人世間常見的諸種創傷體驗類型，她幾乎都飽嘗過個中滋味，可怕的是類似的創傷體驗卻經常出現以至於成為她生活中的通常模式；儘管有了可參照的應對模式，可怕的是她卻無力抵擋那些難以抗拒的力量，比如窮困與疾病。更可怕的是，有的創傷模式，她彷彿中了蠱癮一樣，在一遍遍的重演。

如果可以將蕭紅遭受的創傷進行簡單歸納概括，那麼最刺眼的無非就是愛的極度匱乏與殘缺。親情、愛情在她總是遙遙不及，或許唯獨友情常伴她

〔註 12〕〔美〕葛浩文：《蕭紅評傳》，第 153 頁，哈爾濱：北方文藝出版社，1985 年。
〔註 13〕〔瑞士〕維蕾娜‧卡斯特：《依然故我》，劉沁卉譯，第 153 頁，北京：國際文化出版公司，2008 年。

左右，可是這裡面又包含著多少不忍與憐憫呢？友情又何嘗能替代親情和愛情的那種親密無間、生死依戀呢？如果說當她執意遠走他鄉時，已經在內心深處與親情永訣；那麼唯獨愛情之殤，她卻一次次飛蛾投火，無所畏懼，至死癡心不改。關於她的愛情之殤，我更願意引用後世作家的感言：「她那過於劇烈的人生，不從容，不體面，不能全歸咎在別人身上，那些千瘡百孔的愛，不會總是這個男人或者那個男人造成。她魯莽又脆弱，風情又乖張，氣場強大卻身體孱弱，是電光石火的好戀人，卻或許真的並不適合廝守。她對愛的熱望簡直讓人畏懼，彷彿永遠在賣火柴的小女孩瀕死的時刻，要奢侈地燃盡所有火柴，哪怕得到的無非一點暖一點亮。」〔註 14〕

面對創傷，人最本能的應激措施是修復。如果說魯迅的堅忍、郭沫若的宣洩、茅盾的脆弱，最終換取的是戰勝創傷體驗，贏得了補償性的人生輝煌，可是蕭紅卻是一個經常被創傷碾碎而難以在現實中獲勝的人。即使以後她獲得了認同、欣賞乃至聲望，可是這些於她的破碎人生又有何補？面對創傷經歷，她並不善於從中汲取經驗教訓，進而獲取處事智慧和生存技巧，「差不多她是靠直覺和本能行事的人，而不是靠頭腦和理智。……對人世，我想她從來就沒看清過，她就像一個小火爐，一個魚躍飛身撲進這滾滾紅塵，然而她這小火爐終究是不能燙傷任何人，她只是傷了自己」。〔註 15〕尤其在愛的饑渴與盲目追逐中，她更有一股死不罷休、與汝皆亡的愚蠢。之所以說她愚蠢，是因為按照黑格爾的說法，愛是自我本質在對方身上的顯現，可是她在無法確定甚至找不到顯現對象的時候，就無所顧忌的跳入愛的幻影中。

可是，對於她的任性，她的執拗，她的盲目，她的魯莽，她的愚蠢，她的乖張，她的極端，乃至她的病態，我們無法苛責，因為「絕沒有任何時候比在我們愛時那樣對痛苦沒有防備；絕沒有任何時候比在我們失去所愛的對象或它的愛時那樣無依無靠的悲慘」；〔註 16〕因為她遭受的苦難與痛楚太多太多，即使造成創傷的根源全部來自於她自身，這個世界對她的懲罰也太過懸殊，以至於有時不能不無奈地感歎：她前世究竟造過什麼孽，以至於今生慘遭如此塗炭？對於這樣一個近乎大半生都在經歷創傷之痛的弱女子，對於這樣一

〔註 14〕馬小淘：《人間臒月天》，《文藝爭鳴》2011 年第 3 期。
〔註 15〕魏微：《悲慘的人生 溫暖的寫作——寫給蕭紅百年誕辰》，《文藝爭鳴》2011 年第 3 期。
〔註 16〕〔奧〕西格蒙德・弗洛伊德：《文明及其不滿》，何桂全譯，《論文明》，第 77 頁，北京：國際文化出版公司，2007 年。

個幾乎失卻了人世間所有最可寶貴的愛的叛逆者，幾乎每一次講述她生命中那些無法承受的悲情與慘淡，都會深深刺痛我們的心靈，彷彿感同身受一般。

對蕭紅的幼稚、單純和率性，丁玲曾經十分不解：「我很奇怪作為一個作家的她，為什麼會那樣少於世故，大概女人都容易保有純潔和幻想，或者也就同時有些稚嫩和軟弱的緣故吧」。〔註17〕可是同為女人的丁玲，卻知道何時應該放棄純潔、放棄幻想、放棄稚嫩、放棄軟弱。假如蕭紅有丁玲三分之一的世故和強勢，也不至於身世浮沉雨打萍。遭遇創傷，每個人都會尋找自救之道，只不過有的人有意為之，盡力改善，終於扭轉頹勢，獲得補償，成為命運的強人；有的人則逆來順受，任其擺佈，終究難挽潰局，成為人生的慘敗者。蕭紅顯然基本上屬於後者，她是在懵懵懂懂中跟著感覺走的那類人。儘管她也獲得了另外一種形式的補償，可是這補償已經基本無益於她的有生之涯。蕭紅面對創傷，實在談不上主動修復，只能說是轉換。這個轉換儘管無法改善她現實生命中的苦痛，卻為她開闢了一片獨特的藝術領地，引導她最燦爛的生命之花在一個虛構的時空中綻放。這個轉換的中間環節，我以為就是她那「少於世故」的 31 歲生涯中的精神退行行為。

作為心理學術語，退行（regression）是指個體尤其是成年個體在遭遇到挫折和應激時，心理活動和行為方式退回到較早年齡階段的水平，以原始的、幼稚的方法應付當前的情景，是一種反成熟的倒退現象。儘管我們幾乎不可能尋找到可靠的心理學數據乃至精神病理學證據，來說明蕭紅人生行徑在多大程度上屬於通常意義上的典型退行，但她短暫生命中少於世故乃至不更世故的率性、天真與不計後果，足以說明她應對社會萬象的能力和成熟度遠遠低於她的同齡人，更何況她還是一個高智力的受過教育的人。一般意義上的退行行為的判定，是按照文化的既成秩序、規範、習俗和社會大多數人的經驗模式、精神特徵與心理狀態的水平來衡量和診斷的，通常分為消極意義上的退行，比如拒絕長大和成熟；積極意義上的退行，比如緩解與抵禦痛苦、恐懼與焦慮。蕭紅在應對和處理社會事務尤其是愛情事件的過程中，顯得那麼稚嫩、天真、盲目、草率乃至弱智，足以印證她的很多行為已經具備退行的主要特徵。

蕭紅的退行行為，當然不屬於主觀意志層面的拒絕成熟，她往往是因為日常生活中的無能為力而不由自主乃至無意識地傾向於精神和情感上的退

〔註17〕丁玲：《風雨中憶蕭紅》，《丁玲全集》5，第 135～136 頁，石家莊：河北人民出版社，2001 年。

行。她很少將積極的心理防禦措施應用於日常生活，以便通過積極心理防衛獲得恢復和提升退行行為造成的消極影響。儘管退行行為在日常生活中給她帶來了人生行徑的進退失據和精神與情感世界的紊亂，但是卻在一個幻想的世界中幫助她找到了一個獨立而強大的自我。蕭紅的退行行為異於常人並遠遠超出常人之處在於，她將退行行為中的積極能量轉化到了藝術的世界，退行行為中的積極防禦措施激活了她生命中潛藏的天賦力量，最終轉化為撼人心魄的藝術創造能力。

　　從心理學角度來看，人在匱乏和缺失的情形下，身心機能往往就處於失衡和失調狀態，此時人的機體的潛在力量會本能地啟動修復程序，激發出一種尋求平衡與和諧的內在驅動力，通過種種力所能及的措施與手段，來解除處於失衡和失調狀態的身心危機。在種種措施和手段中，幻想乃至妄想常常受到那些對現實無能為力者的青睞，所以弗洛伊德認為：「據說我們每一個人都在某些方面表現得像一個妄想狂，通過建立一個希望來糾正他所不能忍受的現實世界的某些方面，並把妄想納入現實。相當多的人通過妄想再造現實來獲得確實的幸福，免受痛苦。」〔註18〕毫無疑問，藝術是這種幻想乃至妄想的高級形式。

　　從蕭紅所遭受的幾乎持續不斷的創傷經歷來看，從她在生活世界中所表現出來的諸種退行症兆來看，實然世界中的挫敗、痛苦和困局，已經在她的日常生活場景中築起了一座不可逾越的高牆，使她幾乎喪失了大部分應對困難、抵禦風險的能力。當無力回天的挫敗經驗，最終吞噬掉她力圖改善現狀的意志時，幻想乃至妄想很可能就成為最後的防火牆，幻想乃至妄想的防禦力量也就會積極尋找宣洩的渠道。在蕭紅而言，幻想乃至妄想的最積極形式，就是文學藝術。

　　當蕭紅借助於小說藝術返回內心、返回自我的時候，一個可以暫時消解現實苦痛，乃至可以超越不可戰勝的現實高牆的幻想世界，就悄然出現了：「藝術能夠給人提供的所有幸福只在於，我們為我們的內心體驗創造了這樣一種理想的觀照場所，在這觀照場所中，我們的有機生命力就通過移情到藝術作品中，而以一種不受遏制的方式充分地展開了。」〔註19〕在這樣一個虛

〔註18〕〔奧〕西格蒙德‧弗洛伊德：《文明及其不滿》，何桂全譯，《論文明》，第77頁，北京：國際文化出版公司，2007年。

〔註19〕〔德〕W‧沃林格：《抽象與移情》，王才勇譯，第135頁，瀋陽：遼寧人民出版社，1987年。

幻的理想的關照場所中，蕭紅憑藉幾乎是天賦的藝術幻想能力，**轉換了現實**中迫不得已的退行行為。蕭紅退行行為中的積極防禦能力，以藝術世界中的幻想昇華，實現了對現實世界的創造性回歸：她借助於小說藝術，為自己的精神世界找到了一個表達存在，並使身心得以詩意棲居的場所；在這個幻想的世界中，她不但克服了在現實世界中的挫折感和潰敗感，更實現了自我本質的確證和自我精神優勢的展示。

三、「只有不確定和未知的世界裏才有天才的位置」〔註20〕

退行行為給蕭紅帶來的，不僅僅是使她能夠暫時脫離日常生活世界的苦痛，躲進自由而純淨的文學世界，以求得心靈在幻想空間的短暫休憩，獲得缺憾的彌補與生命的平衡；而且還使她較少地避免了文學觀念、文學理論帶給文學本身的種種異化，從而使她能在文學的更為本源的意義上實現生命與精神的自在、自為與自由綻放。

之所以強調文學觀念和文學理論帶給文學本身的異化，是因為這種異化不但較為普遍的存在於我們的文學認知視野，而且以強勢話語權力妨礙了我們探尋蕭紅小說的獨特性和獨創性。和蕭紅小說相關的異化，至少在以下兩個方面比較突出：

一是認為文學是客觀世界、現實世界、日常生活世界的模仿、反映、再現、表現等等。這種認識在特定範圍內固然有效，但作為普遍有效的文學藝術觀念則極為狹隘。它及其以後次生的諸類觀念，在某種意義上將文學藝術和人的生存世界割裂開來，並將之拋入到二元論的認識模式中。殊不知文學藝術本身就是人的生存世界的一個有機組成部分，文學藝術也是人存在的一種重要形式。如果同意黑格爾「藝術不僅不是空洞的顯現（外形），而且比起日常現實世界反而是更高的存在，更真實的客觀存在」的說法，那麼我們就不能不承認文學藝術「給我們的卻是在歷史中統治著的永恆力量，拋開了直接感性現實的附贅懸瘤以及它的飄忽不定的顯現（外形）」。〔註21〕

二是認為文學觀念與文學理論對文學創作具有重要指導意義。從原則上

〔註20〕〔英〕威廉・赫茲列特：《論天才與常識》，〔英〕拉曼・塞爾登編：《文學批評理論——從柏拉圖到現在》，劉象愚、陳永國等譯，第 159 頁，北京：北京大學出版社，2003 年。

〔註21〕〔德〕黑格爾：《美學》第一卷，朱光潛譯，第 12 頁，北京：商務印書館，1979 年。

來看這個說法或許沒錯，但事實在於文學觀念和文學理論是後發於文學作品和文學現象的產物，是對文學作品和文學現象的一種經驗主義的不完全歸納、概括和總結。它主要通過理性和邏輯的力量，將文學作品和文學現象的特殊性，抽象和提升到普遍性的層面，而且會隨著特殊性的增多逐漸修正和補充自身體系的自足性。顯然它的後發性、抽象性、自足性以及經驗主義特徵，決定了它不可能具有永久的普遍性和通用性，因為總有不符合觀念和邏輯的異類存在。也就是說面對異類，文學觀念和文學理論不但會失效，還會因為自身的惰性與整合性，阻礙文學生命力的蓬勃展開與創新。那麼，這樣的文學觀念和文學理論又如何進行指導呢？

蕭紅顯然不屬於一個符合既有文學觀念和文學理論的期待視野的作家。無論是蕭紅生前還是死後，有不少人並不認同蕭紅的小說。即使體驗到蕭紅小說獨特性的認同者，也往往出於對文學史裁定機制和權威效應的服從，以「詩化小說」、「散文化小說」等名目，將她悄悄拉回到文學觀念和文學理論的常規軌道上。而蕭紅本人憑藉她那股天然的衝勁與野氣，幾乎毫不認同文學觀念、文學理論的整合與規訓：「有一種小說學，小說有一定的寫法，一定要具備某幾種東西，一定寫得象巴爾扎克或契訶甫的作品那樣。我不相信這套。有各式各樣的作者，有各式各樣的小說。」〔註22〕

有意思的是，聶紺弩記載的那次聶蕭對談，堪稱文學觀念、文學理論和文學作品、文學現象之間的一次形象而生動的規訓與反規訓：一個按照當時主流文學觀念、文學理論來要求文學，依據「小說學」的原則評點並指導蕭紅小說如何寫；一個則是按照文學的自然生長規律來展示文學的本性，根本不買「小說學」的賬：說我不會寫小說，我氣不忿，偏要寫。對談的結果自然是關公戰秦瓊，聶紺弩或許意猶未盡，可蕭紅已「暈頭轉向」，乾脆一走了之。聶紺弩對蕭紅小說的指點，是一次凝固的文學理論、文學觀念力圖對流動的文學創作進行指導的典型案例。如果聶紺弩記載的「你會成為一個了不起的散文家，魯迅說過，你比誰都更有前途」這句話確鑿無誤，那麼魯迅也是在文學觀念和文學理論的期待視野中去理解和評判蕭紅的。

「審美與認知標準的最大敵人是那些對我們嘮叨文學的政治和道德價值

〔註22〕聶紺弩：《回憶我和蕭紅的一次談話——序〈蕭紅選集〉》，《新文學史料》1981
年第 1 期。

的所謂衛道者。」〔註 23〕這個最大敵人的行列，還應該加上那些規訓和宰制文學天然生命創造力的文學觀念和文學理論。在蕭紅不自覺抗拒規訓的過程中，她的幼稚、任性、執拗、不更世故等反成熟化的退行行為，恰恰使她在無意中堅守了文學的本性。否則，如果她接受了外在的無法加以內化的文學觀念和文學理論，如果她「理智」地接受文學權威們的教誨並躬行之，或許會得到更多的讚美和更高的評價，乃至步入「偉大的作家」行列。那她只會成為一個符合別人要求的、別人塑造出來、失去大部分自我本性的蕭紅，而不是今天我們看到的這個如霧似幻又才氣四溢的天然蕭紅。足可以與蕭紅抗拒規訓的「退行」行為呈鮮明對照的，自然非丁玲莫屬。可是隨著時光的無情推移與篩選，兩人作品的藝術生命力自然也毋庸一比高下了。

對於蕭紅不按文學的習俗與常規出牌的特點，葛浩文教授的觀察是細緻的：「在蕭紅的散文中，讀者很難找到富有哲理式的長篇大論，至於文學理論或宣傳式的文章，她顯然既無雅興，也缺乏學養。此外，在她的作品中，也幾乎看不出那些可幫助我們瞭解她創作動機，寫作習慣和方法的痕跡（這偶然在她的書信，談話記錄中出現）。即使連她本人可能也說不出那些使她產生靈感，創造體裁，以及她所受外在影響及各種成就的因素。」〔註 24〕毫無疑問蕭紅當然也要在已有的文學知識譜系、價值秩序和意義系統中汲取經驗和智慧，也要經過學習與模仿練就嫻熟化用藝術材料的過程，就像她自比《紅樓夢》裏的香菱那樣。但是她的天性和天稟要求她只接受她能認同和內化的文學經驗與智慧，她更多的是「在夢裏寫文章」，也就是說她主要是出於滿足深層的乃至無意識的某種自我心理需要和精神意志而寫作。在這樣的心理狀態和寫作中，面對宇宙、世界、社會、人生和身心，她深切體察和感受到了自我存在的價值與意義，實現了自我主體與表現對象之間的互文性，她的藝術意志就此獲得了自由自在的外在顯現和外化形式。蕭紅小說藝術世界的獨特性和獨創性，也就應運而生了。

那麼，蕭紅小說藝術世界的獨特性和獨創性究竟是什麼呢？根據對蕭紅小說尤其是《生死場》《呼蘭河傳》的閱讀體驗，我認為是退行行為為她提供了一個返回本源和發生意義上的文學創生路徑；她的難以被整飭和規訓的天

〔註23〕〔美〕哈羅德‧布魯姆：《西方正典》，江寧康譯，第 28 頁，南京：譯林出版社，2005 年。

〔註24〕〔美〕葛浩文：《蕭紅評傳》，第 160 頁，哈爾濱：北方文藝出版社，1985 年。

然生命力與藝術才華，歷經生之苦悶與折磨，終於在「詩性的智慧」的本源和發生層面上，無法遏制的綻放開來。

在維柯目光如炬的哲人視野中，「詩性的智慧，這種異教世界的最初的智慧，一開始就要用的玄學就不是現在學者們所用的那種理性的抽象的玄學，而是一種感覺到的想像出的玄學，像這些原始人所用的。這些原始人沒有推理的能力，卻渾身是強旺的感覺力和生動的想像力。這種玄學就是他們的詩，詩就是他們生而就有的一種功能（因為他們生而就有這些感官和想像力）；他們生來就對各種原因無知。無知是驚奇之母，使一切事物對於一無所知的人們都是新奇的」，「同時，他們還按照自己的觀念，使自己感到驚奇的事物各有一種實體存在，正像兒童們把無生命的東西拿在手裏跟它們遊戲交談，彷彿它們就是這些活人」，「他們就以驚人的崇高氣魄去創造，這種崇高氣魄偉大到使那些用想像來創造的本人也感到非常惶惑。因為能憑想像來創造，他們就叫做『詩人』，『詩人』在希臘文裏就是『創造者』」。〔註25〕正如維柯卓絕的天才眼光所看到的那樣，真實的原始人對世界和宇宙的反應，並不是幼稚、無知乃至野蠻的，而是本著生命本能，以「詩性的智慧」對外部世界做出反應，並將這些反應轉換為神話、隱喻、象徵等詩學的和形而上學的存在形式。而蕭紅的小說藝術世界，彷彿就是這種本源意義上的文學創生或者說原始意義上「詩人」的一次重現。

正如弗洛伊德在心理學層面所看到的：「在精神的王國中，原始的東西是如此普遍地與在它基礎上產生的變化了的形式並存」，「在精神生活中，一旦已形成的東西不可能消失，一切東西在某種程度上都保存下來，並在適當的條件下（如，當退回到足夠的程度）還會再次出現。」〔註26〕在我們迄今未被勘透的精神世界中，在人類精神的原型和母題意義上，的確潛藏著無數的人類一以貫之的詩性智慧和創造性直覺。而這些詩性智慧和創造性直覺在大多數人來說，因為現實生活世界的規訓尤其是所謂的「進步」幻象，而被壓抑乃至扼殺。正如創造比之於庸常總是那麼罕見，發源於生命之流的那些形式和框架，不但很快就和創造它們的精神動力拉開距離，而且往往因為維護

〔註25〕〔意〕維柯：《新科學》，朱光潛譯，第181～182頁，北京：商務印書館，1989年。
〔註26〕〔奧〕西格蒙德·弗洛伊德：《文明及其不滿》，何桂全譯，《論文明》，第65頁，北京，國際文化出版公司，2001年。

自身的同一性、邏輯性和合法性，憑藉在現實生活世界持久形成的同化力量，常常就以習俗、規範和秩序的名義，阻撓乃至扼殺生命和精神的創新衝動。

所以維柯感慨不已：「使心智脫離感官的就是與我們的近代語言中很豐富的那些抽象詞相對應的那些抽象思想。……人們現在用唇舌來造成語句，但是心中卻『空空如也』，因為心中所有的只是些毫無實指的虛假觀念，以至近代人再也想像不出像『具有同情心的自然』那樣巨大的虛幻的形象了。我們也同樣沒有能力去體會出那些原始人的巨大想像力了，原始人心裏還絲毫沒有抽象、洗煉或精神化的痕跡，因為他們的心智還完全沉浸在感覺裏，愛情慾折磨著，埋葬在軀體裏。」[註27]然而，是地火就要奔突，就要燃燒，人類本性深處的詩性智慧和創造性直覺，總要千方百計地尋找釋放渠道。人類社會迄今為止的一切創造者，正是憑藉未被扼殺掉的來自於生命和精神深處的天生的自由與幻想能力，沖決了庸常世界的清規戒律，為詩性智慧和創造性直覺尋找到了一種「重現」的形式。

詩性智慧和創造性直覺，不是通過純粹理性、歷史理性、實踐理性以及判斷力的精確方式重現，而是憑藉類似於原始意義上的那種巨大的幻想能力，詩意地把握和再造一個超越瑣碎實然世界的貫徹人的創造本性的世界。根據我的閱讀體驗，蕭紅小說無疑應當屬於這種詩性智慧和創造性直覺意義上的「重現」形式。如果說《生死場》的殘忍敘事背後已經包孕著原始意義上生命力的堅忍、豐富和深刻，那麼從第十一節「年盤轉動了」開始的抗日主題和情節的置入，就以略顯突兀的方式將蕭紅的幻想力重新拉回到實然的現實世界，無拘無束的藝術創造力必然也要遵循現實世界的規則。可是到了《呼蘭河傳》，蕭紅生命和精神世界深處的幻想能力，徹底的回歸到了本源和發生意義上的文學創造世界。正如譚桂林教授所看到的：「蕭紅是一個體驗型、情緒型、自傳體型的女性作家，愈是在個人感受與生存幻覺的迷天霧地中，她的天賦才華與獨特個性就愈能夠得到充分發揮。」[註28]正是在一個混沌、粗糙然而充滿了人性原始力量的物我兩忘的藝術世界裏，蕭紅的自然本性最終得到了徹底釋放，她獲得了自由自在創造像「具有同情心的自然」那樣巨大幻象的能量，從而抵達了本源和發生意義上的文學藝術創造本性的核心地帶。

〔註27〕〔意〕維柯：《新科學》，朱光潛譯，第184頁，北京：商務印書館，1989年。
〔註28〕譚桂林：《論蕭紅創作中的童年母題》，《中國現代文學研究叢刊》1994年第4期。

　　布魯姆在探究經典之所以成立的理由時認為:「一部文學作品能夠贏得經典地位的原創性標誌是某種陌生性,這種特性要麼不可能完全被我們同化,要麼有可能成為一種既定的習性而使我們熟視無睹。」〔註29〕蕭紅小說的獨特性和獨創性即原創性,在於它是一種很難被同化的陌生性。這種陌生性往往因為自身的不可複製性、不可同化性,被庸常的通用心理狀態、經驗模式和精神習性所排斥,在日積月累的習俗、規則和秩序中被漠視;或者被錯誤地拉回和整合到固有的軌道上去。黑格爾嘗言:「詩是原始的對真實事物的觀念,是一種還沒有把一般和體現一般的個別具體事物割裂開來的認識,它並不是把規律和現象,目的和手段都互相對立起來,然後又通過理智把它聯繫起來,而是就在另一方面(現象)之中並且通過另一方面來掌握這一方面(規律)。因此,詩並不是把已被人就其普遍性認識到的那種內容意蘊,用形象化的方式表現出來;而是按照詩本身的概念,停留在內容與形式的未經割裂和聯繫的實體性的統一體上。」〔註30〕蕭紅小說的獨特性和獨創性,正是以這種未被割裂的「詩」的方式,實現了文學創造力的自我確證要求,而且通過「詩性的智慧」實現了文學創造乃至人的自由稟賦。所以說,蕭紅不但是維柯意義上的「詩人」,也是黑格爾意義上的「詩」的創造者。

　　或許,蕭紅是不能用「偉大的作家」來稱呼的。因為「偉大的作家」這頂輝煌桂冠,是世俗世界為自己所轄的文學領域設置的等級秩序中的最高一環,在某種意義上是人性中利益對等交換的本能要求的華麗產物。但是,我們可以說蕭紅是一個天才的小說家和詩人,因為她幾乎不受世俗世界有關文學藝術的那些觀念的束縛,幾乎完全依仗天然的稟賦、天然的幻想力和原始意義上的創造衝動,自在自為地潛入到了自由的本質地帶,以小說的藝術形式展現了「自由的本質在於由自己決定自己是什麼」。〔註31〕

　　蕭紅的小說(當然主要指《生死場》《呼蘭河傳》),是漢語文學世界的一朵奇葩。儘管這是蕭紅根據她的現世經驗,繪製的一個詩學的夢想的世界,譜寫的一首淒婉而殘酷的幻象的輓歌,但是蕭紅卻在這個夢想的世界和幻象

〔註29〕〔美〕哈羅德·布魯姆:《西方正典》,江寧康譯,第3頁,南京:譯林出版社,2005年。
〔註30〕〔德〕黑格爾:《美學》第三卷下冊,朱光潛譯,第20頁,北京:商務印書館,1981年。
〔註31〕〔德〕黑格爾:《美學》第二卷,朱光潛譯,第175頁,北京:商務印書館,1979年。

的輓歌中，讓平凡瑣碎的現世經驗世界大放異彩，讓我們幾度蒙塵的詩性智慧和創造性直覺被喚醒，去遐想更高的意義、更深的目的和更純的人性。蕭紅的小說藝術世界中，蘊藏著一種具有普遍性力量的藝術通感，即觸發和喚起人類經常遺忘的原始意義上的精神遺跡的力量。這不但賦予了蕭紅小說自身以獨特性和獨創性，而且為我們現世的文學世界開闢了一個陌生然而又是那麼熟悉的獨特文學理想國；更重要的是，它能啟迪我們在這種藝術通感的體驗中，遙想那久已失落的人類童年時代未被異化的生命創造力，如何再次迴蕩在我們的內心世界。

「後來的一切哲學，詩學和批評學的知識都不能創造出一個可望荷馬後塵的詩人」，﹝註32﹞所以蕭紅是唯一的，不會再有一個可望蕭紅後塵的類似的「詩人」出現。然而，人類社會中潛藏的生生不息的渴望完美的存在衝動，總是時時回首早於文明的軸心時代就已存在並綻放過的那些原始的生命創造力和巨大幻想能力，而且會以嶄新的形式重演著「詩性的智慧」。

﹝註32﹞〔意〕維柯：《新科學》，朱光潛譯，第 477 頁，北京：商務印書館，1989 年。

第五章 文學史・楊逵形象・述史肌質

　　韋勒克在《文學理論》中曾宣稱：「確立每一部作品在文學傳統中的確切地位是文學史的一項首要任務。」〔註1〕作為一項迷人而又危險的工作，文學史編撰的首要任務毫無疑問是發現、選擇和評價傑出的作家作品。文學史家們在編撰文學的有關歷史時，當然有各自期許和依據的價值標準，但是都毫無疑問地把「好」的作家作品作為述史核心。我們還沒有見過一部以「壞」的作家作品作為述史核心的文學史著作。大概沒有一位文學史家會把自認為「壞」的作家作品列入文學史序列。儘管有時有些入選作家作品並不優秀，也只能說明文學史編撰者的眼光欠佳。期待入史，毫無疑問是很多作家無法拒絕的誘惑。被列入文學史序列的作家，不但證明了自身具有加入文學傳統的資質，而且會獲得一種歷史地位、聲望；尤其通過文學史這種形式的傳播，獲得了不朽的可能。

一、楊逵及其作品的已有文學史形象

　　對於楊逵這樣的作家，入史已經不是問題，問題在於應該如何定位和評價，如何把楊逵及其作品的獨特性、創造性及其在中國文學傳統譜系中的價值準確標示出來。本文擬通過研讀內地出版的文學史著作，在觀測楊逵及其作品已有的文學史定位和評價基礎上，探討進一步豐富和細化楊逵及其作品

〔註1〕〔美〕勒內・韋勒克、奧斯汀・沃倫：《文學理論》，劉象愚、邢培明、陳聖生、李哲明譯，第311頁，南京：江蘇教育出版社，2005年。

文學史形象的可能。鑒於內地出版的中國現當代文學史著作數量驚人，自 1970 年代末以來迄今的 40 多年間，內地已出版 517 部各類文學史著作（不含單純的當代文學史），僅本世紀以來就有 229 部，〔註2〕因此，很難想像能將內地出版的現代文學史在短期內加以全部研讀。更鑒於大量的文學史著作存在很多驚人的相似性，因此選擇性研讀不失為一條捷徑，儘管這樣做有掛一漏萬之嫌。

　　本文選擇性研讀的文學史著作主要有：錢理群、溫儒敏、吳福輝著《中國現代文學三十年》，北京大學出版社 1998 年修訂版（以下簡稱錢溫吳本）；嚴家炎主編《二十世紀中國文學史》中冊，高等教育出版社 2010 年版（以下簡稱嚴本）；朱棟霖、丁帆、朱曉進主編《中國現代文學史（1917～1997）》下冊，高等教育出版社 1999 年版（以下簡稱朱丁朱本）；黃修己主編《20 世紀中國文學史》下卷，中山大學出版社 2004 年版（以下簡稱黃本）；吳福輝著《插圖本中國現代文學發展史》，北京大學出版社 2010 年版（以下簡稱吳本）；顧彬著《二十世紀中國文學史》（范勁等譯），華東師範大學出版社 2008 年版（以下簡稱顧本）；楊義著《中國現代小說史》第二卷，人民文學出版社 1988 年版（以下簡稱楊本）。選擇這七部文學史著作進行研讀的理由：一，這七部史著都有涉及楊逵及其作品文學史形象的敘事。二，編撰者均是現代文學研究領域的資深學者，在內地現代文學研究領域具有廣泛影響性。三，這七部史著作各具特色，從不同角度代表了內地現代文學史編撰的較高學術水平。四，這七部史著在內地甚至海外均產生了較大反響：錢溫吳本是普通高等教育「九五」教育部重點教材；嚴本是普通高等教育「十五」國家級規劃教材；朱丁朱本和黃本是「面向 21 世紀課程教材」；吳本是近兩年內地出版的獲得學術較高評價的現代文學史著作；顧本的作者儘管是外國人，但其特立獨行的文學史編撰方式一度引發內地學界的爭論，與內地學者的文學史編撰方式形成交集，故而納入研讀範圍；至於楊本，儘管是專門體裁的文學史，但出版年代較早、影響較大，對楊逵及其作品的敘事較詳細，故而也納入研讀範圍。

　　為了尊重學術事實，更為準確地反映這七部文學史著作中有關楊逵及其作品形象的描述與判斷，本文盡最大可能按照客觀性原則進行概括與總結，

〔註 2〕洪亮：《中國現代文學史編纂的歷史與現狀》，《中國現代文學研究叢刊》2012
　　　年第 7 期。

儘管這很難達到真正的客觀。至於引用這七部文學史著作的原文，因已經列出出版信息，故在引用時不再加注，只在正文的相關敘述中標明頁碼，以免重複帶來的不必要的累贅。

錢溫吳本是近 30 年來在內地產生廣泛影響的文學史著作，我稱之為近 30 年來現代文學史編撰的「扛鼎之作」。該著最早由上海文藝出版社 1987 年出版，署名錢理群、溫儒敏、吳福輝、王超冰，修訂後改由北京大學出版社 1998 年出版。由於本文目的不是梳理該著版本變遷，故採用修訂版。該著「第二十九章　臺灣文學」的「二　臺灣現代文學的代表性作家」，對楊逵及其作品有三大自然段的敘述（第 657～658 頁），約 1100 字。首先，概括楊逵作品的主題：「更注意從歷史變革的層面諦視無產者的命運和社會變遷」，介紹了《送報夫》的主要內容及傳播的簡略情況；其次，以《泥人形》《鵝媽媽出嫁》為例，概括楊逵作品藝術特色：「有時採用比較隱晦的象徵手法寫作」。第三，概括總體特徵：「楊逵關注現實，參與社會變革，思想開闊，性格豪爽，又受普羅文學思潮影響，其創作大都由現實直逼時代的思想制高點，雖然有濃重的意識形態意味，但視野廣遠，大氣磅礴，有一種粗獷的力度。他的小說，藝術上不算完整，但很適合他所處的那個渴求反抗與解放的年代。」該著還提及了《模範村》《萌芽》和《春光關不住》等作品，以及楊逵「多數作品都是用日文創作，後譯為中文」。

嚴本中冊「第二十章　抗戰時期的中國淪陷區文學」的第一節「『日據』時期的臺灣文學」，關於楊逵及其作品的專門論述大約有一頁半的篇幅（第364～366 頁），估計 1500 字左右。首先，以楊逵簡略的生平經歷為線索，對楊逵主要作品進行介紹、分析和評價。其次，在具體分析了《送報夫》後，指出：「這樣一種突破了單純的民族主義的創作視野，顯示出了楊逵社會關懷的深廣和左翼的文學傾向。」最後，介紹了《鵝媽媽》《模範村》《泥娃娃》等作品的主題和內容，主要評語有：「楊逵小說對日本經濟殖民掠奪性的揭露，不僅為日據時期的臺灣文學開闢了一個重要主題，而且對戰後臺灣文學有重要影響」，「楊逵小說對殖民性的腐蝕有著高度的警覺」。

朱丁朱本下冊「第三十六章　臺灣文學」的第一節「臺灣文學概述」，有一自然段講述楊逵及其作品（第 213 頁），約 300 多字。首先，用一句話概括介紹楊逵生平經歷。其次，引用龍瑛宗和鍾肇政、葉石濤對楊逵及其作品的評價。三，對楊逵及其作品的評價主要是：「其代表作《送報夫》《模範村》等

作品著力表現了廣大民眾不屈不撓的反抗鬥志，激勵人們為追求光明未來而努力奮鬥。」

　　黃本下卷「第十五章　臺灣文學」的「1. 臺灣文學概述」，有一自然段講述楊逵及其作品（第 230 頁），約 500 字左右。首先，簡要介紹楊逵生平經歷，指出楊逵在光復後由日文創作轉向中文創作。其次，列舉楊逵代表作，簡要介紹《送報夫》和《模範村》的主題，指出《送報夫》「透露出初步的社會主義思想」。最後，引用《光復前臺灣文學全集 6》對楊逵小說的相關評論。

　　吳本「第四章　風雲驟起」的「第三十八節　港臺：分割、自立與新文學的生長」，有大約 400 多字涉及楊逵及其作品（第 446〜448 頁）。首先，將楊逵視為「遵循鄉土文學的傳統進行創作」的作家，指出戰時臺灣出現了「最特殊的迂迴文學，一批使用日文的本土作家曲折地寫出或尖銳、或隱晦的反抗殖民地統治、抵制向殖民文學『同化』的作品」。其次，簡要敘述楊逵文學活動的同時，重點指出了《送報夫》「這樣帶有社會主義思想的小說」、「將留日知識者的善良空想和當前殘酷現實作比」的《模範村》。最後，在綜述光復後的臺灣文學時，提到楊逵在 1957 年寫出第一篇中文作品《春光關不住》。由於該著是插圖本，故還配發了兩張照片《楊逵像》和《1937〜1938 年的楊逵》。

　　顧本「第三章　1949 年之後的中國文學：國家、個人和地域」的「一　從邊緣看中國文學：臺灣、香港和澳門」中涉及到楊逵（第 238〜239 頁）：「臺灣在日據時期居然產生了以反殖民、熱愛故鄉（臺灣）和懷念祖國（中國）為主題的社會批判性文學，這在今日看來可能有些不可思議。作家採用了隱晦的寫作手法可能是一種解釋，比如楊逵（1905〜1985），他和吳濁流等人沒有像同時代的人一樣被日本思想同化。」奇怪的是顧本為這段話在第 239 頁加了一個注釋①，列舉了馬漢茂的一些說法，比如「楊逵一生主要在日本人和國民黨的監獄中度過」以及「楊逵很可能投降了日本侵略者」；同時也舉出「對楊逵作品的推崇」的研究成果，Angelina C. Yee《書寫殖民地本身：楊逵的抵抗和民族身份的文本》。

　　楊本「第十一章　臺灣鄉土小說」對楊逵及其作品的敘述設有專節「第三節　楊逵　壓不扁的玫瑰」。實際上該節只有「一　楊逵小說及其顯示的民族正氣」（第 721〜732 頁）專門敘述楊逵及其作品，估計 7300 多字。由於楊本有關楊逵的敘事篇幅較大，其敘述也就從容有餘，本文不能一一引述，只

能擇其要者。一如楊本的述史風格，對楊逵生平經歷和作品的敘述亦以褒揚手法落筆。在論及楊逵及其作品的主題和內容時，稱「楊逵是繼賴和之後，臺灣寫實文學的二世祖」，「儘管楊逵自認是賴和衣缽的傳人，但他初試鋒芒，便跨上了非賴和所及的社會歷史制高點，賴和是民間行醫的志士，創作立足於民眾，根基沉實；楊逵是受進步思潮洗禮的飄泊的革命者，創作既立足民眾，又放眼世界與未來，顯示出更開闊的社會視野」；楊逵「善於從宏觀的歷史層面上把握臺灣社會現實及其命運」，「楊逵以一片忠肝義膽，在作品中架設使臺灣同胞和祖國人民息息相通的『心橋』，無須懷疑，在一葦可渡的臺灣島上，存在著萬古不滅的中華民族之魂。」在論及楊逵作品藝術特色時，主要評語有：「由於處在殖民地社會環境從事創作，楊逵除了運用明白曉暢、充滿理想的現實主義創作方法，還採用隱晦曲折、富有暗示性的象徵手法進行堅韌的戰鬥」，「楊逵小說的風格是豪放的，思想開闊，慷慨激昂，寓樂於悲，著墨粗獷。他創造的是壯美，是力的文學」。楊本專門詳細分析、解讀和評價的作品有《送報伕》《模範村》《泥娃娃》《萌芽》《春光關不住》《頑童伐鬼記》《鵝媽媽出嫁》。

　　通過對上述七部文學史著作有關楊逵及其作品的敘事的整理和概括，總體來看有幾個特點：一、將楊逵作為臺灣現代文學發軔時期的重要代表作家。二、重點介紹與評述的是《送報夫》《模範村》《泥娃娃》《鵝媽媽出嫁》等作品。三、重點突出楊逵的反抗鬥志、左翼立場和民族主義精神，特別關注楊逵對精神同化尤其是殖民主義同化的警惕。四、著重分析楊逵創作的現實主義風格，注意到了曲折手法的運用和歷史視野的開闊；五、在評價楊逵作品的審美特色方面，注重闡釋其粗獷的、力的美學風格。六、隱含了楊逵鬥士風采與其作品的互文性問題。上述這些特點表明，內地出版的文學史著作對楊逵及其作品的敘事，已經基本形成了一個穩定的敘事結構和模式；對其生平經歷、代表作品的選擇與評價，有著基本的共識；楊逵對臺灣現代文學的奠基性貢獻得到充分認可。

　　對一個人及其創造物的關照與評價，通常存在著一般評價系統和專業評價系統兩個視野，也就是非專業視野和專業視野。一般評價系統所採取的往往是綜合的、模糊的、收斂型評估模式，通過刪繁就簡等手段對一個人及其創造物進行歸納和概括；而專業評價系統往往採取分析的、精確的、發散型評估模式，通過闡幽發微等手段對一個人及其創造物進行認知和闡發。對一

個文學家及其創造物的評價而言，兩者最典型的銜接與交匯點，我以為是文學史述史。文學史述史承擔著意識形態宣傳、文學教育、文學知識普及、審美能力培養等等各種社會職能，主要預設對象是大學文學及相關專業學生以及文學愛好者，而這個群體在向社會傳播文學信息過程中起著相當重要作用，如果再考慮到中小學語文教材關於文學信息的介紹與講述基本上也是來自文學史述史，那麼顯而易見它就成為社會各階層接受文學信息的最主要、最權威的渠道。因此，文學史述史系統中的研究和評估結果，代表了社會整體系統對文學諸問題的中等層次的認知、理解和接受，趨近於社會整體系統對文學認知、理解與闡發水平的平均值。內地出版的文學史著作對楊逵及其作品的選擇、描述、評價和闡發，體現的是內地社會整體系統對楊逵及其作品形象的認定與評判的平均值，意味著楊逵不但是臺灣現代文學的創始作家，也是現代中國文學史序列中不可或缺的作家。顯然，這種認定與評判並不代表內地學術界關於楊逵及其作品研究的最高水平，但是卻可以體現內地文學研究系統對楊逵及其作品的典型和普遍判斷。這種認定與評判，構成了對楊逵及其作品進行深度研究的基本學術起點。

二、提升述史肌質，豐富楊逵形象（上）

經過 60 多年的探索與實踐，內地的文學史編撰已經基本形成一種穩定的述史模式。穩定其實也意味著它難以實現文學史編撰的整體創新和突破。關於如何實現文學史編撰的整體創新，另有專文論述。本文所關注的是，在文學史編撰整體創新難以取得突破的情況下，通過分析「楊逵形象」的文學史敘事，探究如何提升文學史述史的質量問題。

內地文學史編撰的程序，一般是首先考慮文學史觀、價值體系、框架結構、述史線索、文學史諸事實的篩選標準等宏觀問題，這些宏觀問題差不多解決了之後，才進入微觀的文學史編撰的具體敘事過程。在文學史編撰的具體敘事中，也形成了大體一致的敘事模式和結構，比如對入選作家的敘事，一般要包括時代背景、生平經歷、作品的介紹、分析和評判等元素；對入選作品的介紹、分析和評判，一般在結合作家生平經歷和歷史背景的情況下，採取二分法的敘事模式，也就是內容與形式／思想主題與藝術特色的模式，然後再分層次逐一進行概括、總結與評判，比如思想主題一、二、三，藝術特色一、二、三。本文研讀的七部文學史著作（顧本除外，基本上就是以這種模

式和結構對楊逵及其作品進行敘事的；儘管詳略和取捨各有不同，但文學史敘事的基本套路大致相似。目前，內地學者有關文學史編撰問題的討論熱點依然集中於文學史觀、價值體系、框架結構、述史線索、篩選標準等問題，遺憾的是很少能見到有關微觀層面的文學史具體敘事問題的研究。

　　文學史是一種講述文學歷史的敘事體裁，基本職能是對歷史上的文學現象進行梳理、篩選和品評，目的是傳播文學知識、提升審美能力、陶冶藝術情操、延續文學傳統、凝聚民族精神、強化文化認同乃至意識形態教化等等。內地文學史著作雖然數量驚人，但是價值體系、框架結構等多大同小異，學術水平也參差不齊，述史品位的高下立然可判。究其緣由，文學史編撰中「肌質」的充盈、豐沛與否，是一個重要因素。高深莫測、晦澀難懂、駁雜繁複，未必是文學史著作高品質的體現；文學歷史的精彩和卓越，未必要通過眼花繚亂的理論和術語來表達；通俗易懂、雅俗共賞的語句，未必不能「直指人心，見性成佛」。文學史著作固然要兼備考據、義理、辭章和經濟四個品質，但是以歷史學述史模式為依託的編撰手法卻是其基本形態。通過述史，將文學史事實及其意義說準、說清、說透是其最基本的規則。要實現這項基本職能，建構富有張力和彈性的「肌質」，就是文學史編撰不可或缺的一項重要技術。

　　這裡提到的「肌質」這個術語，來源於「新批評」大家蘭色姆的「結構—肌質（structure/texture）」理論。這個理論強調：詩歌作為一個意義的綜合體，具有邏輯結構和肌質兩個不同的特徵；具有鮮明個性且以想像不到的方式展現活力的是細節，細節的獨立性就是詩的肌質，它在某種程度上「依賴」於詩的邏輯起點，但並不完全由邏輯結構所決定；善於處理「結構—肌質」的關係，是詩人最珍貴最罕見的天賦。〔註3〕本文無意詳述這個理論，只是將其術語和思路借用到文學史編撰中，意圖有益於文學史編撰難題的解決。所以，如果將文學史觀、價值體系、框架結構、述史體系、文學事實篩選等宏觀命題，視為文學史編撰的「邏輯結構」；那麼具體的微觀層面的敘事問題，就可以視為文學史編撰的「肌質」。內地出版的文學史著作，複製現象普遍，個性之作、創新之作不多見。除了文學史編撰宏觀層面的「邏輯結構」存在瓶頸外，文學史編撰微觀層面的「肌質」問題，是一個絕對不能忽視的薄弱環節。

─────────────

〔註3〕〔美〕約翰・克羅・蘭色姆：《新批評》，王臘寶、張哲譯，第182～187頁，南京：江蘇教育出版社，2006年。

細節往往決定成敗，再高屋建瓴的文學史觀、再有整合力的價值體系、再有凝聚力的框架結構、再有豐富內容的述史體系、再有水平和品位的篩選標準，如果不借助於微觀層面的具體文學史敘事亦即文學史的「肌質」來展現，其學術效力想必事倍功半。而出色的文學史「肌質」，往往能將平淡無奇的文學史「邏輯結構」，潤飾和提升到一個更高的層次。 顧彬談及評價 20 世紀中國文學史的依據時，提出了「語言駕馭力、形式塑造力和個體精神的穿透力」三個標準。〔註4〕事實上，這何嘗不可以成為文學史編撰者進行文學史敘事的標準呢？文學史著作是具有相對獨立性的存在，何嘗不可以使自身具有較高的意味和品位？文學史編撰不僅僅是一種專題歷史的研究工作，也是一種創造「有意味的形式」的寫作，還具有可以啟迪人心、發人深省的哲學探究色彩。海登‧懷特所謂歷史敘事具有詩性和修辭性特徵，對文學史編撰同樣有效。因此，當文學史觀、價值體系、框架結構、述史線索、文學史諸事實的篩選標準等問題難以突破的時候，述史「肌質」的提升，就是文學史編撰的一條創新之路。

以楊逵為例。以歷史背景、時代精神、生平經歷、作品解讀作為框架和線索，編織作家作品形象，是文學史編撰的學術慣例。但是如何融會貫通這些元素，將作家作品的獨特性和創造性展現出來，卻非輕而易舉。如果僅僅是點到為止，很可能就會隔靴搔癢、似是而非、浮於表象。比如，很多文學史著作都提及楊逵的政治行為，可是楊逵的政治行為發生在一個什麼樣的政治生態環境中？這種政治生態環境對楊逵及其作品產生產生了什麼重要影響？他的政治行為和作品之間的深度關聯是什麼呢？儘管日劇時代的臺灣在法律和政治範疇上並不從屬於中華民國，那時的楊逵是也一個以日文進行創作的作家，但是顧彬以臺灣和大陸的發展「基本脫節」、「穿著純粹的日語外衣」為理由，判定日據時代臺灣文學「應該算作日本文學史，而不是中國文學史的一部分」，〔註5〕這種說法絕對難以成立。如果按照這個邏輯，那麼思想的信奉是否可以作為劃分的標準呢？思想信奉可是比單純的語言文字運用更具根本性，那麼我們是否可以據此判定信奉孔子的伏爾泰的思想屬於中國思想

〔註4〕〔德〕顧彬：《二十世紀中國文學史》，前言第 2 頁，范進等譯，上海：華東師範大學出版社，2008 年。

〔註5〕〔德〕顧彬：《二十世紀中國文學史》，范進等譯，第 235 頁，上海：華東師範大學出版社，2008 年。

史呢？最簡單的例子，比如英語在全世界普及性最高，用英文寫作的作家比比皆是，但是你能說屬於英國文學史嗎？顯然，表象的世界並不意味著意志的世界。兩岸同根同源同脈是基本事實，不會因為法律、政治乃至語言運用的暫時變異而改變其民族本性和文化根性。泰納曾言：「人類情感與觀念中有一種系統；這個系統有某些總體特徵，有屬於同一種族、年代或國家的人們共同擁有的理智和心靈的某些標誌，這一切是這個系統的原動力。」〔註6〕楊逵在日本殖民侵略的苦難遭遇中以日文寫作，是日寇實施文化滅絕的極端歷史狀態下的被迫之舉；目的不是屈從殖民統治，而是表達不屈不撓的抵抗精神；這恰恰是他那代作家出污泥而不染的風骨和神采所在，也是中華文化原動力在日據臺灣時期威武不屈的見證與象徵。楊逵主要不是因為憧憬文學而從事文學創作，恰恰相反，文學作品是他高揚而堅定的政治反抗意志的果實；他將一個區域、一個時代和一個民族、一種文化共同擁有的情感感應和精神訴求，彙集在自己的政治反抗和文學創造中，是他那個時代、那個區域的那代人，在艱難跋涉中追求理想存在模式的精神路標。

　　顯然，內地出版的很多文學史著作並未將這個問題說透。主要原因應該在於，對一個世紀以來臺灣所遭遇的獨特政治和文化災難，存在著經驗層面的隔膜。先是日寇殖民統治，後繼兩岸對立分治，政治、軍事的對峙固然無法割斷民族認同和文化傳承，但是臺灣的歷史和文化在這樣的特殊遭遇中，必然要生成自己獨特的生存形態和運作方式，必然在延續民族精神和繼承文化傳統方面形成特殊的區域特徵和時代特徵。猶如中華文化「獨尊儒術」之前的齊魯文化、吳越文化等區域文化的存在，臺灣文化當然也具有獨特的精神氣質、習俗慣例、典章文物等具體形態和特徵（這本身就說民中華文化富有包容性）。指出臺灣社會政治、經濟、文化的區域性和獨特性，目的在於：當強調臺灣作家對中華文化生生不息、百折不撓的認同感和向心力的時候，應該能充分認識到臺灣文化的區域性特徵和獨特形態，會使該區域作家的文學創作具有獨特個性和別樣風采。這種文學創作的區域色彩和獨特風貌，是衡量和評價該區域作家作品不可或缺的一個重要尺度。

　　楊逵及其作品顯然是體現這種同一性和差異性的典型作家作品。對這種

〔註6〕〔法〕H.A.泰納：《英國文學史》，〔英〕拉曼‧塞爾登編：《文學批評理論——從柏拉圖到現在》，劉象愚、陳永國等譯，第429頁，北京：北京大學出版社，2003年。

同一性和差異性的辨別、分析和判斷，並不是籠統地冠以臺灣文學、殖民歷史、兩岸分治等類似術語所能說準、說清、說透的，學者們需要進行細緻而審慎的探究，況且每個具體作家還都有自己個性獨具的人生脈絡、生命體驗、價值訴求和表達方式。以文學史的有限篇幅，準確、清晰、透徹地講述這種同一性和差異性，需要深厚的學術功力和恰切的表述技巧。

再比如楊逵的左翼政治立場和民族主義精神之間錯綜複雜的關係。很多學者可能會因為這兩種思潮論域的差異而糾結於概念和理論。文學史編撰的穩妥之舉，一般也是分而述之、不加深辨。然而概念和理論只有依託於具體事實才有意義，正如伊格爾頓所說：「『文本的真實』與歷史的真實是相關的，但不是對歷史真實的想像性置換，而是某些以歷史本身為最終源頭和指涉的表意實踐的產物。」〔註7〕對楊逵而言，他的生平經歷、生存狀態和這兩種思潮之間，存在著著天然的主體間性；或者說楊逵及其作品、兩種思潮，不但和歷史事實本身相關，在某種意義上就從屬於歷史事實本身，是歷史事實狀態的個體化表意實踐。所有這一切，尤其是他作品的起源和精神旨歸，最終匯聚在一起使他成為所處歷史時代的一面明鏡。在那個時代，楊逵所秉持的這兩種精神與價值取向，和內地左翼作家所展現的基本一致，都是同一主體的精神訴求的不同面相；爭取民主自由和民族解放不但並行不悖，而且還是相互支撐、相互依託；猶如那個時代內地左翼作家將反抗專制獨裁和救亡圖存深度結合在一起，楊逵及其作品不但展示了這兩種精神向度以及兩者之間的複雜性，更充分表達了兩者在起源和目標上的同構性和互文性。更為重要的是，楊逵及其作品和內地作家精神訴求的遙相呼應，體現的是中華民族在一個特殊歷史狀態下的共同精神主題和價值訴求。這或許就是一個民族、一種文化雖然遭遇劫波，依然能夠將其普遍的向心力和凝聚力，以具體的個體特殊方式加以呈現的結果。

顯然，豐富文學史中的「楊逵形象」，僅僅判定其政治反抗的正義性，分析其左翼立場、民族主義的合理性，闡明歷史背景、時代精神、生平經歷與其文學創作的關聯，還不足以充分說明楊逵及其作品的文學史地位和藝術價值。因為無論動機和意願如何，文學史所要面對的畢竟只能是文學產品。問

〔註7〕〔英〕特里‧伊格爾頓：《批評與意識形態》，〔英〕拉曼‧塞爾登編：《文學批評理論──從柏拉圖到現在》，劉象愚、陳永國等譯，第474～475頁，北京：北京大學出版社，2003年。

題的關鍵是楊逵如何在文學創作中，將上述元素內化為作品的有機內涵，最終留下「攖人心」〔註8〕的傑出文學作品。這就要牽扯到文學史編撰的審美標準和審美評價問題。

三、提升述史肌質，豐富楊逵形象（下）

文學史編撰中審美標準的確立和審美評價的運作，取決於文學史編撰者對審美價值和美學範型問題的理解與運用。「審美」本身是一個複雜而籠統的概念，統轄著審美主體、審美對象、審美意識、審美態度、審美經驗、審美體驗、審美趣味、審美觀念、審美價值、審美理想等彼此依存又相互交叉的諸多子概念。過去 30 多年，中國現代文學研究界在實際的學術運作中，往往不深入辨析這些子概念的差異，而是綜合、雜糅運用。以至於審美觀念、審美經驗、審美價值等幾個有限的子概念，在具體學術語境中趨向於代行「審美」的整體職權。這也不是多麼不合學術規範的事，因為一個學者借鑒運用其他學科的概念很難做到界限分明，就是本學科學者在實際運用中也很難做到毫釐不差。概念、術語和理論本來就是研究的拐杖，是後發於現象與經驗的歸納、概括和總結。

問題關鍵在於，學者們在綜合運用「審美」這個概念時，賦予了它怎樣的內涵和外延，產生了什麼樣的學術效力。近 30 多年對審美概念綜合雜糅運用的後果，是在文學研究界形成了一股推崇審美性、文學性的學術潮流，審美性和文學性成為評價作家作品的最高標尺；而對審美性和文學性的理解，往往集中於幾個層面，比如超越性、永恆性、人性、品位、審美愉悅等等。十多年前評論這種現象是我稱之為「審美自治論」。儘管近年學術界已經反思文學性、審美性等觀念的弊端，但焦點多集中於不滿這些觀念造成文學及其研究和社會現實的脫節；這個問題無論是在理論領域還是學術實踐層面，並未得到妥善和徹底的解決。尤其是文學史編撰領域對作家作品的選擇和品評，還遺留著濃重的痕跡；較為穩定的「審美意識形態」氛圍，依然持續影響著文學史編撰的篩選和評價。

熟知中外文學史和文學理論者大概都會知道，所謂文學性、審美性、超越性、永恆性和藝術性等，從來就沒有純粹存在過，從來都是以歷史的和相

〔註8〕魯迅：《摩羅詩力說》，《魯迅全集》第 1 卷，第 68 頁，北京：人民文學出版社，1981 年。

對的特殊形態存在，這些特殊形態的內涵和特徵往往並不一致。顯然，「審美」這個綜合概念的能指和所指，是在歷時性和共時性的氤氳互生中滑動運行，並產生理論效力。伊格爾頓曾感慨：「畫家亨利·馬蒂斯曾經說過，一切藝術都帶有它的歷史時代的印記，而偉大的藝術是帶有這種印記最深刻的藝術。大多數學文學的學生卻受到另外一種教育：最偉大的藝術是超越時間、超越歷史條件的藝術。」〔註9〕何止是受文學教育的學生，如果教育者不把這個命題視為「真理」，又如何向學生傳授這樣一種理念？故意傳授偽知識、偽命題的教育者大概微乎其微吧。實際的狀態是，每個時代的人都依據所處時代的思想狀況和精神趣味，對審美觀念給予符合自身時代想像和理論期待的認定與界說，從而實現特定歷史時期內的有效解說與闡釋。

「審美自治論」的一度流行，既與時代狀況的制約有關，又與誤讀文學審美觀念的內涵與外延密切相關。在文學研究和文學史編撰的篩選和評價機制中，人們經常以是否帶來「審美愉悅」，來評價作家作品的水準與品質，來說明、解釋文學現象的發生、傳播、接受和影響。可是審美愉悅到底是什麼？顯然，人們在運用中往往傾向於感覺、知覺和情感層面，而對意志、理性、欲望乃至道德等層面置若罔聞。梅內爾認為，「我一直把我們對優秀藝術品所產生的情感或綜合情感稱作『愉悅』，這是因為還找不到更合適的字眼」，顯然這裡所說的「情感」並非一般意義上的理解，而是一種全能代指，因為他接著指出，「從特徵上講，審美愉悅來自於構成人類意識能力的鍛鍊和擴大的愉悅。……人類意識可以被理解為經驗、理解、判斷、決定四個層次的運作」。〔註10〕梅內爾的論述，我認為觸及到了對審美觀念如何整體理解和闡釋這一的命題。文學研究和文學史編撰中的篩選和評價活動，實際上是評價者的感覺、知覺、情感、意志、理智、欲望乃至潛意識等各種精神能力在面對審美對象時的一種綜合的總體精神反應，融匯著體驗的快感、認知的滿足、理性的判斷、道德的評價、意志的擴展、欲望的轉換等等各種元素的交叉活動，絕非那個通常意義上的單一審美愉悅所能涵蓋的。實際上不僅是中國現代文學研究界，就是恩格斯有關歷史的和美學的論述、韋勒克有關外部研究與內部

〔註9〕〔英〕特里·伊格爾頓：《馬克思主義與文學批評》，文寶譯，第6～7頁，北京：人民文學出版社，1980年。
〔註10〕〔英〕H.A.梅內爾：《審美價值的本性》，劉敏譯，第26～27頁，北京：商務印書館，2001年。

研究的分類，也存在著單一化和狹隘化理解、運用審美觀念的傾向。充分理
解了審美觀念的這種複雜性和整體性，也就不難理解海德格爾為什麼要在《藝
術作品的起源》中迴環往復、曲折晦澀地論證作品、藝術和真理之間的關係，
因為藝術、作品和世界有著天然的主體間性關聯。

　　審美標準的確立和審美評價活動的展開，顯然要依賴評價者所認定的
審美價值和美學範型。當我們將曾經被驅逐的大量豐富內涵重新召喚到審
美觀念的領地，將審美體驗／經驗理解為一種富有包孕性和兼容性的人類
精神的獨特存在形式時，文學作品所擁有的審美價值和美學範型的多樣性
也就會相應綻放。紹伊爾斷言：「審美特質被理解為一種歷史產物，於是，
那種宣稱藝術是與一切非藝術因素無關的獨立物的觀點被拋棄了，價值判
斷不再遵循過去大多從『古典』文學中推導出來的標準，美學本身也成為一
種受歷史條件制約的藝術觀。判斷『美』的標準不再是絕對的，而是相對
的，即在歷史進程中不斷變化運動的。藝術作品不再是風格形式上具有不
變價值的實體，而必須以歷史的觀點重新被評價。只有在歷史這面鏡子中，
一種審美現象才能獲得其價值。」〔註11〕我要說的是，在相當重要的程度
上，只有當審美觀念和美學範型恢復了固有的豐富內涵後，歷時性的、有效
的審美評價活動才能持續展開，人們才有可能重新選擇、發現和評價審美
對象。

　　之所以不厭其煩地闡述這個理論問題，就在於因為誤讀文學審美觀念，
導致楊逵及其作品的文學評價尤其是文學史形象建構存在著不足與遺憾。這
種狀況存在已久：從《送報夫》獲日本《文學評論》徵文二等獎時評委們對小
說藝術性的保留意見，到胡風翻譯該作時指出的「結構底鬆懈」，再到以後不
少學者評價楊逵作品「文學性」、「藝術性」偏低。以致於一些採取同情式研
究的學者也委婉表示「楊逵的創作可能存在樸拙和粗糙的敘述」。〔註12〕關於
這個問題，正如有的學者所概括的：「關於楊逵作品的評論，的確有一種幾乎
是共同的現象，那就是對於楊逵小說的『文學性』或『藝術性』的評價一直不
是作家、評論家們關心的問題。……『文學楊逵』的形象好像都是由於其作

〔註11〕〔德〕赫爾穆特·紹伊爾：《文學史寫作問題》，中國社會科學院外國文學研
　　　　究所《世界文論》編輯委員會：《重新解讀偉大的傳統──文學史論研究》，
　　　　第150～151頁，北京：社會科學文獻出版社，1993。
〔註12〕朱立立、劉登翰：《論楊逵日據時期的文學書寫》，《中國現代文學研究叢刊》
　　　　2005年第3期。

品所表現的『非文學』意義而得以牢固地建立起來的。」〔註13〕這個現象的
實質，並不是評價者們有意進行貶低，而是在很大程度上源於評價者內心深
處那個凝固而窄化的審美價值和美學範型。須知，審美觀念和美學範型雖然
具有獨立性，但是它後發於文學現象和文學作品，是對文學現象和文學作品
的一種經驗主義的歸納、概括和總結；反過來看，文學現象和文學作品又為
這種經驗主義提供了事實印證，即「名著作為一個對象，具有批評標準的重
要意義」。〔註14〕經過這種循環論證式的共時性累積和歷時性沿革，審美觀念
和美學範型及其評價評標準，就會隨著文學現象、文學作品的確立、傳播與
影響，逐漸形成自身的穩定結構、意義功能和實踐取向。

　　事實上，再完美的文學作品，也未必能將審美價值和美學範型的全部內
涵等量齊觀、集體展現出來，只能突出其中一個或幾個層面。能進入文學史
序列的作家作品，大多數不是因為完美而全面的展現審美價值和美學範型，
往往是由於在一個或幾個層面展示出審美的力量而留名歷史，這種力量不僅
僅限於布魯姆所謂的「嫻熟的形象語言、原創性、認知能力、知識以及豐富
的詞彙」〔註15〕，更不會侷限於研究界過去理解的那個審美價值和美學範型
的指涉。這種審美力量，事實上就是我們常說的文學作品在一個或幾個層面
上的獨特性和創造性。豐富楊逵及其作品的文學史形象，關鍵就在於其審美
力量也就是獨特性和創造性的辨析、確定與評價。

　　文學史編撰的目的不是排座次，而是梳理文學源流，勾勒文學傳統，鑒
別、闡發每一個作家的獨特性和創造性。每一部作品的獨特性和創造性，都
是其他作品的獨特性和創造性所無法替代的。猶如自然界的爭相鬥豔、絢爛
多彩，花朵的嬌豔欲滴無法替代碧草的青綠怡人，參天大樹的高聳入雲也無
法替代低矮灌木的匍匐蔓延；美和藝術的展現，不盡然是「家族相似性」，還
是個體多樣性和不可重複性。韋勒克深諳此道：「我們要尋找的是莎士比亞的
獨到之處，即莎士比亞之所以成其為莎士比亞的東西；這明顯是個性和價值
問題。甚至在研究一個時期、一個文學運動或特定的一個國家文學時，文學
研究者感興趣的也只是它們有別於同類其他事物的個性以及它們的特異面貌

〔註13〕黎湘萍：《「楊逵問題」：殖民地意識及其起源》，《華文文學》2004年第5期。
〔註14〕〔英〕H.A.梅內爾：《審美價值的本性》，楊平譯，第38頁，北京：商務印書
　　　　館，2001年。
〔註15〕〔美〕哈羅德布魯姆：《西方正典：偉大作家和不朽作品》，江寧康譯，第20
　　　　頁，南京：譯林出版社，2005年。

和性質。」〔註 16〕那麼，楊逵及其作品的獨特性和創造性或者審美力量究竟何在呢？

　　泰納曾經抗辯：「如果有些作品中的政治和教義都充滿生機，那就是祭壇和主教座上的雄辯的布道文、回憶錄、徹底的懺悔錄；所有這一切都屬於文學」。〔註 17〕以以往的所謂藝術性、文學性來評定楊逵及其作品，顯然是拿其他作家的獨特性和創造性的標尺來衡量，是以他人之長來比較楊逵及其作品之短。諸如語言運用的嫻熟、結構布局的均衡、敘事能力的卓越、情節設置的巧妙、主題意蘊的含蓄、感情蘊藉的委婉之類，並不是楊逵作品之所長。這些人們慣用的標準，無法準確、透徹地勘探楊逵及其作品的獨特性和獨創性。楊逵作品的審美力量，自有其樸拙、粗礪、壯美的別樣風采和獨特魅力，因為在他的那個年代，「文學是戰鬥的！」〔註 18〕

　　眾所周知，辛亥志士林覺民的《與妻書》不是文學創作，可是其藝術感染力不知勝過多少文學作品；中國古典時代也不知有多少臺閣體、宮廷詩在藝術上華麗一時，如今卻湮滅無聞。十九世紀俄羅斯那些偉大的批評家們，的確是屹立在人類批評史上的高峰，他們對文學的理解與評判確乎鶴立雞群：「衡量作家或者個別作品價值的尺度，我們認為是：他們究竟把某一時代、某一民族的〔自然〕追求表現到什麼程度。」〔註 19〕楊逵及其作品的價值和文學史意義，就在於他憑藉堅忍不拔的抵抗一切暴虐的政治意志、「用文藝作品底形式將自己的生活報告於世界的呼聲」〔註 20〕，將他那個時代、那個區域、那個社群的內心追求，表現到了他那個時代所能達到的一個歷史高度。即使僅僅憑藉這個因素，他也會成為他那個時代、那個區域的經典作家，何況其作品的審美力量還有獨特的藝術個性和風貌。

　　隨著時光的流逝，人們在記憶深處打撈那個時代、那個區域的精神遺跡時，

〔註 16〕〔美〕勒內・韋勒克、奧斯汀・沃倫：《文學理論》，劉象愚、邢培明、陳聖生、李哲明譯，第 6 頁，南京：江蘇教育出版社，2005 年。

〔註 17〕〔法〕H.A.泰納：《英國文學史》，〔英〕拉曼・塞爾登編：《文學批評理論——從柏拉圖到現在》，劉象愚、陳永國等譯，第 432 頁，北京：北京大學出版社，2003 年。

〔註 18〕魯迅：《葉紫作〈豐收〉序》，《魯迅全集》第 6 卷，220 頁，北京：人民文學出版社，1981 年。

〔註 19〕〔俄〕杜勃羅留波夫：《杜勃羅留波夫選集》第 2 卷，辛未艾譯，第 358 頁，上海：上海譯文出版社，1983 年。

〔註 20〕楊逵：《送報伕》，胡風譯，譯者前言，《世界知識》1935 年第 2 卷第 6 號。

在楊逵作品中得到的,可能比那些汗牛充棟的歷史資料更為細膩、豐富和鮮活;而且,所有遭受過或正在遭受奴役與剝削的人們,也能在他的作品中找到深深的同感和強烈的共鳴,因為「這是東方的微光,是林中的響箭,是冬末的萌芽,是進軍的第一步,是對於前驅者的愛的大纛,也是對於摧殘者的憎的豐碑。一切所謂圓熟簡練,靜穆幽遠之作,都無須來作比方」。〔註21〕

當我們從以往對審美性、藝術性、文學性的誤讀中解放出來,再重新走入楊逵及其作品的世界,其獨特性和創造性就會破土而出。提升有關楊逵及其作品的述史「肌質」,豐富文學史敘事中的「楊逵形象」,也就有了堅實的支點和明確的方向。在文學史中準確、全面、透徹的敘述「楊逵形象」,就不僅僅是一種理論可能,而是變為一個具體的文學史編撰的技術問題和實踐問題。這將對文學史編撰提出新的要求。通過如何豐富文學史中的楊逵形象這個具體學術個案,我們能夠預測:如何具體而圓熟的提升文學史述史「肌質」,從而實現文學史編撰的突破,將向文學史編撰者們發出挑戰。

〔註21〕 魯迅:《白莽作〈孩兒塔〉序》,《魯迅全集》6卷,第494頁,北京:人民文學出版社,1981年。

第六章 「武俠」金庸：反抗理念
桎梏，回歸文學本源

　　從 1980 年代開始至今，文學研究界用了 30 多年時間，在話語形式和研究範式上顛覆了主流政治意識形態的話語霸權地位，在文學史、文學批評和文學理論各領域取得了諸多成果，具有了相對自治的學術能力，也建立了一套或 N 套相對自治的話語體系。然而在一個過渡時代，思想文化的轉變即使有風雲激蕩、群情激昂的一面，但是要轉化為日用人倫從而實現移風易俗之功效，不僅需要時光長久的積澱和社會制度體系緩慢的變遷，可能還需要一代甚至幾代人精神的壓抑、窒息、庸俗和破敗為代價。必須警惕已有成果背後，醬缸文化堅韌、堅強的陰影依然作祟。這不僅是指外在的束縛與鉗制，更是指我們內心世界的自我矮化與奴化。但是我們又必須充分肯定已有成果的價值和意義，不然微弱的前行也會被內心的沮喪所驅逐。

一、文學史價值等級與金庸登堂入室

　　在最近 30 多年中國現當代文學研究的諸多成果中，金庸由難登大雅之堂的通俗武俠小說作家，躍居中國現當代文學經典作家的廟堂，是一個值得認真反思與回味的學術案例。這不僅因為金庸小說在特定時代的文化語境中，暗合了文藝本來就具有的解放功能和民主價值；也不僅因為主流政治文化實質上頹敗後，商業文化、平民文化、消費文化、文人文化等各種弱勢文化類型的趁虛而入；還因為金庸小說從挑戰固有文學研究的知識譜系、價值秩序和意義系統，到最終被接納、得到盛讚這一過程背後，隱藏著我們思想精神、

價值尺度和學術理路變遷的諸多內在脈絡。這個脈絡盤根錯節、錯綜複雜，牽扯面不僅僅限於文學及其研究。本文無意對此進行知識考古與價值評判，而是借機思考一個問題：金庸小說入史並跨入經典行列，反饋出近 30 多年中國現當代文學研究怎樣的成就與侷限？本文擬從文學的知識譜系、價值秩序、意義系統與金庸小說闡釋有效性的關係切入。

在 1980 年代，如果要將金庸列入中國現當代文學經典作家，幾乎會被斥為異想天開。即使 1990 年代，關於金庸是否是 20 世紀中國文學大師、金庸武俠小說是否可以入史、是否可以進入大學講堂的言論，都引起了文學系統內部的激烈爭論，引發了社會媒體的熱議和聚焦。如今質疑之聲已經式微，金庸已經名正言順地步入 20 世紀中國文學大師行列，金庸小說研究堂而皇之地走上了不少大學的講堂，有相當多的相關專業論文和著作發表與出版，金庸小說被各類中學語文教材及其選本節選，每年有相當多的碩、博、本畢業論文將金庸及其小說作為選題，這還不包括「金迷」們的無數亞學術成果。「金學」可謂已經蔚然大觀。

在金庸及其小說步入經典的過程中，學術權威和專家學者理所當然起了蓋棺論定的作用。中國現當文學研究界褒揚金庸及其小說最有影響的學者，當屬北京大學嚴家炎教授。他屢屢發表言論盛讚金庸及其小說（比如「一場靜悄悄的革命」、「20 世紀中華文化的一個奇蹟」等），在北大開設「金庸小說研究」課程，出版學術論著《金庸小說論稿》。最近嚴家炎教授主編的《20 世紀中國文學史》關於金庸及其小說的論述（該部分由黎湘萍研究員撰稿），僅在篇幅上就遠遠超過其他臺港作家乃至多數內地作家。學術界褒揚金庸者當然不止嚴家炎教授，有不少專家學者都是「金迷」。必須指出，在金庸及其作品步入經典行列的過程中，讀者的數量和能量是第一推動力。上至黨國政要下至黎民草芥的驚人閱讀眾數，讓矜持的學院派精英們低下高貴的頭顱，破例打破了精英文學與通俗文學的森嚴壁壘。這當然不是專家和權威對大眾的無奈讓步，而是專家和權威調整了學術理路和文學價值標準之後的一種理性判斷和結論，當然更在於金庸小說一定有一種獨特的魅力在發生作用。

文學研究尤其是文學史述史體系，往往是一個統一而嚴謹的、而非矛盾和雜亂的理性言說的邏輯體系，往往要對文學事實進行裁剪和黏貼，從而達到符合某種知識譜系、價值秩序和意義系統的理性想像所要求的和諧程度，進而具有權威性和說服力。而且所有的文學現象，包括文學運動、思潮、流

派、作家、作品，都必須在一個具有統一尺度的平臺上接受檢閱和認定。文學研究尤其是文學史述史的知識譜系、價值秩序與意義系統的標準，應該具有公平、公正和公開的特點，才能實現自我說服和說服他人的研究與述史目的。儘管真實的文學圖景和這個理性勾畫出來的圖景，可能存在很大偏差。這個統一的尺度，研究者和編撰者或直言其事，或暗藏心中，甚至局部有矛盾和混亂之處，但在整體的邏輯、結構和線索上卻是統一的。金庸及其小說進入經典行列，顯然也要接受這樣一個統一的知識、價值和意義平臺的檢閱與評判。

　　英國學者 H.A.梅內爾曾在《審美價值的本性》一書的開篇提出一個問題：「我們有什麼根據，按什麼原則能夠斷定一件藝術品是好的、偉大的，或是不好的，為什麼它和另一個藝術品比起來更好或更差？」〔註1〕我們如果懷著同樣的問題意識追問：金庸及其小說跨入經典行列的根據何在？如果暫不考慮金庸小說本身的因素，那麼這個判定的直接根據，主要應當來自於那個經幾代學者辛苦營造起來的中國現當代文學的知識譜系、價值秩序和意義系統。在現代中國文學研究的表述中，或許基本不採用魯迅比郭沫若偉大、巴金比老舍優秀之類的比較高低上下的方式，一般在文字表述上也看不出有一個縱論英雄長短的明顯的裁剪和衡量標尺，但是在文學研究尤其是述史秩序中，的的確確存在一個排座次、分果果的問題，比如誰是專章作家、誰是專節作家、誰又可以合併處理統而論之、誰又可以置之不顧之類。這既是一個文學研究和述史的技術問題，更是一個論功行賞的價值分配問題。如果說知識譜系本身具有價值中性的色彩，那麼價值秩序和意義系統則必須是一個能區分高低貴賤、好壞優劣的等級森嚴的秩序，無論它是明顯的還是隱晦的。文學研究和述史一旦進入評價程序，那麼它的價值傾向與選擇功能也就同時啟動，正如有的學者所言：「任何文學批評的前提條件就是對構成藝術本質的東西的瞭解——對藝術在人生中的作用的瞭解。然而，涉及藝術作用的任何理論基礎都必然涉及到一個得到認可的價值等級。」〔註2〕這個價值等級在文學研究

〔註1〕　〔英〕H.A.梅內爾：《審美價值的本性》，楊平譯，第1頁，北京，商務印書館，2001年。

〔註2〕　〔美〕約·舒爾特－薩斯：《文學評價》，〔加拿大〕馬克·昂熱諾、〔法國〕讓·貝西埃、〔荷蘭〕杜沃·佛克馬、〔加拿大〕伊娃·庫什納主編：《問題與觀點：20世紀文學理論綜論》，史忠義、田慶生譯，第377頁，天津，百花文藝出版社，2000年。

和文學史述史中的存在，幾乎是不可或缺的一個本質要件和一項天賦權力，即使是所謂最有客觀色彩和價值中立傾向的史料梳理，其篩選和取捨也不可能不折射出價值等級的魔力。

文學研究和文學史述史中的價值等級秩序，不僅是自身的一種本質規定性和天賦權力，也是人文學術研究的一種魅力，符合人類天性中追求意義的某種衝動與本能，阿德勒就認為：「人類生活在「意義」之中。我們一生中所經歷的事物並不僅僅是單純的事物，更為重要的是這些事物對我們人類的意義。……我們一直是以自己賦予現實的意義來感受現實，我們所感受的不是現實本身，而是現實被我們所賦予的意義，或者說我們的感受是我們自己對現實的解釋。」〔註3〕文學研究和文學史述史追求意義的本性和使命，決定了它必須用價值等級來區分意義的大小輕重，也決定了即使在技術層面，它也無法直面那個歷史的原生態，更何況那個原生態已經一去不復返了。克羅齊所謂一切歷史皆是當代史、柯林伍德所謂一切歷史皆是思想史、海登·懷特所謂歷史寫作的詩化和修辭性特徵，不過是道出了後來者追古述往的某種真實狀態而已。顯然，要處理本來雜亂無章的自然生長狀態的歷史，必然要依靠邏輯理路和價值線索，正如韋勒克所言：「解決問題的關鍵在於把歷史過程同某種價值或標準聯繫起來。只有這樣，才能把顯然是無意義的事件系列分離成本質的因素和非本質的因素。」〔註4〕至於這個價值系統能否從歷史本身中恰切地抽象出來、和歷史真相有多大程度的吻合，則要看研究者和述史者各自的神通了。

顯然，價值等級在文學研究和文學史述史中起了某種聚斂式的「軸心」作用，在某種程度上它比知識譜系的建構作用更大。知識的中性性質，決定了知識具有依附性特徵——依附於價值傾向。在人文學術研究中，觀點總是指導性的，知識和材料是用來證明觀點的，所以正如有的學者所言：「在大量七零八落的文化資料中，總能找到事實，在對它進行『恰當』說明以後，能證明他接受為真的概括就是真的，而他斥之為假的東西就是假的。」〔註5〕再仔

〔註3〕〔奧地利〕阿爾弗雷德·阿德勒：《自卑與超越》，曹晚紅 魏雪萍譯，第1頁，汕頭，汕頭大學出版社，2009年。
〔註4〕〔美〕勒內·韋勒克、奧斯汀·沃倫：《文學理論》，劉象愚 邢培明 陳聖生 李哲明譯，第308頁，南京，江蘇教育出版社，2005年。
〔註5〕〔波蘭〕弗·茲納涅茨基：《知識人的社會角色》，郟斌祥譯，第52頁，南京，譯林出版社，2000年。

細考察人文學科研究及其各環節的思維和邏輯特徵，不外乎一個搜集、歸納、推理、論證和總結的過程。在這個過程中，任何一個研究者都不可能佔有全部的材料，而且論證和推理過程是建立在不完全歸納方法的基礎上的。因此從嚴格的邏輯來說，這不能保證推理和結論的絕對正確性，這也就意味著人文學科的言說很難具有真理性，儘管它經常貌似具有真理的權威。

　　正是基於這些關於文學研究和文學史述史的元命題的考慮，本文所關注的重點也就在於：接納金庸及其小說入史並跨入經典行列，涉及到文學研究的知識譜系、價值秩序和意義系統的修正和重建問題。這個修正和重建，不僅僅是專家權威們正視讀者力量之後在知識結構和學術視野方面做出的調整，更是一個在內在價值尺度上的自我說服過程。關鍵在於：這個內在價值尺度如何調整、調整到什麼程度才能達到足以令人信服地接納金庸及其小說進入經典行列？這個內在價值尺度的內涵主要是指什麼？

二、既有評價尺度與金庸小說闡釋有效性（上）

　　英年早逝的海外學者安敏成教授在他的代表作《現實主義的限制：革命時代的中國小說》一書中曾舉過一個例子：「1930年沈從文在評論新文學運動的實績時，就曾驚訝於理論家的倡導與實際出版的文學作品內容之間產生的差異」，同時指出現代中國文學及其研究中存在的一種普遍傾向：「西方人藉以概括自身傳統的種種主義被他們匆忙而熱切地攫取。……學者們相信中國文學的未來就寄託在他們相信的文學範型之上。」〔註6〕如今雖然世易時移，但是安敏成教授所說這種現象並未消失，西方人用以概括和總結自身文學傳統的主義、概念和思路，依然是中國現當代文學及其研究最重要的學術標籤。

　　經過幾代學者孜孜以求的努力而建構的中國現當代文學的知識譜系、價值秩序和意義系統，幾乎無不打著西方人概念、主義和理路的烙印。所謂的現代性、啟蒙、國民性、馬列、革命、進步、民主、科學、自由主義、激進主義、保守主義、審美、抒情、浪漫主義、現實主義、現代主義、人性、後現代等等諸如此類五花八門的這個概念那個主義，不但都是來源於西方，而且都浸染和滲透著著西方話語系統中的普遍主義的價值色彩，對當今的大多數學者來說，其話語系統的骨架和背景不是來自蘇俄就是來自歐美。這是弱勢文

〔註6〕〔美〕安敏成：《現實主義的限制：革命時代的中國小說》，姜濤譯，第2、3
　　　　～4頁，南京，江蘇人民出版社，2001年。

明遭遇強勢文明之後迫不得已、又無可奈何的選擇:「普遍主義是作為強者給弱者的一份禮物貢獻於世的。我恐懼帶禮物的希臘人！這個禮物本身隱含著種族主義,因為它給了接受者兩種選擇:接受禮物,從而承認他們在已達到的智慧等級中地位低下;拒絕接受,從而使自己得不到可能會扭轉實際權利不平等局面的武器。」〔註7〕

指出中國現當代文學研究中存在的濃厚的文化殖民主義色彩,並不意味著否定這些來自西方的理論和主義。如果沒有這些理論和主義的支撐,我們簡直無法想像中國現當代文學的研究大廈如何建構。關鍵在於這些理論和主義,如何恰當地適應中國現當代文學的歷史和現實語境,如何恰如其分地闡釋中國現當代文學的獨特個性、經驗和價值,也就是韋勒克意義上的「尋找的是莎士比亞的獨到之處,即莎士比亞之所以成其為莎士比亞的東西」。〔註8〕尤其是在作家作品的擇優汰劣過程中,如何借鑒這些理論和主義,標示出優秀作家作品的獨創性,更是重中之重。

事實上,中國現當代文學本身就是在外來文化的強勢影響下產生的,對它的研究形成以外來話語系統為骨架的闡釋傳統和評價尺度也屬必然。這個闡釋傳統和評價尺度,包含著學術認知與評判的種種慣例與規則,包含著對中國現當代文學總體的思想和藝術共性的歸納和總結。而這些慣例、規則、思想和藝術共性構成的價值譜系,構成了對每一個作家、每一個作品的衡量座標,否則研究者們不但難以達成對話,甚至會處於失語狀態。這種狀態是近世以來學術研究專業化發展趨勢造就的一種必然現象,這既可以保證學術研究的對話性與傳承性,又可以維護學術研究的高端特點與精英性。學術的體制化和科層化,在某種程度上既意味著它的自治性和自律性,也意味著它具有封閉性和排他性的特點。

久而久之這種狀態會產生一種副作用,借用詹姆遜的一個術語來說就是「語言的牢籠」。本來那些概念、理論、主義、名詞等等的存在,是為了更好的闡釋文學現象,可是當它的革命性、先鋒性一旦轉化為常識性和基礎性,其闡釋能力不再新銳而是出現庸常和失效的情形,就很可能形成觀念的枷鎖,

〔註7〕 〔美〕伊曼努爾·華勒斯坦:《歷史資本主義》,路愛國 丁浩金譯,第50～51頁,北京,社會科學文獻出版社,1999年。

〔註8〕 〔美〕勒內·韋勒克、奧斯汀·沃倫:《文學理論》,劉象愚 邢培明 陳聖生 李哲明譯,第6頁,南京,江蘇教育出版社,2005年。

造就研究中的森嚴壁壘和畫地為牢，阻礙研究者進一步「在靈魂中冒險」。經常出現這種情況：這個學術體制外的研究有時反而可能做出一針見血的到位評說，體制內的學者反而「不識廬山真面目，只緣身在此山中」。比如金庸及其小說就是一個典型案例，是學術體制外的強大的閱讀力量反饋出其小說的特殊魅力，促使學術體制為其敞開大門。再比如一些海外中國現當代文學研究者的成果之所以在大陸產生很大影響，某種程度上是因為他們很少受到大陸學界研究傳統副作用的影響。「語言的牢籠」現象，事實上是學術研究的一種自我異化，正如馬克思異化理論和盧卡奇物化理論所揭示的人成了自己創造物的奴隸，研究者受到自己話語系統的束縛，成為自己研究武器的俘虜。所以研究者的創新，在某種程度上是打碎這些枷鎖從而更上層樓，研究者很多時候是在和自己一個人在戰鬥。研究系統的更新也是如此。歸根究底的原因很簡單：作家作品不是為學術研究而存在的。

正是基於上述考慮，儘管不少傑出學者乃至學術體制外的「金迷」們對金庸及其小說做出了很多精彩的研究，個中也有很多令人共鳴之處，但是我對研究界對金庸及其小說的闡釋的有效性和價值評判的準確性，還是保持一定的疑慮：我們長期以來建構的中國現當代文學的思想和藝術共性的那些特點，能否有效地作為金庸及其小說分析與評判的知識參照、價值座標和意義背景？在這樣的學術視野和價值範疇中，金庸及其小說的獨創性是否能得到準確的揭示？金庸小說步入經典的最根本原因和其真正魅力何在？

一般來說，文學史述史系統中的研究和評估結果，代表了社會整體系統對文學諸問題的中等層次的認知、理解和接受程度，趨近於社會整體系統對文學認知、理解與闡發水平的平均值，是一般社會意識系統和專業意識系統發生關聯的重要中介。因此它對作家作品的分析與評價，應該具有最廣泛的公信度，儘管它可能不具有前沿性和先鋒性，但對文學研究系統的總體而言卻有著不可取代的權威性和代表性。鑑於「整個文學研究領域的問題皆反映到文學史的問題之中」〔註9〕，因此在文學研究的各種言說形式中，對作家作品最能起蓋棺論定作用的也就非文學史述史莫屬。因此通過觀察中國現當代

〔註9〕〔加拿大〕伊娃‧庫什納：《文學的歷史結構》，〔加拿大〕馬克‧昂熱諾、〔法國〕讓‧貝西埃、〔荷蘭〕杜沃‧佛克馬、〔加拿大〕伊娃‧庫什納主編：《問題與觀點：20世紀文學理論綜論》，史忠義、田慶生譯，第136頁，天津，百花文藝出版社，2000年。

文學史述史體系中對金庸及其小說的評說，可以從學術平均值的角度管窺現有的文學知識譜系、價值秩序和意義系統與金庸小說闡釋有效性的關係這個問題。

以嚴家炎教授主編的《二十世紀中國文學史》為例，編撰者從四個方面對金庸及其小說進行概括和評價：「第一，金庸以俠義題材的長篇小說來表現中國的社會生活」，「第二，金庸塑造的眾多人物，為現當代文學畫廊增添了不可或缺的典型」，「第三，金庸的敘事描寫的方法，可謂多樣多變」，「第四，金庸長篇小說的結構，是中國小說所特有的，其結構極適合於表現中國人的歷史感、現實感」。〔註10〕這個評價或許不如一些論文、專著中的評價更為前沿和先鋒，但是作為文學史述史話語是適中和穩健的，符合文學史述史追求最大公信力的寫作策略。我要提的問題或許是吹毛求疵：1、把主體詞金庸換成梁羽生，評價效果會不會出現大的偏差？2、把金庸武俠小說換成張恨水通俗小說，結論是不是同樣基本適用？3、這種評價和我們總結的中國現當代文學的那些共性尤其是所謂思想和精神主題的共性，有多大距離？

提出這個疑問，絕不是貶低、否定這些評價，而是認為既有的中國現當代文學研究傳統中的價值秩序、內在尺度等規則，既有的對中國現當代文學總體思想藝術主題的描述與概括，如果用來闡釋金庸及其小說，其適用性和有效性是值得再思考的，尤其是用之於判定金庸小說為經典是否具有充分的說服力。20世紀50年代到80年代的文學研究和述史目標，很大程度上是以現當代文學的歷史發展進程來配合國史的建構，背後是黨史和意識形態的規約與規訓。要知道這一時段的文學研究和述史絕不是完全被迫的，國史、黨史和意識形態要求在很大程度上已經內化為研究者主體意識和價值體系的核心部分，研究者們已經習慣於自覺不自覺地運用這樣一種歷史意識和價值秩序來建構文學研究和述史體系。到了80年代中後期，「20世紀中國文學」、「重寫文學史」等口號紛紛出籠，學者們開始主動背離先前的規約、抗拒先前的規訓，用啟蒙的、審美的、現代性的、20世紀中國文學、百年中國文學、現代中國文學、漢語新文學甚至是共和國文學等等各種各樣的價值秩序、美學武器和學術尺度來重新打造現當代中國文學史。在這個變化了的知識譜系、價值秩序和意義系統中，沈從文、張愛玲、錢鍾書、張恨水等等都晉身為大

〔註10〕嚴家炎主編：《二十世紀中國文學史》，第179～182頁，北京，高等教育出版社，2010年。

師，作品被奉為經典。除了當年他們都享有盛名，更主要的是在他們作品中很容易就會找到和我們文學研究的知識譜系、價值秩序和意義系統相吻合的地方。簡單說，他們作品的內在品質，符合我們的文學研究的想像性建構。金庸及其小說儘管現在也被很多人奉為經典，但是情況卻與其他作家作品不同。我以為問題在於：在現有的主流文學研究的想像性建構中，金庸及其小說的經典性，並未得到恰切、到位的闡釋，尤其是在價值等級井然有序的述史系統中，我們還無法更為妥當地安置和處理這個「別樣」的經典。

三、既有評價尺度與金庸小說闡釋有效性（下）

　　這絕非是拆除精英文學和通俗文學的森嚴壁壘所能解決的。問題的根源在於我們關於文學的各種知識和價值系統的封閉性、排他性和侷限性。

　　卡勒在解釋什麼是文學時，舉了一個例子：「什麼是雜草？」，他的結論是：「雜草就是花園的主人不希望長在自己園裏的植物。假如你對雜草感到好奇，力圖找到『雜草的狀態』的本質，於是就去探討它們的植物特徵，去尋找形式上或實際上明顯的、使植物成為雜草的特點，那你可就白費力氣了。其實，你應該做的是歷史的、社會的、或許還有心理方面的研究，看一看不同的地方、不同的人會把什麼樣的植物判定為不受歡迎的植物。」〔註11〕的確，文學之於人類的意義和價值，猶如花草樹木之於自然界。自然界通過草木蔥鬱、繁花似錦，來展示自身的絢麗多姿；人類也通過五光十色的文學作品，來展示自身精神世界的五彩斑斕。而文學經典之於人類，猶如奇花異草之於自然界。自然界的花草樹木，有其自然生長的狀態和規律，人類文學作品的生長和發展，同樣也有著難以為人類理性意識所完全掌控的自然生長狀態。人類也是在自然界中的自然狀態中按照自然節奏自然而然地成長、衍化，儘管人類憑藉自己的能動性，創造出了馬克思所謂的「人化自然」，並在某種程度上改變了某些自然節奏，但這些和真正的自然狀態、真正的自然規律與節奏相比，不過滄海一粟。

　　我們迄今為止的有關文學的知識和價值座標，固然是文學的真實狀態在我們精神世界的投影和寫真，但是和處於自然生長狀態的文學還是有一定的距離，更何況我們每一個個體的知識接受能力的有限性，根本不可能全部掌

〔註11〕〔美〕喬納森·卡勒：《當代學術入門：文學理論》，李平譯，第23頁，瀋陽，
　　　　遼寧教育出版社、牛津大學出版社，1998年。

握和理解處於自然生長狀態的文學本真面目。所以關於何謂文學、何謂經典的知識譜系、價值秩序和意義系統,實在是一個變動不居的歷史演繹過程,取決於一個特定社會的特定認識、理解和判定,正如有的專家所言:「社會決定一個特定的話語形式是否被看做一個審美客體。從這一角度看,不存在一個永恆的美的領域,在那裡偉大的作品漂浮在一個永恆的藝術天堂中。藝術的定義是由特定社會中占主導地位的意識形態決定的。」〔註12〕這和卡勒的見解,真是英雄所見略同。

按照文學的自然生長狀態、自然發展節奏來研究文學,實在是文學研究突破自身「語言牢籠」的當務之急。1928 年革命文學論戰時,後期創造社李初梨、成仿吾等人引進日本青野季吉等人的「自然生長」概念的時候,其實他們依然是按照他們那套視為真理的馬克思主義理論來「組織」文學。其後,關於文學研究要按照文學自然生長狀態進行的言論彷彿空谷足音了(這可能是我識見寡陋的結論)。最近朱壽桐教授的《漢語新文學通史》標示「以文學發展的自然節奏來建構全新的文學史體例」〔註13〕,彷彿有遙相呼應的意味(由於沒有細讀全書,不能過多評論)。正如本文前面所一再論述的,我們的文學研究搞了很多概念、理論和主義,的確在某種程度上抓住了文學史的某些本真部分,但是又丟掉了文學史的其他本真狀態,形成事實上的肢解文學的歷史、閹割文學的歷史,甚至是人為地再創造文學的歷史。如果借用朱壽桐教授的一個概念來形容,就是用意念理性、意念倫理來想像和建構文學史。這個想像和建構出來的文學狀態和真實的文學狀態之間存在的距離,一旦超過了合理的閾限,那麼「語言的牢籠」就會展示出理性的僭妄和邏各斯的霸權。其實文學的生長和發展本身,和理論概念根本就是兩碼事,前者是自然的事實狀態,後者是思維和邏輯的概括與總結。如何縮小兩者之間的距離,是研究者需要切實面對的學術關鍵。大凡傑出的作品,尤其是我們視為經典的作品,沒有幾部是按照概念、理論和主義的範式創作出來的。

鑒於此,我以為應該從中國文學自然生長狀態這個學術視野出發,才能更為準確地鑒定金庸小說之於中國現當代文學的價值和意義,才能更為準確

〔註12〕〔英〕拉曼·塞爾登編:《文學批評理論──從柏拉圖到現在》,劉象愚、陳永國等譯,第 243 頁,北京,北京大學出版社,2003 年。

〔註13〕朱壽桐主編:《漢語新文學通史》封面折頁的廣告語,廣州,廣東人民出版社,2010 年。

地描述出金庸小說的獨創性。如果我們拋除理論的傲慢與偏見，正視中國現當代文學產生和發展的自然生長性，就不能不承認它猶如自然界的花草樹木一樣，種類繁多、五花八門、爭奇鬥豔。是我們的理論想像，界定了哪些是雜草朽木、哪些是奇花異卉。這個理論想像中，有真知亦有偏見。正如自然界花草樹木的生長形式千變萬化，中國文學由古典走向現代，路徑絕非一條或者幾條，而是萬千條，每個作家都有可能開拓出一條路，道路寬廣且長遠者就可能成為典範。學界過去關於新文學產生的「挑戰—回應」模式、內在轉換模式等說法，實在過於籠統而不具體，適於總體概括而不宜於個體分析，尤其面對金庸及其小說這樣一個並不符合我們一貫的所謂正宗的文學理念和價值體系的文學案例。這樣看來，金庸小說難道不是中國文學由古典走向現代的蹊徑獨闢嗎？

　　從我們過去所概括的諸多中國現當代文學的傳統來看，金庸及其小說的確是個異數。甚至可以說金庸及其小說是幾乎完全游離於既往研究中所概括的文學主流及其發展趨勢的，如果真有這麼一個主流及其發展趨勢的話。過去人們常說張愛玲是個異數，認為正是日偽統治的那個特殊的政治文化環境才造就了張愛玲的大紅大紫，她的小說敘事所展現的內涵或者取向，游離於現代文學主流敘事。但是張愛玲小說的「邊緣處的奇異智慧」，最終還是得到了文學研究和文學史述史的妥當安置，因為她描寫的畢竟是現代的人和事，小說中對人性的深刻甚至毛骨悚然的洞察與展現，語言藝術上對古典文學神韻的再現，等等，都可以在既有文學研究的知識譜系、價值秩序和意義系統中尋找到支撐點。張愛玲小說還因此被一些學者視為中國文學由古典向現代轉化主流道路之外的另一條路徑。還有，就是現在幾乎沒人把張愛玲小說視為通俗小說。事實上，張愛玲及其小說和大多數作家作品一樣，在我們既有的有關文學現代性的種種知識和價值體系中，是能夠得到充分和恰當的闡釋的。而對金庸及其小說，我們充其量能形成共識的就是，產生於現代社會的、現代人寫的、供現代人閱讀的小說。至於小說本身是否具有現代性資質或者具有現代藝術的特徵，就是仁智之見了。

　　和中國現當代文學史上大多數作家相比，金庸小說誕生於不同的政治實體。你可以站在某個制高點上批判這個政治實體是殖民政治，其治下充滿銅臭氣，其文化低級庸俗，但是這個政治實體對私人領域尤其私人精神領域的侵犯，相對而言是較少的，這就保證了作家有接近天然狀態的自由創作心境。

我們都知道內在的天然的自由心態，對一個作家創造性的展現來說是多麼重要的事情，這和鐵幕政治實體中的限制級自由心態是絕對不一樣的。當然你可以說金庸小說迎合市民趣味、追求商業利益等等，我以為這對一個內心自由又充滿藝術創造力的作家來說，只不過是一個契機而已。既贏得了大眾的喝彩、獲得了商業利潤，又滿足了一個作家藝術創造力的實現，何樂而不為？更何況滿足市民階層的精神需求難道就價值等級低嗎？作家通過創作獲取利益難道就境界庸俗嗎？人們常說條條大路通羅馬，可是只有到達羅馬的路才是成功之路。通俗文學和嚴肅文學的劃分，實在是人為地製造文學等級和學術壁壘，無視文學自然景觀的自在性，違背了文學的自然生長性，更違背了現代社會「人生而平等」的普世價值觀。中國最偉大的作品《紅樓夢》，當年不也是被文壇正統視為文學百花園裏的雜草嗎？古今中外有多少傑作曾經被所謂雅文學和嚴肅文學所排斥，最終卻登上了經典的行列？而多少喧囂一時的所謂雅文學、嚴肅文學最終被歷史所湮滅？猶如自然界的草長鶯飛、雜花生樹，中國文學由古典向現代轉換，有魯、郭、茅、巴、老、曹的路徑，有沈從文、張愛玲等等的路徑，當然也應該有金庸的路徑。而金庸路徑的最重要的標示，就是其小說的獨創性。準確尋找出這個獨創性，我們才能準確判定金庸及其小說在中國現當代文學史上的價值和意義。

事實上，嚴家炎教授《二十世紀中國文學史》涉及到了觸及金庸及其小說獨創性的門徑，這就是那四條中出現三次的「中國」一詞。無獨有偶，朱壽桐教授《漢語新文學通史》也有類似的評價：「金庸作品最突出的地方，就是蘊含於其中的那種現在中國人已經失落了很久的『中國』的氛圍和意象」〔註14〕（該部分由梁雅雯女士撰稿）。儘管這個詞也經常出現在有關金庸及其小說的其他相關論文和專著中，可是我以為文學批評和述史是不一樣的，文學批評展示的更多的是私人見解，而述史則吸納眾人智慧有定評的價值意味。我以為上述兩部文學史著中出現的「中國」一詞，可以成為深入探究和觸摸金庸小說獨創性的重要學術切入點。其實中國現當代的大多數作家作品，幾乎沒有不具有「中國」特色的，但是問題在於這個「中國」是顯性基因還是隱性基因，在於這個「中國」是否具有獨創性，在於這個「中國」是泯然眾人還是木秀於林。我注意到朱壽桐教授的《漢語新文學通史》在修飾「中國」

〔註14〕朱壽桐主編：《漢語新文學通史》，第 567～568 頁，廣州，廣東人民出版社，2010 年。

這個詞時用了「失落」和「地道」兩個詞彙，我以為這兩個詞可以啟示我們去探索能恰切評價金庸及其小說的學術空間和知識增長點。可能是由於述史體系的技術限制，兩部文學史關於金庸小說「中國」的闡述，我感到還沒有得到深度開掘，還有很大學術空間需要開拓。其實在我們固有的中國現當代文學研究的知識譜系、價值秩序和意義系統中，這已經難能可貴了。這不但意味著對金庸及其小說價值評價的適用尺度的發生了變化，也反饋了中國現當代文學研究衝破固有知識譜系、價值秩序和意義系統的學術更新潛力。由此出發，我們不但可以探討金庸及其小說成為經典的可能性，還可以進一步標示出支撐金庸及其小說可能成為經典的那個獨創性。

四、「擴展了文學理想國」

愛德華·楊格在《論獨創性的寫作》認為：「獨創性的作品是，而且應當是，最受歡迎的作品，因為它們是偉大的施主；它們擴展了文學的理想國，給它的疆域增添了新的省份。」〔註15〕我感到，如果判定金庸小說是經典、具有獨創性，那麼這個獨創性最重要的標示，既不在於它可以名列「最受歡迎的作品」，也不在於它將通俗武俠小說提高到和嚴肅文學比肩的地位，而是在於它「擴展了文學的理想國」，給中國現當代文學的版圖增添了新的省份。

如果說金庸小說以武俠題材虛構了古典中國的江湖世界，那麼在這個虛構的古典的江湖世界中，卻亦真亦幻地存在著古典中國精神世界的許多真實精神密碼。大凡中國文人，既有「達則兼濟天下」的入世理想，亦有「窮則獨善其身」的出世遁路。如果走向廟堂的路被堵死，指點河山的夢想被風吹雨打去，他們往往就要在幻滅中實現華麗的轉身，或隱遁於喧囂鬧市，或逍遙於幽深山林，或笑傲於風雲江湖。無論是俠之大者為國為民，還是俠之小者路見不平，千古文人的俠客夢中，江湖世界亦是廟堂世界和世俗世界的重演；無論這個江湖是真實的叱吒風雲還是虛幻的黃粱一夢，千年文人修齊治平的夢想和性情，在江湖世界的刀光劍影、兒女情長中得以延伸與補償。文人精神在夢幻的江湖和武俠的世界裏縱橫馳騁，既是文人個體意志和性情的折射與滿足，也是中國文化整體氛圍和取向的再現與重生。一簫一劍平生意，縱死猶聞俠骨香。江湖和武俠，實在不過是現世的遙遙迴響而已。

〔註15〕〔英〕拉曼·塞爾登編：《文學批評理論——從柏拉圖到現在》，劉象愚、陳永國等譯，第155頁，北京，北京大學出版社，2003年。

　　以江湖和武俠為中介，續中國千年文人夢，爐火純青而又臻至化境和巔峰者，大概非金庸莫屬。眾多學者和金迷們對金庸及其小說的五彩繽紛的闡說，往往也能知人論世、切中肯綮。無論是純熟的文白相得益彰的文字表達，還是蘊藉豐厚、雋永深刻的小說寓意和象徵，等等，都可窺視出金庸小說所達到的藝術境界。但我以為，如果從小說和世界的關係這個層面來審視，談論金庸小說的人物、手法、技巧、主題、語言、結構、情節、形象、類型、意境等等小說範疇之內的各類具相問題，甚至是文化底蘊、藝術境界等等所謂小說的深層命題，其實都還拘泥於小說的物象層面，或者說還是只屬於小說的內部技術事務。只有上升到藝術哲學的高度，從小說與世界的哲學意義層面的關聯上，或可觸摸到金庸小說之於中國現當代文學的獨創性，分辨出中國文學中「這一個」的獨特價值和魅力所在，也就是為中國現當代文學理想國的疆域增添了什麼樣的新省份。

　　金庸本人舊學功底深厚，又飽受西學浸染，更有豐富的現代社會人生閱歷。這使他的小說創作具備了容量豐厚的精神資質，具備了富有包孕性的藝術幻想平臺，也就使小說本身具有了穿越古今世界、融會虛實人生的藝術創造支點。金庸小說豐富而含混的藝術張力、文化韻味和歷史底蘊，實在也不是嚮壁造車者可以偶得之的，時代、機遇、積澱、環境、嗜好等等內外諸因素缺一則可能南轅北轍。創作者個體的萬事俱備，又加之時代、地緣和環境的等各種因緣際會，金庸武俠小說綻放異彩也屬水到渠成之事。說金庸將通俗武俠小說提升到與嚴肅文學比肩的地位，也是以固有文學價值體系為參照而得出的必然結論。但金庸小說的成就如果僅僅止步於此，那就還談不上「擴展了文學的理想國」。

　　最近一個多世紀以來，我們的價值觀將現代與古典、西方與東方的狀態關係置換為新與舊、進步與落後的價值關係。我們用我們對世界的意義感受代替了世界的真實狀態，或者說我們的意義感受誇大了古典世界和現代世界的差異。其實在很多根本問題或者說本質問題上，古典世界和現代世界的同一性要遠遠大於差異性、連續性要遠遠大於斷裂性，比如人性的善惡、道德的優劣、藝術品位的雅俗等等很多方面。即使從人類文明的程度這樣一個具有比較意味的視野來觀測，現代社會的人性也未必比古代社會的人性更高級或者更文明。現代世界和古典世界相比，並沒有我們那個想當然的優位性和超越性，有的只是我們的感覺和幻想，有的只是我們自己賦予自身的意義和

價值。所以我以為，金庸小說擴展中國現當代文學理想國的成就在於：它立足於現代社會的精神視野，借助於武俠和江湖這個表象的世界，不但復活了久已失落的中國文人的氣度，也重新綻放了中國古典社會精神文化的魅力；更為重要的是，它以文學的方式延續和復活了現代中國的精神世界和古典中國的精神世界中那股一脈相承的文化元氣；而這個文化元氣，才真正標示出現代中國的精神世界和古典中國的精神世界的一脈相承的內在連續性。

金庸小說雖然身披江湖與武俠的「鮮活生命衣裳」，然而這個用純熟的文白相得益彰的漢語形式打造的江湖和武俠世界，卻是中國社會的一個鏡象世界，延續數千年的中國人的精神氣質、文化心理、群體性格、情感方式、人格類型、人生境界、道德訴求、價值取向等等，都濃縮在武俠與江湖這個外在化的特殊世界中。中國人尤其是中國文人的精神、意志和欲望，在這個鏡象世界中延伸、變形乃至得以補償；中國人尤其中國文人的精神生活的感受和展現、情感生活的體驗和表達、感覺世界和對待世界的態度與方式，在這個小說的鏡象世界中得以重組、復蘇乃至重建。倘若金庸小說只是讓人憑弔和瞻仰逝去中國的精神遺跡，是不足以擴展中國現代文學理想國的。正如本文一再強調現代中國世界和古典中國世界的內在連續性，這個內在連續性不僅體現在典章、制度、文物、風俗等文化的外在層面，更體現在一脈相承、綿延不斷的中國精神的「內在律」層面。金庸小說不但讓我們夢回古典中國世界的精神長河中，更讓我們深深意識到，那些曾經存在於古典中國世界人們心靈深處的那些基本的精神元素和基本的價值訴求，不但未遠離我們而去，而且依然頑強而鮮活的生存於現代中國的世界，依然以現代的方式展現其生命力。如果存在一個類似中國現當代文學所謂「國民性」的「中國人的人性」這麼一個本質的話，那麼金庸小說實現了「中國人的人性」從古典到現代的穿越與相逢、復活與再生，中國文化的基因和元氣也因這「中國人的人性」的復現而泛出生命的靈光和異彩。

過去人們曾經批評金庸小說人物形象的類型化、人物性格的扁平化、小說結構的模式化、心理結構和情感方式的單一化，其實我倒以為內涵的簡潔明快，卻可以使小說具有更大的外延和更豐富的包孕性，比如光明與黑暗、崇高與卑劣、善良與邪惡、虛偽與真誠、純美與醜陋等等小說美學生產裝置所產生的審美光暈和價值效應，達到了戲劇化的激烈矛盾衝突帶來的審美巔峰體驗，從而使小說塑造的那個江湖和武俠的世界更加富有象徵意味和寓言

價值，人性的世界、精神的世界更加富有彈性、涵蓋性和輻射性。由此從古典中國到現代中國，人性的基本內涵與訴求也得以一脈相承，中國文化元氣的魅力得以再生。弗洛伊德在《文明及其不滿》中曾言：「在精神王國中，原始的東西是如此普遍地與在它基礎上產生的變化了的形式並存」，「在精神生活中，一旦已形成的東西不可能消失，一切東西在某種程度上都保存下來，並在適當的條件下（如，當退回到足夠的程度）還會再次出現。」〔註16〕金庸小說就是借助「武俠和江湖」這樣一個讓人既熟悉又陌生化的古典化的審美鏡象世界，以變形的方式復蘇了中國人精神王國和文化品性中那些更為原始但是也更為基本的構成元素，並且這些文化的和精神的原始素質依然有著鮮活而酣暢淋漓的生命力。

布魯姆在篩選西方偉大的作家和不朽作品時曾言：「我試圖直陳其偉大之處，即這些作家及作品成為經典的原因何在。答案常常在於陌生化（strangeness），這是一種無法同化的原創性，或是一種我們完全認同而不再視為異端的原創性。」〔註17〕如果我們判定金庸小及其小說為中國現當代文學經典的話，那麼我想金庸及其小說能夠贏得經典地位的獨創性的標誌，就是他將失落已久的中國人尤其是中國文人的精神世界，重新復活在現代中國人的精神視野和體驗世界中。而那些失落的中國人尤其是中國文人的精神世界，對現代中國人來說本來應該是那麼熟悉與溫馨，如今卻已經變得如此「陌生化」。中國現當代文學追求現代化的匆忙和焦灼的功利步伐，也將中國文化的元氣排斥和遺忘的太多、太久。

五、回歸文學的基本價值、意義和功能

本文之所以質疑在我們固有的文學研究的知識譜系、價值秩序和意義系統中闡釋金庸及其小說的有效性，除了認為在這個知識譜系、價值秩序和意義系統中難以把握和闡釋金庸及其小說的獨創性之外，還存在一個基本問題：當我們用通俗文學、嚴肅文學、現實主義、浪漫主義、現代主義、古典主義等等中國現代當文學研究傳統體制內的概念、理論和主義去闡釋時，往往忽略了文藝之於人類的最基本的價值、意義和功能，也就是藝術起源意義上的價

〔註16〕〔奧〕西格蒙德·佛洛伊德：《文明及其不滿》，何桂全譯，《論文明》，第65頁，北京，國際文化出版公司，2001年。

〔註17〕〔美〕哈羅德·布魯姆：《西方正典：偉大作家和不朽作品》，江寧康譯，第3頁，南京，譯林出版社，2005年。

值、意義和功能問題。金庸小說所敘述的我們既熟悉又陌生的江湖和武俠世界，在暗合了「陌生化」和「間離效果」帶來的審美光暈和價值效應的同時，更暗合了本源意義上的藝術的存在和綻放形式及其價值功能。這也就是我們為什麼有時將金庸小說視為現代中國人的精神遊戲和成人童話。而遊戲和童話所蘊含的，既是人類精神世界基本品質的原型結構，也是人類藝術諸種形式的原型命題或者母題。精神遊戲和童話的世界，不過是我們這個世界的雛形而已。精神遊戲和童話所包含的各類原型結構或命題，埋藏著人類心理活動的底層元素和精神活動的基本結構，無論是在個體還是在群體的發展中，都會找到置換性的再現和重生的痕跡。

在我們中國現當代文學的研究成果中，不乏運用榮格等人的原型學說來闡釋具體的中國現當代文學作家作品者，但是我感覺由於我們的研究過於強調文學之於現世的具體的價值和意義，拘泥於具體作家作品和文學現象在中國現當代文學框架中的價值和意義，往往缺乏整體的和宏觀的視野從文學的本源意義上去思考和研究中國現當代的作家作品之於現代中國人的價值和意義。弗洛伊德談及價值標準的運用時曾說過：「人們不可避免有這樣的印象：往往運用錯誤的判斷標準——他們為了自己而追求權力、成功和財富，並羨慕他人擁有這些，低估了生活的真正價值。但是，做出這類一般的判斷時，就忘卻人類世界及其精神生活是多姿多彩的危險。」〔註 18〕引述這段話的目的，不是評判我們現當代文學研究的各類價值標準的正誤，而是強調要注意其適用性和有效性問題。尤其是對金庸及其小說這樣游離於文學研究主流傳統視野的文學現象，由於學術體制的排他性和學術壁壘的禁錮性，我們往往會失去從藝術的本源狀態進行考察與審視的宏闊格局與氣度。昆德拉曾言：「小說考察的不是現實，而是存在；而存在不是既成的東西，它是人類可能性的領域，是人可能成為的一切，是人可能做的一切。小說家通過發現這種或那種人類的可能性，描繪出存在的圖形。但是再說一遍，存在意味著『在世之在』。這樣，人物和世界雙方都必須作為可能性來理解。」〔註 19〕或許，只有站在「可能性」這個支點上，有關藝術本源意義上的追問才會產生效力，

〔註 18〕　〔奧〕西格蒙德・佛洛伊德：《文明及其不滿》，何桂全譯，《論文明》，第 61頁，北京，國際文化出版公司，2001 年。
〔註 19〕　〔捷〕米蘭・昆德拉：《小說的藝術》，唐曉渡譯，第 44～45 頁，北京，作家出版社，1993 年。

研究者才能追復和重建存在於作品世界的「存在的圖形」和「這種或那種人類的可能性」。

艾略特在《傳統與個人才能》中論及歷史感和歐洲文學傳統時，有段著名論述：「歷史感不僅感知到了過去的過去性，也感知到了它的現在性；這種歷史感迫使一個人不但用銘刻在心的他們那一代人的感覺去寫作，而且他還會感到自荷馬以來的整個歐洲文學以及處在這個整體之中的他自己國家的文學同時存在，組成了一個共存的秩序。這種歷史感既是永恆感又是暫存感，還是永恆與暫存交織在一起的感覺，就是這種意識使一位作家成為傳統的。與此同時，它使一位作家敏銳地意識到他在時間中，在同時代詩人中的位置。」〔註20〕的確，對我們現代中國的文學而言，不但自《詩經》《楚辭》以來的整個文學依然鮮活地存在於我們的內心，而且數千年來形成的中國文化的精神血脈也依然流淌在現代中國文學長河的底層。我們無法逃離傳統的掌心，尤其是那些曾經產生「軸心」價值和意義的文化基因與文化元氣，依然以潛在的形式支配我們的精神世界乃至我們的肉身。那些來自現代文學發展過程和研究傳統的理論、概念、主義之類，或許可以解決自身內部的學術問題，但是當它面對整個文學的共存秩序時，就會顯得捉襟見肘，其價值評判系統往往會發生紊亂。比如我們將魯迅和李白置放在一起進行價值評判，很可能被視為關公戰秦瓊，是風馬牛不相及的亂點鴛鴦譜。更深層的問題在於二者不是不可以對照或比較研究，而是在於我們的知識譜系、價值秩序和意義系統製造出了難以逾越的壁壘和界限。我們還缺乏一個將中國文學的共存秩序置放在一個統一尺度的平臺上進行意義分析、價值評判的知識譜系和價值秩序。像金庸及其小說，如果不考慮依然存活在現代社會的中國文學和中國文化的共存秩序，僅僅根據現代文學自身的知識譜系、價值秩序和意義系統，是無法準確判定其獨創性和經典性的。

事實上，無論是藝術存在的本源意義還是藝術存在的歷史感，都提醒我們必須要警惕我們套在自己頭顱上的枷鎖。文學研究和文學史述史的權威效應，也督促我們必須有內在反省能力和學術自我淨化能力。由於文學研究和文學史述史肩負意識形態宣傳、文學教育、文學知識普及、審美能力培養等等各種社會職能，顯而易見它就成為社會各階層接受文學信息的最主要、最

〔註20〕〔英〕拉曼·塞爾登編：《文學批評理論——從柏拉圖到現在》，劉象愚、陳永國等譯，第 411 頁，北京，北京大學出版社，2003 年。

權威的渠道，因為世界上沒有多少人是自己經過大浪淘沙式的閱讀和比較後得出莎士比亞、托爾斯泰是經典作家的。這也許就是文學研究和文學史述史得以存在的理由所在。然而這個存在絕非凝固的存在，我們必須有「一切堅固的都將煙消雲散」的危機感，唯如此方可使我們的文學研究和述史秩序在危機中充滿活力，重塑再生產的能力。金庸及其小說從處於價值等級低端的通俗作品到最終登上大雅之堂，也正說明我們的知識譜系、價值秩序和意義系統所標舉的評判尺度存在著多麼大的創新空間。當然，我們今天對金庸及其小說的評判，不具有終極價值評判意義。金庸及其小說是否是經典，還需要時間之神的最終裁決。因為我們沒有資格和權威信誓旦旦地宣稱我們的判定就是真理。海德格爾在《藝術作品的本源》中曾言：「藝術作品決不是對那些時時現存手邊的個別存在者的再現，恰恰相反，它是對物的普遍本質的再現」〔註21〕金庸及其小說的價值和意義，還必將被置放於不同的時空中被重新閱讀和判定，因為這個「物的普遍本質」不是凝固的存在，而是一種流動的精神現象，一種其本性無法直接在場的存在，或者反過來說，是一種其本性時時以千變萬化的方式現身的存在。鑒於此，我們也能必然、必須說出我們所能說的，這也是研究者的一種「綻出的存在」。

　　過去總是迷惑海德格爾為何將藝術和真理聯繫在一起，現在或許可以推論：當作品的世界照亮了被遮蔽的存在時，就是到達了真理綻放的姿態，真理也就存在於藝術綻放的那一刻的此在中。正是在這一刻的此在中，真理也到達了自己的本質：自由。可靠的、有效的文學研究和文學史述史，應該就是催促這種真理到達綻放之境的助產士。「天曉不因鍾鼓動，月明非為夜行人」，歷史上的作家作品不是為身後的文學研究和文學史述史而存在的，所謂「諸佛妙理，非關文字」亦可喻此。但是，既然存在了文學研究和文學史述史這種可以宣講過往文學精彩與神髓的形式，就應該讓這種形式發揮出最大的效能。而一個傑出歷史人物的影響力、一部傑出文學作品的魅力，往往在於其本身具有豐富的包孕性和開放性，在於後來者理解和闡釋的不可窮盡性，在於其影響力和魅力總是能不斷衝破評判者們套在他們身上的種種標籤、理論、概念、模式和定論，總是每隔一段時間、每換一個空間就展現出某些不可磨滅的精神感召力和影響力，總是能穿越漫長的時空界限實現古今心靈的

〔註21〕〔德〕馬丁·海德格爾：《林中路》，孫周興譯，第20頁，上海，上海譯文出版社，1997年。

對話。對於後來者來說,問題在於如何追復、領略歷史上那些傑出的精神律動。

必須時時警醒:我們的研究不能為固有的知識譜系、價值秩序和意義系統所束縛。事實上這種現象絕非僅僅存在於中國現當代文學研究體系,就是文學藝術本身也會遇到凝固的精神力量的限制。布朗肖就認為:「藝術的深刻困惑,這在文學中表現得尤為顯著,因為文學鑒於文化和語言形式而直接向著歷史行動的發展敞開,這種歧途,它使藝術在對價值的頌揚中尋找自身,而價值只能使藝術處於從屬地位,這些使我們看到了藝術家在一個他自視並無依據的世界裏的困境。……藝術必須成為它自己的在場。」〔註22〕顯而易見,研究者的困境也類似於藝術家的困境,所面臨是選擇從屬於價值的頌揚還是對真理的追求,所面臨的都是自己精神世界的遮蔽和去遮蔽,都是如何才能抵達真理的澄明之境。

格羅塞曾言:「我們的確有權利要求藝術去致力於社會功效的方面──就是,在道德方面;因為藝術是一種社會的職能;而每個社會的職能都應該效力於社會組織的維繫和發達。但是我們倘使要求藝術成為道德的,或者正確一點說,成為道德化的,那我們就不對了,因為我們的那種要求,等於使藝術不成其為藝術,藝術只有致力於藝術利益的時候,才是藝術最致力於社會利益的時候。」〔註23〕無論是我們面對文學研究還是文學藝術,我們都應該重新體味格羅塞這段話所包含的原理。文學藝術只有致力於文學利益的時候才能最致力於社會利益,也達到了自身最自然的本真狀態;文學研究只有尊重文學藝術自身的最自然的本真狀態時,才能達到自身所能達到的真理之境。對研究者而言,問題的關鍵還在於研究者的研究,如何將自身創造物對自身的異化降低到最小的程度,如何成為自身「綻出」的最自然化的在場。所謂「苦海無邊回頭是岸」,無非告訴我們:回到原點,回到本源。只有在原點和本源意義上,在文藝的共存秩序中,我們才會重新發現文學藝術的最天然的自在、自為的自由活潑狀態,也就是文學藝術的最自然的真理境界。

〔註22〕〔法〕莫里斯·布朗肖:《文學空間》,顧嘉琛譯,第221、222頁,北京,商務印書館,2003年。

〔註23〕〔德〕格羅塞:《藝術的起源》,蔡慕暉譯,第240~241頁,北京,商務印書館,1984年。

下編　在文本洞天感悟藝術奇妙

第一章 《傷逝》:「娜拉出走」與現代女性解放神話

　　古往今來大凡優秀的文學作品,無不具有一種獨特的平衡作用和張力機制。它的多維文學旨向,始終在當下狀態、歷史境遇、接受者的經驗視野和作品的虛構世界之間來回擺動,始終在現實社會和想像世界之間發生相互轉位的體驗張力。文學作品的語言是具有審美價值的表現性語言,它促使接受者不斷重構自己的閱讀期待視野,將文本從其封閉的形態中解放出來,成為一種具有生命意蘊的當下存在。因此,文本的意義不僅呈現出共時態的多元性,而且具有歷時態的非同一性。文本及其背景和解釋及其背景,提供了意義誕生的多種可能,促成了以文本為支點的開放性結構的形成。它使得文本在時間的延伸和空間的擴展中顯示出強大的誘惑力,吸引一代又一代的讀者從中體察微言大義,不斷建構其意義和價值系統。

　　簡單說來,文本是一個開放性的未完成的境遇結構,它不斷展示當下體驗、歷史內涵和存在的終極意義。《傷逝》即是一部具有歷時的審美自足性和共時的生命體驗性的作品。所以自從它誕生以來,人們就不斷從文學社會學、文化批評、精神分析學、比較文學、結構主義、敘事學、新批評以及文學本體論等等多維層面進行闡釋。從「黑暗社會」、「經濟壓力」、「個性解放思想侷限」、「知識分子的侷限」等社會學層面的探究,從文化研究、女權主義視角審視《傷逝》表達的文化心理衝突和性別文化對抗,從生命哲學的視角觀測《傷逝》展現的生命終極意義等等,都令人「至今已覺不新鮮」。然而意義往往誕生於「偶像的黃昏」時刻,世俗法則終止之處即是藝術法則開始之處,

－243－

「我思故我在」，當人們不斷將生命的激情和理性的經驗源源不斷注入作品，它就會獲得鮮活的生命衣裳和血性律動的靈魂。閱讀和詮釋就會成為永無止境的意義探尋之旅。正是在這個意義上，本文嘗試解讀《傷逝》的另一種可能性。

一、「娜拉出走」與魯迅的質疑

　　大家大概會記得茅盾在論及《彷徨》（涓生是他的重要論據）時說過的一段話：「《彷徨》呢，則是在於作者目擊了『新文化運動』的『主將們』的『分化』，一方面畢露了妥協性，又一方面正在『轉變』，革命的力量需要有人領導！然而曾被『新文化運動』所喚醒的青年知識分子則又如何呢？──在這樣的追問下，產生了《彷徨》。」〔註1〕如果剝離茅盾論述中社會學層面的階段論色彩，不難看出他實際上已經指出了《彷徨》所寓示的對「新文化運動」所追求的現代性理念內在矛盾的反思：啟蒙者「轉變」了，啟蒙的價值理想失落了，被喚醒者不是如子君死於「無愛的人間」，就如涓生那樣陷於無地彷徨的「虛空」。這是因為「鐵屋子」的萬難毀壞？或是啟蒙理想的內在缺陷？許多當代學者也敏銳地感覺到了這點，比如汪暉在《反抗絕望：魯迅小說的精神特徵》中論及《傷逝》時寫道：「愛情、覺醒這類『希望』因素乃是先覺者得以自立並據以批判社會生活的基點，恰恰在『希望』自身的現實伸延中遭到懷疑。這種懷疑很可能不是指向新的價值理想本身，而是指向這一價值理想的現實承擔者自身：『我』真的是一個無所畏懼的覺醒者抑或只是一個在幻想中存在的覺醒者？！因此，覺醒自身或許只是一種『虛空』？！在這裡，『絕望』的證實也決不僅僅是『希望』的失落，不僅僅是愛情的滅，而且包含了對「覺醒」本體的憂慮。」〔註2〕但是，汪暉在準確地指出了《傷逝》蘊涵的對覺醒本體的憂慮的同時，卻令人遺憾的將《傷逝》包孕的對新的價值理想的懷疑排除了自己的視界。他從生命哲學的層面開掘《傷逝》的形而上意義和現代性體驗時，卻遮蔽了它們的歷史內涵及其價值譜系。對《傷逝》終極價值意義的揭示，往往淪為普泛的人生體驗，從而喪失了歷史維度和現實旨歸。如果沿著他們的研究繼續往前，聯繫魯迅走出「鐵屋子」的猶疑，質疑

〔註1〕茅盾：《關於〈吶喊〉和〈彷徨〉》，載 1940 年 10 月《大眾文藝》第 2 卷第 1 期。

〔註2〕汪暉：《無地彷徨──「五四」及其回聲》，浙江文藝出版社 1994 年版，第 406 頁。

和反思「娜拉出走」這樣一個現代性的女性解放神話，就成為《傷逝》的一個重要價值旨向。

中國的女性解放運動在 20 世紀初即已開始，到 20 年代五四新文化運動前後一段時期內達到高潮。新文化運動的領袖們扮演了至為關鍵的角色。胡適在 1918 年翻譯《玩偶之家》，將易卜生主義介紹到中國。娜拉成為家喻戶曉的人物，成為「五四」時期女性解放的象徵，難以計數的年輕女性掙脫家庭的鎖鏈和時代的羈絆，以「娜拉出走」為自己的行為辯護。她們從娜拉的名言「我只對我自己負有神聖的責任」，獲得憧憬希望與未來的動力。按當時流行的理解，一個中國娜拉對自己的基本責任就是應該有愛的權利。可是當眾多的覺醒女性出走之後，不僅是她們自己，就是鼓舞她們出走的那些精神導師們、理想家們，大多也沒有意識到「女性解放」這一現代性價值理念的虛妄性、烏托邦色彩和男性中心主義的誘惑性。

正是魯迅 1923 年 12 月 26 日在北京女子師範學校發表演講《娜拉走後怎樣》，以出走後的娜拉「不是墮落，便是回來」的悲慘境遇，向這一現代性價值理念及其推行者、實踐者提出深刻質疑：倘若沒有強大有力的社會環境和制度的保障，覺醒者娜拉經不住物質、現實和眾數的沉重壓力與打擊，最終結果只能是要麼回去、要麼墮落。他早在 1920 年所寫的《頭髮的故事》裏，借主人公 N 先生之口，尖銳質疑「新文化運動」所提倡的諸多現代性價值理念的虛妄性和烏托邦色彩：「現在你們這些理想家，又在那裡嚷什麼女子剪髮了，又要造出許多毫無所得而痛苦的人！……改革麼，武器在那裡？工讀麼，工廠在那裡？仍然留起，嫁給人家做媳婦去：忘卻了一切還是幸福，倘使伊記著些平等自由的話，便要痛苦一生世！我要借了阿爾志跋綏夫的話問你們：你們將黃金時代的出現豫約給這些人們的子孫了，但有什麼給這些人們自己呢？」

他更是在 1925 年 9 月創作《傷逝》，以寓言化的小說境遇意識，形象化地展現「娜拉出走」這一現代性命題的幻想性特徵和烏托邦色彩。因此《傷逝》不僅是寫新一代知識者的精神追求和現實社會結構之間的矛盾，還是寫娜拉們的出走上充其量是一種時髦的姿態和浪漫的實驗。「娜拉出走」只預設了「愛」這一至善至美的虛擬目標，卻導致子君們死於「無愛的人間」。正如他在《娜拉走後怎樣》中所發出的頗為矛盾和虛無的警告：「人生最苦痛的是夢醒了無路可以走。做夢的人是幸福的；倘沒有看出可走的路，最要緊的是

不要去警醒他。」《傷逝》所展現的「用真實去換來的虛空存在」的生命體驗，恰恰是對一切樂觀主義的人生期待的深刻懷疑，是對現實的無可希望或絕望狀態的證實，從而也是對「娜拉出走」這一現代性命題虛妄性的深刻反省。

二、對男性中心主義文化霸權的批判

《傷逝》對「娜拉出走」這一現代性價值理念內在矛盾的揭示，顯然不止於此。毫無疑問，魯迅是現代中國最偉大的女性關愛者。他在《傷逝》「真實」與「虛空」的對立緊張的矛盾敘事和結構中，還看到了男性價值世界在製造「娜拉出走」這一歷史樂觀主義女性解放神話中所起的助紂為虐的作用，看到了男性中心主義文化霸權對它的終極價值目標的釜底抽薪的作用。

從性別文化的視角解讀《傷逝》者不乏其人。周玉寧發表在《江蘇社會科學》1994年第2期的《性別衝突下的靈魂悲歌——〈傷逝〉解讀》認為，魯迅在營造《傷逝》的現實環境的同時，「顯示了男女性別意識的差異，理想與溝通的困惑」，當現實壓力撲面而來時，「隔膜與厭棄便不可避免」。李怡發表在《名作欣賞》1988年第2期的《〈傷逝〉與現代世界的悲哀》認為，《傷逝》的悲劇是「新時代難以避免的兩性悲劇」，它「涵蓋了一種更為廣闊的現代世界的悲哀」，兩性危機是人性的普在，涓生與子君愛情的「距離差」導致了「最終關係破裂」。李之鼎發表在《魯迅研究月刊》1996年第5期的《〈傷逝〉：無意識性別敘事話語》認為，《傷逝》的敘事本身呈現強烈的「男性中心化」傾向，「敘事者涓生的敘事話語懺悔抒情基礎的虛偽，與其說他的人格或個人品質，毋寧說是父權制意識形態的虛偽，隱含作者所以從主觀的性別關懷滑入客觀的性別岐視，可說是男性中心文化所具有巨大的命運般的歷史無意識力量施逞威風的結果。」周玉寧和李怡在合理地理解《傷逝》蘊涵的兩性危機的同時，將它普泛化，抽去了其歷史維度的批判旨歸。李之鼎在發掘《傷逝》「男性中心化」的歷史傾向時，卻將批判矛頭指向了創作主體。顯然就造成《傷逝》悲劇根源的歷史內涵而言，他們都有些許的「指鹿為馬」傾向。

詹明信在《處於跨國資本主義時代中的第三世界文學》中，分析了魯迅小說的民族寓言性質：「第三世界文化中的寓言性質，講述關於一個人和個人經驗的故事時最終包含了對整個集體本身的經驗的艱難敘述。」〔註3〕《傷逝》

〔註3〕詹明信：《晚期資本主義的文化邏輯》，三聯書店1997年版，第545頁。

正是以民族寓言的形式，在展現「娜拉出走」這一現代性民族精神、民族性格集體體驗的虛妄性特徵時，更是集中而深刻展現了它的男性中心文化的霸權性和引誘性，展現了它對女性這一歷來受壓抑群體的本體性漠視，以至古老的男性中心主義文化借助它而獲得了現代性面具。

在《傷逝》的寓言世界中，涓生正是「娜拉出走」這一現代性價值理念的化身和推行者。無論是在會館還是吉兆胡同的小南屋，涓生才始終是兩人世界的中心。涓生始終視子君為他「啟蒙」的對象，自認為自己的愛情追求和人生的要義是現代的，將子君置於被動和被賜予的位置，「破屋裏便漸漸充滿了我的語聲，談家庭專制，談打破習慣，談男女平等，談伊孛生，談泰戈爾，談雪萊……她總是微笑點頭，兩眼裏彌漫著稚氣的好奇的光澤。壁上就釘著一張銅板的雪萊半身像，是從雜誌上裁下來的，是他的最美的一張像。當我指給他看時，她卻只草草一看，便低了頭，似乎不好意思了。這些地方，子君就大概還未脫盡舊思想的束縛。」當子君表明自己的態度：「我是我自己的，他們誰也沒有干涉我的權利！」時，涓生竟然將這一私人化的愛情表態上升到一個很高的高度：「這幾句話很震動了我的靈魂，此後許多天還在耳中發響，而且說不出的狂喜，知道中國女性，並不如世故家所說那樣的無法可施，在不遠的將來，便要看見輝煌的曙色的。」在涓生眼中，子君的「稚氣」的，「未脫盡舊思想」的，不是「無法可施」的，而他的狂喜，難道不正蘊含著男性中心主義的本能衝動和洋洋自得的自私？正是這個所謂的現代愛情的啟蒙者與追求者，將自以為是的「純真熱烈的愛」表示給子君時，預先設想的那些居高臨下的男性愛情攻略在愛情爆發的時刻竟毫無用處，「在慌張中，身不由己地竟用了電影上見的方法了。後來一想到，就使我很愧恧，但在記憶上卻偏只有這一點永遠留遺，至今還如暗室的孤燈一般，照見我含淚握著她的手，一條腿跪了下去……。」涓生的形象和姿態，深刻體現了啟蒙主義現代性理念的男性中心主義文化色彩，以及它對「娜拉出走」這一現代理念所持有的雙重價值標準，更深刻顯示了男性中心主義姿態的滑稽可笑和虛無懦弱。

男性文化霸權主義對子君們的雙重價值標準的支點，具體體現為涓生兩個冠冕堂皇和自欺欺人的藉口：「愛情必須時時更新，生長，創造」，「第一，便是生活。人必生活著，愛才有所附麗」。這恰恰體現了自私、虛偽、卑鄙的男性文化道德。然而當「外來的打擊」悄然來臨，他竟痛心「那麼一個無畏的

子君也變了色」，將怨艾灑向子君：「其實，我一個人是容易生活的，現在忍受著這生活壓迫的苦痛，大半倒是為她」，「她早已什麼書也不看，已不知道人的生活的第一著是求生，向著這求生的道路，是必須攜手同行，或奮身孤往的了，倘使只知道捱著一個人的衣角，那便是雖戰士也難於戰鬥，只得一同滅亡。」當他以「真實」和「空虛」的靈魂肉搏掩蓋男性的虛偽和卑怯，以「無愛」為理由逼走子君時，竟「心地有些輕鬆，舒展了，想到旅費，並且噓一口氣。」他向「新的生路」跨出的第一步，「卻不過是寫下我的悔恨和悲哀，為子君，為自己」，或者說只求得自己的心理安慰。

所以，自從涓生這一形象誕生以來，就遭到有識之士的猛烈批判，儘管他們尚未充分意識到男權中心主義文化對「娜拉出走」所代表的現代性理念終極價值目標的解構作用。其中最有代表性的當屬張文焯的批判：

> 必須沉著、勇於負責的人，才有生活的出路，怨天尤人，只有自趨滅亡的一途，然而涓生則雖然喊著「新的生活」，但在他失業的時候，竟使子君有應付為難的感慨，若是堅決的鼓舞他，在他聽來卻是浮浮的，若是沉默的同情他，在他看來又是怯弱的，只有一種態度子君還不曾採用，就是「格外的快活」，若是如此，我又怕他要罵子君毫無心肝，而且觸發了他的無名的毒恨，總而言之，是怨天尤人無所不用其極。

> 沒有力量而談戀愛，是謂昏瞶，一旦失業便怨天尤人，是為卑怯，失業之後不為兩人的職業問題作正當的計劃，卻以脫離關係為唯一的辦法，是以堂皇的求生，掩飾遺棄的罪惡，明知這樣足以致人死命，卻略不顧惜的毅然處之，是以他人的死，換取自己的生，這種昏瞶卑怯，自私殘酷的行為，都源於不肯負責的這一點——對戀愛不負責，對良心不負責，對生活不負責——不肯負責的人，卻想尋覓新的生路，自然只是夢囈而已。〔註4〕

作為「娜拉出走」這一現代性觀念的提倡者和受益者象徵的涓生，實際上是男性文化符號的化身，代表著對女性解放的現代性價值理念眾多解構之維中的重要一維——男性中心主義文化的霸權。而正是涓生眼中「未脫盡舊思想的束縛」的子君，代表著對「娜拉出走」這一現代性價值理念終極目標

〔註4〕張文焯：《子君和涓生——子君走後的涓生》，載 1935 年 5 月《國文學會特刊》第 3 期。

的追求。象徵男性霸權符號宰制力量的涓生都能夠認識到:「『我是我自己的,他們誰也沒有干涉我的權利!』這徹底的思想就在她的腦海裏,比我還透澈,堅強得多」,「她卻是大無畏的。對於這些全不關心,只是鎮靜地緩緩前行,坦然如入無人之境」。子君為那個男性世界創造的愛情神話所吸引,勇敢地脫離了家庭,為自己的愛人奉獻一切。子君不是一個依附者,她有獨立的人格,她所追求的「真實」是「娜拉出走」所預設的「純粹的愛」,「我以為將真實說給子君,她便可以毫無顧慮,堅決地毅然前行,一如我們將要同居時那樣。但這恐怕是我錯誤了。她當時的勇敢和無畏是因為愛」。子君在說出「我是我自己的,他們誰也沒有干涉我的權利」時,「我自己」的對立面,不僅是指束縛她追求愛的封建家庭和諸種外部環境,而且還是指涓生。子君在涓生說出心中的「無愛」之後,她的不出走並非不可能。她的出走似乎滿足了涓生的「無愛」,但她追求的是至情至愛,對她來說,沒至愛、毋寧死。這是對涓生所表徵的男性霸權虛偽、卑怯與自私的蔑視。當「愛」的神話破滅後,偉大的、堅忍的、聖潔的子君沒有選擇「墮落」,也沒有認同「回去」,而是選擇了「死」的抗爭。「子君是去了,由她這無言的自去,可知這淒哀的女子,並沒有忘記了人格的獨立,並沒想『捶著別人的衣角』,她實在還想帶著創傷的心,無怨言無怨色的,在這無愛的人間,走她灰白的長途,無奈人間的酷虐,已經侵蝕了她脆弱的靈魂,終於不得不孤寂的死去。」〔註5〕

三、兩難的歷史語境

　　《傷逝》正是從寓言的意義上,展示了以「娜拉出走」為代表的現代性價值理念在當時歷史境遇中的兩難處境,批判了它的男性中心主義文化功能和虛擬的烏托邦色彩。它設置了一個至善至美的終極價值目標,卻以男性中心主義的價值觀念和要求,瓦解了這一目標的根基。且不說「娜拉出走」如何淪為玩弄「自由戀愛」者的把戲——比如盧隱以她的切身體會所寫的作品中,就經常出現欺詐與受害的主題:初出茅廬的娜拉式少女們因為愛情的幻想,在男人主宰的社會中陷入「自由戀愛」的圈套,她們起初的叛逆往往淪為墮落,在這一理念和自以為這一理念神聖無比的「理想家」那裡,他們也如「涓生」那樣將「子君」置於被解放的位置。他們明知女性是一個弱勢群

〔註5〕張文焯:《子君和涓生——子君走後的涓生》,載 1935 年 5 月《國文學會特刊》第 3 期。

體，卻很少考慮這一弱勢群體的特殊要求。這恰恰體現了這一現代價值理念在當時歷史境遇中的內在歧視性。它是一種以男性為中心的普遍主義的文化觀念。它往往打著解放的旗號將男性的意志強加給女性，並按照自己的模式將女性塑造成沒有自己本質的他者，以普遍主義的價值觀遮蔽特殊群體的獨異性。現代性的諸多價值理念之間應當是一種對話關係，如果一個社會的主流價值觀念不能公正地提供對不同群體和個體的「承認」，它就構成強勢群體和個體對弱勢群體和個體的控制手段，成為一種宰制力量和壓迫形式。在這個意義上，「娜拉出走」這一現代主流派觀念，就構成了對弱勢群體及其真實價值追求的一個「至善」、「至美」的圈套。以至令人看到《傷逝》「竟是充滿了傷感的情調，幻滅的悲哀，使我們對於男女之愛，感到根本的失望，尤其《傷逝》所顯示的戀愛二字，簡直是騙人的名詞。」〔註6〕

　　茅盾在評論《傷逝》時，以他傑出的藝術感知力敏銳地覺察到了「娜拉出走」這一現代價值觀念及實踐形式對弱勢女性群體特殊要求的忽視：「比起涓生來，我覺得子君尤其可愛。她的溫婉，她的女性的忍耐，勇敢和堅決，使你覺得她更可愛。她的沉默多愁善感的性格，使她沒有女友，當涓生到局辦事後，她該是如何的寂寞呵，所以她愛動物，油雞和叭兒狗便成了她白天寂寞時的良伴。然而這種委婉的悲哀的女性心理，似乎涓生並不能瞭解。」〔註7〕其實正是涓生所表徵的男性中心主義霸權文化，一方面向娜拉們預約了黃金世界的出現，一方面又忽視女性群體的特殊要求，沒有意識到支持娜拉們出走及生存的支點，僅僅只是一個純淨的「愛」的觀念和理想。然而正是「浪漫愛情為男性提供了一個任其玩弄感情的手段，……對浪漫感情的認可於雙方都有利，因為這往往是女性克服加於其身的更為強有力的性壓制的唯一條件。」〔註8〕同時，也恰恰是男性中心主義霸權文化對女性的排斥和壓抑，輕而易舉地擊碎了娜拉們的「愛」。梅儀慈就指出了這一支點的脆弱：當現代娜拉們與社會權威以及支配她們生活的舊秩序與價值觀念決裂之後，突然變得無所依傍，只能從她們自己的感情和不確定的關係中獲得支持，而這種關係本身又取決於不可靠的愛情。當自我肯定的權利終於得到的時候，

〔註6〕張文煒：《子君和涓生——子君走後的涓生》，載 1935 年 5 月《國文學會特刊》第 3 期。

〔註7〕茅盾：《魯迅論》，載 1927 年 11 月《小說月報》第 18 卷第 11 期。

〔註8〕米利特：《性政治》，江蘇人民出版社 2000 年版，第 46 頁。

卻證明它是靠不住的東西,而依靠愛情和感情來維持生活的女人就更加容易
受到其他苦難的傷害。〔註9〕

　　正是魯迅以他博大深厚的人道主義情懷、對女性的無比尊重與同情和冷
靜而清醒的現代理智,在《傷逝》中以寓言形式一針見血地指出:娜拉們面
對的「無愛人間」不僅是寓指黑暗的社會,而且也是寓指鼓動他們出走的現
代性價值理念的男性中心主義權利空間。「娜拉出走」這一現代性價值理念的
烏托邦幻想引誘娜拉們出走,可是這一觀念的男性中心主義霸權與黑暗社會
合謀,宰制和壓抑著娜拉們到達至善至美的愛的彼岸。因此,它以現代價值
理念的形式,體現了自古至今兩性之間的支配與從屬關係:「在我們的社會秩
序中,基本上未被人們檢驗過的甚至常常被否認的(然而已制度化的)是男
人按天生的權利統治女人。一種最巧妙的『內部殖民』在這種體制中得以實
現,而且它往往比任何形式的種族隔離更為堅固,比階段的壁壘更為嚴酷,
普遍,當然也更為持久。無論性支配在目前顯得多麼沈寂,它也許仍是我們
文化中最普遍的思想意識、最根本的權利概念。」〔註10〕

　　正如詹明信所說的:「寓言精神具有極度的斷續性,充滿了分裂和異質,
帶有與夢幻一樣的多種解釋,而不是對符號的單一表述。……我們對寓言的
傳統概念認為寓言鋪張渲染人物和人格化,拿一對一的相應物作比較。但是
這種相應物本身就處於文本的每一個永恆的存在中而不停地演變和蛻變,使
得那種對能指過程的一維看法得變得複雜起來。」〔註11〕《傷逝》作為一個
具有審美自足性的藝術品,顯然不會停滯於對能指過程的一維表達,當然也
就不僅僅是寓示著「娜拉出走」所表徵的現代性價值理念的終極目標與男性
中心主義的對抗。即使它在展現這一維的命題時,也以傑出的藝術手法設置
了「涓生懺悔」這一形式的複雜意向表達,也肯定了「娜拉出走」這一現代性
價值理念的善的初衷,以小說深刻的境遇結構藝術,展示了「娜拉出走」這
一現代性價值理念衝突矛盾的複雜多維內涵和兩難的歷史境遇意識。

　　當然,《傷逝》的多維、複合藝術內蘊也不僅僅限於反思現代價值理念的
虛妄性這一層面。它更是一個自足的、開放的、完整的小說藝術空間。其實

〔註9〕參見《劍橋中華民國史》(上)相關論述,中國社會科學出版社1994年版,
　　　　第535頁。
〔註10〕米利特:《性政治》,江蘇人民出版社2000年版,第33頁。
〔註11〕詹明信:《晚期資本主義的文化邏輯》,三聯書店1997年版,第528頁。

早在 1926 年，高長虹就已經朦朧地指出《傷逝》的多維複合內涵：「似乎已閃出無名的、意外的新的期待，卻終於寫出更大的破滅與絕叫，且終於寫出更深刻而悲哀的彷徨，則作者終是在較深刻的意義上而生活而創作呢，也還終是時代的原因呢？」〔註12〕因此，《傷逝》多維複合內涵的諸多「不確定性」和「空白」，吸引我們潛入它的「召喚結構」，尋覓造成「更大的破滅與絕叫」和「更深刻而悲哀的彷徨」的原因。《傷逝》的傑出之處，就在於一維的能指符號寓示著複雜多維的所指傾向，更在多維旨向的永恆變動中，給人以長久的現代性審美體驗。因為「至善是一個目標，但這是一個水漲船高的目標，是永久達不到的目標。娜拉出走了，問題沒有完結。」〔註13〕

〔註12〕高長虹：《走到出版界——寫給〈彷徨〉》，載 1926 年 10 月《狂飆》第 1 期。
〔註13〕《顧準文集》，貴州人民出版社 1994 年版，第 375 頁。

第二章 《蝕》：作為主題與象徵的「性與革命」

一、性與革命：作為一種集體無意識象徵

多少年來，人們往往貶抑性而讚美革命。只要一談到性，回避沉默便成了性，或者美其名曰愛情，向來是古今中外文學想像世界中的一個永恆主題，無論是壓抑還是泛濫，它都能尋找到散播欲望之火的明渠或暗道。而「革命在人類社會的命運中是一樁永在的現象。……各個不同時代的一切受壓迫的勞苦大眾為反抗奴役和等級制，無不付諸革命。」﹝註1﹞性與革命，以巨大的生命衝擊力和心靈震撼力，給文學的想像空間往往遺留下許多糾纏不清的精神資源。革命與性，英雄與美人，以無比豐盈的誘惑和幻想，指涉著人們邁向自由與理性的烏托邦之境的沉迷與超越。

多少年來，性與邪惡、卑鄙、淫穢等諸如此類的語彙結下不解之緣，「性」成了道德與政治權力話語的一種禁忌，而掌握道德與政治權力裁斷話語的人們，則因貫徹禁忌與壓抑而被視為品行高尚、政治正確。革命因為向人們允諾「從必然王國飛躍到自由王國」，以革命之後無限幸福與無限繁榮的預設而贏得人們的擁護與喝彩，「革命的積極性總抓住人的情感」。﹝註2﹞或許，正是在「情感」這一層次上，性與革命找到了共通的歷史敘事話語，具有了共通的生命和美學原則，為文學的想像世界，提供了一個激動人心的主題。

﹝註1﹞別爾嘉耶夫：《人的奴役與自由》，貴州人民出版社1994年版，第166頁。
﹝註2﹞別爾嘉耶夫：《人的奴役與自由》，貴州人民出版社1994年版，第169頁。

　　如果說尋求自由與快感是性與革命的生命原動力，那麼這不僅是一種修辭誇張，而是點明了性與革命的生理和社會基礎。誠如馬爾庫塞指出的，當馬克思說人的解放時，實際上也就是指愛欲的解放，換言之，「推動人們去塑造環境、改造自然的，將是解放了的而不是壓抑著的生命本能」。〔註3〕於是，「解放」便成為具有生物本能和社會本能的人的價值律令，誘惑著人們去釋放被壓抑的能量。然而激情過後往往是冷靜，真實狀態往往在性與革命爆發後的第二天降臨人間。這時，人們才有時間去品味、反思性與革命爆發的前前後後。

　　茅盾的小說《蝕》三部曲《幻滅》《動搖》和《追求》，正是作者目睹了性與革命的能量激情釋放之後，「經驗了動亂中國的最複雜的人生的一幕，終於感到了幻滅的悲哀，人生的矛盾，在消沉的心情下，孤寂的生活中，而尚受生活執著的支配，想要以我的生命力的餘燼從別方面在這迷亂灰色的人生內發一星微光」。〔註4〕在別人看到小資產階級知識分子灰色軟弱的地方，在別人貶斥的革命加戀愛的緋色漩渦中，茅盾卻以小說這種藝術形式，營造了在動盪時代性與革命對人的生存的支持和潰敗。

二、心路歷程：追求—動搖—幻滅

　　茅盾在談到創作意圖時說過：「我那時早已決定要寫現代青年在革命壯潮中所經過的三個時期：（1）革命前夕的亢昂興奮與革命既到面前時的幻滅；（2）革命鬥爭劇烈時的動搖；（3）幻滅動搖後不甘寂寞尚思作最後之追求。」〔註5〕革命固然是《蝕》三部曲應有的主題，並且始終是制約小說人物心理狀態和生活境遇的無法抗拒的力量，但是另一種更為內在的力量則來自於「性」——一種展現和述說個體本質生存欲望的小說修辭形式。

　　《幻滅》中的靜女士，在中學時代「領導同學反對頑固的校長」，因目睹「戀愛」侵蝕了「鬧風潮的正目的」，憤而失望地來到上海，以「靜心讀書」作為虛擬的生存目的撫慰自己，但「她自己也不明白她的讀書抱了什麼目的」。實際上困惑靜女士的，是作為個人隱秘的生命本能的性：「她對於兩性關係，一向是躲在莊嚴，聖潔，溫柔的錦幃後面，絕不曾挑開這錦幃的一

〔註3〕馬爾庫塞：《愛欲與文明》1966年政治序言，上海譯文出版社1987年版。
〔註4〕茅盾：《從牯嶺到東京》，載1929年4月25日《未名》第2卷第8期。
〔註5〕茅盾：《從牯嶺到東京》，載1929年4月25日《未名》第2卷第8期。

角，看看裏面是什麼東西；她並且是不願挑開，不敢挑開。」當慧女士以現身說法的方式進行性啟蒙的述說後，驚訝「為什麼自己失了常態」的靜女士，自然將「事態」的原因歸於「這多半是前天慧女士那番古怪閃爍的話引起的」。既恐懼又具有解密欲望的靜女士，對於性如同革命一樣，既涉足不深又幻想藉此尋求希望與刺激。當她「一大半還是由於本能的驅使，和好奇心的催迫」而失身於帥座的暗探、女性獵逐者抱素（「反革命」的能指符號）後，得到的卻是「償還加倍的惆悵」和「痛苦失敗的紀錄」。這痛苦當然要尋找轉移和宣洩的機會。

　　這時，革命作為「熱烈，光明，動的新生活」的象徵，「張開了歡迎的臂膊等待她」，革命的「一切印象——每一口號的呼喊，每一旗角的飄拂，每一傳單的飛揚，都含著無限的鼓舞，靜女士感動到落了眼淚來」。然而革命同樣也不是莊嚴聖潔的處女夢，「一方面是緊張的革命空氣，一方面卻又有普遍的疲倦和煩悶」，「『要戀愛』成了流行病，人們瘋狂地尋覓肉的享樂，新奇的性慾的刺激」，鬧戀愛是革命以外唯一的要件，「單身的女子若不和人戀愛，幾乎罪同反革命——至少也是封建思想的餘孽」，更令靜女士感到遺憾和嫌惡的，是「革命的人生觀，非普及於人人不可」。靜女士不能不追問：「在這樣的矛盾中革命就前進了麼？」

　　在靜女士對革命產生厭倦和困惑的時候，強連長這個崇尚戰爭與未來主義的人物走入靜女士的世界。這個「追求強烈的刺激，讚美炸彈、大炮、革命」的人物，帶給靜女士的卻是遠離革命塵囂的「廬山戀」。革命缺席之後性或者說戀愛的出場，讓靜女士終於盼到了「夢想的生活」，「她要審慎地儘量地享受這久盼的快樂。她決不能再讓它草草過去，徒留事後的惆悵」。然而，以強烈的刺激為生命動力的未來主義者強連長，在戀愛這種刺激已經太多而漸覺麻木的時候，又轉而尋求「強烈的刺激，破壞，變化，瘋狂的殺，威力的崇拜，一應俱全」的戰爭未來主義。作為「美滿的預想」的性或者愛情經歷，對於靜女士「簡直是做了一場大夢」。

　　靜女士經歷了「革命—性—革命—性」循環式的誘惑和追求，得到的卻是性與革命的激情淪為庸常之後的厭倦與困頓，親身經驗之後的結果只是希望的幻滅。作為生命本能和追求象徵的性與革命，終究抵擋不住命運的無常：「人們都是命運的玩具，誰能逃避命運的捉弄？誰敢說今天依你自己的願望安排定的計劃，不會在明天被命運的毒手輕輕地一下就全部推翻了呢？」《幻

滅》講述的有關性與革命的故事,帶給人的只是幻滅與困惑:「一切好聽的話,好看的名詞,甚至看來是好的事,全都靠得住麼?」性與革命所象徵的生命本能衝動和生存理想的追求,在《幻滅》中具有了某種形而上意味的敘事功能。

約翰‧伯寧豪森在《茅盾早期小說的中心矛盾》一文中認為:「運用兩分法來設置搞革命與尋求個性完成這樣一種中心矛盾,對於個性解放的追求,擺脫經濟上的不穩定,異化感,擺脫沒落的社會狀態和傳統文化的束縛(尤其是在家庭或社會上對於婦女的壓迫),以挽救個性的自我同時又積極地投身於革命鬥爭以建成更為公正的社會,挽救民族,這就是茅盾早期絕大多數作品的中心主題。」〔註6〕這裡所說的搞革命與尋求個性完成的兩分法設置,其深層內涵實質上就是性與革命之於小說人物的心理支撐。在小說文本中,個性解放和政治倫理衝動具象化為性與革命的激情展現,或者說個性完成與搞革命不過是性與革命的冠冕堂皇的說法而已。「時代女性」的苦悶追求本身,就是革命的產物,同時又構成整體革命的有機組成部分;她們的身體與心靈,因革命的風起雲湧而鼓起解放的翅膀,同時又因革命規則和殘酷現實而呈現光怪陸離的景觀。

性與革命的原動力都是源自於生存本體對個性、自由和快感的憧憬,都是以激情爆發的形式獲得身體、心靈和意志的滿足。在黑格爾看來,激情「不是本身獨立出現的,而是活躍在人心中,使人的心情在最深刻處受到感動的普遍力量」,〔註7〕但是作為普遍力量的激情瞬間爆發後,依然將人拋向客體化的世界,將人置於外在的而非內在的必然性統治之下,並使之體驗激情爆發所帶來的諸種外在的和負面的效應。因此,性與革命圍繞自身建構了一個充滿緊張和焦灼的張力場,形而上的和形而下的所有一切都須臾不分的攪和在一起,一切的矛盾也就由此而萌生。

如果說《幻滅》展現的是性與革命對激情的追求和幻滅感,那麼《動搖》則述說了激情爆發過程中心靈、情感和意志的複雜體驗。性心理與革命心理描寫成為《動搖》的精彩之筆。連當時激進左翼批評家錢杏邨都認為「全書當然是以解剖投機分子的心理和動態見長」。他一方面在政治上予以嚴厲批

〔註6〕載《中國當代文學研究資料‧茅盾專集》第二卷下冊,福建人民出版社1985年版。
〔註7〕黑格爾:《美學》,商務印書館1981年版,第271頁。

判，另一方面又讚賞茅盾對「戀愛心理」的高超描寫，「表現了兩性方面的妒嫉，變態性慾，說明了性的關係，戀愛的技巧，無論是哪一方面，作者都精細的解剖到了」。〔註8〕

　　「動搖」一詞，恰如其分地展現了小說人物在性與革命的過程中，進退失據的心理和情感狀態。作為「動搖」象徵的小說人物方羅蘭，在性和情感方面，時時動搖於妻子陸梅麗和情人孫舞陽之間：一方面是對漂亮然而具有傳統意味的妻子的忠實情感，另一方面又傾慕豔麗迷人的現代革命女性孫舞陽；一方面掩飾不住隱秘的情感，發出內心的獨白：「舞陽，你是希望的光，我不自覺地要跟著你跑」，另一方面為穩定自己內心的動搖，在醉醺醺的情緒中重新體認出太太的人體美的焦點，從而獲得心理和生理的平衡。在革命方面，各派政治力量的搏鬥你死我活，方羅蘭卻游移動搖於左右之間，極力調停、彌合，「總想辦成兩邊都不吃虧」，對於革命的情感與態度，總是模棱兩可，可謂是「命固不可不革，但亦不可太革」。動搖的結果，是方羅蘭陷入了性與革命方面的矛盾、迷惘和錯亂，終至於最後一切都無可挽回的分崩離析。

　　且不說孫舞陽的豔影如何對方羅蘭的「可憐的靈魂，施行韌性的逆襲」，使他「革命」時難以忘懷「戀愛」，總是處於混雜紛亂的動搖心理狀態。性伴隨著革命一道襲來產生的巨大能量，使整個社會結構和心理都發生了動搖。如果說要「共產」，作為革命同盟軍的貧苦農民尚能歡欣鼓舞，因為「產」本不多，「共」了說不定「產」更多，可是「公妻」卻成了農民反對的最低防線：「但是你硬說不公妻，農民也不肯相信你，明明有個共產黨，則產之必共，當無疑義，妻也是產，則妻之竟不必公，在質樸的農民看來，就是不合理，就是騙人。」那些粗野的備受壓抑的婦女們，則借革命激情的渲泄，抒展性的暢想：「打到親丈夫！擁護野男人！」反革命投機分子的胡國光更是借革命的名義混水摸魚，垂涎著女性的肉體，將「解放婦女保管所」變成「淫婦保管所」，打著革命的幌子名正言順地發洩骯髒的性慾。至於外邊人的議論「孫舞陽，公妻榜樣」，不能僅僅視作是單純的街頭謠言，更體現了包括革命者在內的廣大人群的內心秘密欲望和獵逐快感的企盼。

〔註8〕錢杏邨：《茅盾與現實》，載《現代中國文學作家》第 2 卷，泰東書局 1930 年
　　　　版。

　　錢杏邨曾批判說：「孫舞陽的人生哲學建築在性與戀上，沒有事業。」
〔註9〕這主要是因為孫舞陽基本上是作為一個性的能指符號活躍於小說場景
中的。小說不惜濃彩重筆描寫孫舞陽的豔麗和性感，而且不惜讓小說中絕大
部分男性角色都對她垂涎三尺，欲「公妻」之而後快。性作為革命的一個巨
大場域，與革命行為一道帶給人光怪陸離的興奮、迷亂，怪異和悵惘。性與
革命所企盼的「黃金世界」，竟然如此令人啼笑皆非，慌亂不堪，性與革命的
景觀是如此令人焦灼、瘋狂和變態。「小說的功效原來在借部分以暗示全體，
既不是新聞紙的有聞必錄，也不同於歷史的不能放過巨奸大憝」，〔註10〕性與
革命作為生存本體釋放衝動、追逐理想的巨大歷史能指符號，在激情與欲望
展現過程中，帶給人的心理體驗，真如方太太陸梅麗的喟歎：「實在這世界變
得太快，太複雜，太矛盾，我真真的迷失在那裡頭了。」

　　《追求》作為「纏綿幽怨和激昂奮發的調子同在」的「狂亂的混合物」
〔註11〕，所展現的是性與革命遭受失敗後，帶給掙扎著的生存本體的巨大挫
折感和精神危機。茅盾幾十年後雖然巧妙修飾了他的創作動機：「《追求》原
來是想寫一群青年知識分子，在經歷了大革命失敗的幻滅和動搖後，現在又
重新點燃希望的火炬，去追求光明了。」但同時他又不能不尊重逝去經驗的
真實：「可是，在寫作的過程中，我卻又一次深深地陷入了悲觀失望中。」
〔註12〕小說具有的濃重悲觀色彩，當然已是不爭的歷史和文本事實，即使作
者本人也無法輕易掩蓋和抹煞。

　　如果說後結構主義的「文本之外無他物」（德里達語），強調的是社會歷
史的全部內容都彙集在文本的內在組織結構中，強調個人主體和集體實踐的
隱密全部都通過文本得以展現，那麼不論茅盾事後如何強調創作動機中的革
命性，《追求》文本中給人最深刻的印象卻是：「全部的人物都似乎被殘酷的
命運之神宰割著，他們雖有各自的個性，有的努力於事業，有的追求強烈的
生活的樂趣，但結果，都被命運之神引向了幻滅死亡的道路。」〔註13〕《追

〔註9〕 錢杏邨：《茅盾與現實》，載《現代中國文學作家》第2卷，泰東書局1930年
　　　　版。
〔註10〕茅盾：《從牯嶺到東京》，載1929年4月25日《未名》第2卷第8期。
〔註11〕茅盾：《從牯嶺到東京》，載1929年4月25日《未名》第2卷第8期。
〔註12〕茅盾：《創作生涯的開始——回憶錄〔十〕》，載《新文學史料》1981年第1
　　　　期。
〔註13〕賀玉波：《茅盾創作的考察》，載1933年1月23日《大公報》。

求》所展現的，是小說人物的諸種追求遭遇各種無法克服的矛盾而遭受精神創傷的歷史命運。

　　看清了時代病的悲觀的張曼青，「雖然倦於探索人生的意義，但亦何嘗甘心寂寞地走進了墳墓；熱血尚在他血管中奔流，他還要追求最後的一個憧憬」，當他將最後的憧憬寄託於教育和愛情，得到的卻是更大的苦悶：「現在是事業和戀愛兩方面的理想都破碎了，是自己的能力不足呢？抑是理想的本身原來就有缺點？」他得不到結論，只能以「正是永遠是這樣的！」彌補幻滅的虛空和悲哀。

　　試圖以肉體挽救懷疑主義者史循自殺的浪漫女性章秋柳，亦曾是慷慨激昂：「我們終天無聊，納悶。到這裡同學會來混過半天，到那邊跳舞場去消磨一個黃昏，在極頂苦悶的時候，我們大笑大叫，我們擁抱，我們親嘴。我們含著眼淚，浪漫，頹廢。但是我們何嘗甘心這樣浪費了我們的一生！我們還是要向前進。」然而史循暴病而死，她身染梅毒。渴望「用群的力量約束自己，推進自己」的章秋柳，在一個月內思想就發生了轉變：「一個月前，我還想到五年六年甚至十年以後的我，還有一般人所謂想好好活下去的正則的思想，但是現在我沒有了。」

　　「半步主義」者王仲昭，「以為與其不度德不量力地好高騖遠而弄到失望以後終於一動不動，還不如把理想放得極低，卻孜孜不倦地追求著，非到實現不止」。但當他「撇開了失望的他們，想到自己的得意事件」，「沉醉於已經到手的可靠的幸福」時，一紙「俊卿遇險傷頰，甚危，速來」的電報卻給他最後致命的一擊：「你追求的憧憬雖然到了手，卻在到手的一刹那間改變了面目！」

　　《追求》中的三個最主要人物最終都幻滅了，「刹那間再起一回『尋求光明』的念頭」〔註14〕都再一次遭到重創。當時就有人強調：「依筆者的感覺，《追求》應改為『頹廢』。雖然該書的人物，各有所追求，但追求的結果，只更增加他和她的頹廢。這樣悲哀的表現，既是《動搖》之後的必然，又是歷史邏輯的應有結果。」〔註15〕這歷史邏輯的結果即是：性與革命儘管隸屬於理性的意識形態的管轄，但是性與革命一旦達到高熱狀態，將人的心理負荷推

〔註14〕錢杏邨：《從東京回到武漢——讀了茅盾〈從牯嶺到東京〉以後》，載伏志英編《茅盾評傳》，現代書局 1931 年版。
〔註15〕鄭學稼：《茅盾論》，載《文藝青年》第 2 卷第 4、5 期合刊

向極限，對人的精神狀態的破壞力和負面效應，就會如影隨形浮現出來，人的非理性的本能與不可控制的外部力量就會結合起來，各種壓抑力量會重新襲來，歷史的辯證法就會開始啟動：革命成功了，「自由消逝，王國矗立」；〔註16〕革命失敗了，留給人的總是精神上的巨大創傷和心理體驗上挫敗感、恐懼感、乖異感和頹廢感。

性與革命激情釋放後因外部力量打擊而產生的幻滅感，不僅使小說人物遭受更大的壓抑以至苦悶不堪乃至瘋狂，也使「經驗了人生以後才來做小說」的作者陷入悲觀頹唐的境地：「我很抱歉，我竟做了這樣頹唐的小說，我是越說越不成話了。但是請恕我，我實在排遣不開。」〔註17〕這沉痛的夫子自道，又何嘗不是小說人物苦悶靈魂的寫照？還是普實克知人論世，他在《中國文學隨筆三篇》中談到：「我認為，將剛發生的事件以文藝形式表現出來，其主要動機是要找到一種傾吐充斥於這一代人的心中的情感和感受的方式，不然的話，他會被逼得發瘋的。」〔註18〕作者固然可借藝術創造來緩解、轉移和昇華苦悶的心靈體驗，但是小說人物又何嘗不是在尋求一切可能的形式，來抒解苦悶靈魂的巨大挫敗感？

同《幻滅》《動搖》一樣，如果說革命作為社會價值目標追求的象徵，是《追求》中小說人物生存和超越的支點，那麼以性為象徵的個體價值目標，就是支撐小說人物生活世界的另一個生理和心理支點。沉醉於政治批判快感的錢杏邨，都禁不住讚歎小說對「性」的描寫：「在戀愛心理描寫方面，作者的技巧最令人感歎的地方，卻是中年人對於青春戀的回憶的敘述，是那麼的沉痛，是那麼動人。」〔註19〕然而錢杏邨所沒有看到和理解的，卻是小說人物所展現的一次次的追求與憧憬，都「沒有留神到腳邊就個陷坑在著」，小說人物除了「灰色，滿眼的灰色」外，還能追求什麼呢？

三、另類革命浪漫蒂克

以性與革命作為藝術中介和敘事焦點，《蝕》三部曲訴說了大革命時代人

〔註16〕別爾嘉耶夫：《人的奴役與自由》，貴州人民出版社1994年版，第171頁。
〔註17〕茅盾：《從牯嶺到東京》，載1929年4月25日《未名》第2卷第8期。
〔註18〕載《中國當代研究資料‧茅盾專集》第二卷下冊，福建人民出版社1985年版。
〔註19〕錢杏邨：《茅盾與現實》，載《現代中國文學作家》第2卷，泰東書局1930年版。

（主要是知識者）的內心矛盾和精神危機：人與環境的衝突，個人與革命的矛盾，人的自我精神矛盾，深刻展現了生存本體在其所處的社會困境中的困惑、彷徨和苦悶。性與革命，作為生存本體邁向超越之境的功能性符號，作為生存本體追求快感與自由的實體性象徵，在小說文本中成為對實際的社會矛盾的想像性的同時也是實踐性的解決手段。然而性與革命從來就不是自足的實體，而是受環境的制約與壓抑、同時自身又存在著誘惑與奴役的二重精神結構。

性與革命在激情爆發升入天國的剎那，同時也意味著沉淪的地獄之門的開啟：「革命未到的時候，是多少渴望，將到的時候是如何的興奮，彷彿明天就是黃金世界，可是明天來了，並且過去了，後天也過去了，大後天也過去了，一切理想中的幸福都成了廢票，而新的痛苦卻一點一點加上來了，那時候每個人心裏都不禁歎一口氣：『哦，原來是這麼一回事！』這就來了幻滅。」〔註 20〕性與革命作為擺脫奴役和壓制的一種解放力量，不可避免地同環境及諸種固有規範構成難以調和的矛盾，自身也存在著悖論式的衝突和內在不足。所有這一切都形成了一個龐大的網絡式的歷史矛盾結構場，將生存本體的一切欲望和追求，都納入無往不在的存在枷鎖中。性與革命既是小說人物尋求解放的象徵，同時也導致了解放失敗所引發的心理危機，頹廢和悲觀自然而然成為小說文本所創造的藝術想像世界的思想症兆和精神向度。

所以，性與革命是揭示《蝕》三部曲蘊含的有關生存本體和歷史本體的隱秘的關鍵所在。無論是當時還是後世的批評家或研究者，將革命性價值追求在小說文本中的在場或缺席，作為衡量作品成敗得失的依據，作為作品先進或落後的標準，實在是從左和右兩個方面簡化和扭曲了文本內在的指涉意義；將革命性價值的有無賦予小說文本，實在是左右兩方面的政治意識形態化的闡釋增殖和意義閹割。同樣，將《幻滅》《動搖》和《追求》以《蝕》命名，固然是「意謂一九二七年大革命的失敗只是暫時的，而革命的勝利是必然的，譬如日月之蝕，過後即見光明；同時也表示我個人的悲觀消極也是暫時的」，〔註 21〕但是這不過是文本之外作者意願的延伸和附加，是作者在新的時空條件下對逝去經驗的重新判斷，是作者為當下的政治選擇和價值追求尋

〔註 20〕茅盾：《從牯嶺到東京》，載 1929 年 4 月 25 日《未名》第 2 卷第 8 期。
〔註 21〕茅盾：《補充幾句》，載《茅盾全集》第 1 卷，人民文學出版社 1984 年版。

找合理的歷史闡釋。〔註22〕

　　當然，文本一旦誕生，就面臨著闡釋的意義增殖或縮減，這取決於闡釋者的價值立場、政治態度和情感意願。《蝕》三部曲展現的性與革命對生存本體的支撐與潰敗這樣一個主題，同樣面臨著闡釋學這種不可避免的過程。

　　「在作者過去的三部創作之中，我感到的，作者是一個長於戀愛心理描寫的作家，對於革命只把握得幻滅與動搖」，〔註23〕以錢杏邨為代表的左翼激進批評家站在繼續革命的立場，自然要作出如上判斷，質疑生存個體和創作主體對革命的態度、立場和動機，將革命失敗歸罪於小資產階級的階級根性和革命意志的薄弱，為重塑革命的形象尋找批判的靶子。

　　「雖然我們無法知道茅盾在寫這三部曲時，有沒有體會到以下兩點真理——其一是：單憑意志幹一番事業，一個人免不了會腐敗；其二是：除非私欲能夠及時制止，否則一切追求空泛理想的政治手腕都是罪惡的——可是我們感覺到，在《蝕》這本小說裏透露出來的悲觀色彩，好像作者已經體驗到這些問題的端倪了」。〔註24〕夏志清站在「反共」立場，自然要質疑革命自身的內在缺陷和內在矛盾，對革命有無必要性產生疑問，從中判斷出小說作者對當時流行的革命信條的不信任，從而質疑革命的歷史合理性。

　　作為繼續革命的歷史精神資源，儘管小說作者不贊成左翼激進批評家的論調，但是出於良知和信念，作者也不斷修正自己的價值追求旨向：「我希望以後能夠振作，不再頹唐；我相信我是一定能的，我看見北歐運命女神中間的一個很莊嚴地在我面前，督促我引導我向前！」〔註25〕所以，在文本完成後的這種追復，乃至以後將「蝕」的隱喻意義賦予小說文本，其實是在修正自己在寫作小說時的「頹廢」體驗。這也可以從作者在建國後對小說的刪改，比如一些性描寫的刪除，對一些敘述語彙進行革命化的置換與修飾，看出作者對革命體認的心路歷程。〔註26〕

〔註22〕據作者在《從牯嶺到東京》中自述：「《幻滅》是在1927年中旬至10月底寫的，《動搖》是11月初至12月初寫的，《追求》在1928年的4月至6月間。」到了1930年由開明書店出版時，才合為一冊，總名為《蝕》，所以「蝕」的隱喻，是文本完成之後的追認。

〔註23〕錢杏邨：《茅盾與現實》，載《現代中國文學作家》第2卷，泰東書局1930年版。

〔註24〕夏志清：《中國現代小說史》，華東師範大學出版社2005年版，第102頁。

〔註25〕茅盾：《從牯嶺到東京》，載《未名》1929年4月25日第2卷第8期。

〔註26〕請參閱《蝕》初版本（或《小說月報》第18卷9、10號，第19卷1至3號

　　同樣，今天我們也可以追問：在那個時代，革命為什麼要和性結合起來？它們之間光怪陸離的糾合究竟反映了生存本體的什麼隱密？作為時代潮流它反映了什麼樣的歷史底蘊？性與革命如何成為生存個體和歷史本體的功能性象徵？性與革命所追求的烏托邦衝動是現實主義的還是未來主義的？是彼岸的信仰慰藉還是此岸的世俗實踐？等等諸如此類的問題，都將引導我們去探究作為「這一個」的《蝕》和作為整體的左翼文學的存在與興衰之謎，以及背後更深層的人及社會的本性。

　　《蝕》的小說文本對性與革命的悲觀色彩的敘事，與同一時期蔣光慈、洪靈菲、胡也頻等人創造的以「革命加戀愛」為主題的革命浪漫諦克小說展現的「革命積極性」〔註27〕，形成鮮明對照。

　　夏志清在他的《中國現代小說史》中認為：「雖然《蝕》的文字稍嫌濃豔，趣味有時流於低級，然而在中國現代小說中，能真正反映出當代歷史，洞察社會實況的，《蝕》可算是第一部。尤其難能可貴的是它超越了一般說教主義的陳腔濫調。在這本作品裏，我們處處看到作者認識到人力無法勝天這回事。」〔註28〕這一評說，展現了《蝕》三部曲作為藝術創造，超出一般革命浪漫諦克小說文本的原因。它以對性與革命的悲觀色彩的文本敘事，展現了與當時左翼文學「革命加戀愛」流行模式不同的歷史敘事方式。它對當時人們尤其是知識者生存困境和精神危機的藝術性描述，展示和契合了生存個體和歷史精神的另一維度的本真狀態。

　　《蝕》三部曲與其他左翼文學文本（尤其是其他革命浪漫諦克小說），以對革命的不同觀察思索和不同精神旨向的文本敘事，共同構築了左翼文學多維的歷史性格和精神面貌。同時它及左翼文學的文本敘事，也是對「五四」以來中國現代文學發展的創造性的時代貢獻，儘管這種貢獻顯得粗疏與幼稚。但它及它們，終究是歷史精神的藝術結晶，後人正是通過對它及它們的反覆研讀與闡釋，去追復那一時代的人、文學和歷史精神運作的存在軌跡。人們為歷史建構合理的闡釋系統的同時，也會從中為自身的生存與發展，尋找歷史經驗的借鑒和精神資源的支撐。

和 6 至 9 號小說原文）和建國後修訂本的異同。

〔註27〕胡也頻的小說《光明在我們的前面》的題目的象徵意味，就頗能寓示出對革命的主觀積極情緒。

〔註28〕夏志清：《中國現代小說史》，華東師範大學出版社 2005 年版，第 104 頁。

第三章 重讀《沉淪》:「病」的隱喻與先鋒

　　顧彬的《二十世紀中國文學史》一度引發我國學者爭議,原因之一是它有很多觀點與我們既有的文學史敘事相左。這些相左的觀點,不僅是因為立場、視野、語境、學術理路等差異而造成的另一種讀法,很可能還是中國現當代文學研究的盲區和不足。顧著確實有不少問題甚至硬傷,但人們從宏觀角度甚至帶著反感情緒評價時,是否考慮能披沙揀金、去蕪存菁,從而引發我們對既有研究的反思?

　　比如除魯、郭、茅這樣的一流作家外,像郁達夫這樣被既有文學史敘事視為「二流」的作家,顧著的一些觀點也是可圈可點的。例如他認為郁達夫的作品迄今都被人低估,原因在於郁達夫在語言塑造力上明顯缺乏特徵;中國讀者更經常關注內容現象,比如民族主義、性或階級差別;沒有把郁達夫的作品充分納入世界文學語境中。[註1]在中國現當代文學研究既有知識譜系、價值秩序和意義系統中,郁達夫研究在整體和深度上長期延續不冷不熱的狀態。火熱狀態未必是學術研究的佳境,深度、廣度和影響力,或許才是學術研究追求的鵠的。近些年,有少數文章拓展和深化了郁達夫研究,但郁達夫研究是否還有更深層次的命題需要發掘?「郁達夫的作品迄今都被人低估」這一命題的含金量到底有多少?現有郁達夫研究的成果是否已經到位和

〔註1〕〔德〕顧彬:《二十世紀中國文學史》,范勁等譯,上海:華東師範大學出版社 2008 年版,第 52 頁。

準確？本文擬先從重讀《沉淪》入手，來初步探討這個問題。

一、主人公的結局：不是問題的問題

　　關於《沉淪》主人公的結局，本來是一個習以為常的不是問題的問題。無論是從通常的閱讀經驗還是諸多文學史述史，結論是：主人公最後跳海自殺了。在涉及郁達夫的相關文字表述中，這幾乎是一個鐵定的沒有任何討論意義的結論。這有問題嗎？

　　如果說閱讀印象和相關研究論述，是出於個體體驗的自由表達；那麼我們的文學史述史，就不僅僅是一己之見的自由表述了，因為它代表了學術界的權威、共識和公信力。筆者查閱了案頭上的文學史著作，發現將《沉淪》主人公的結局解讀為自殺，是一個普遍現象。為了尊重文學史述史事實，本文將相關論述隨機節錄如下：

　　　　錢理群、溫儒敏、吳福輝著《中國現代文學三十年》：「《沉淪》主人公**自殺**前，悲憤疾呼……」〔註2〕

　　　　程光煒、劉勇、吳曉東、孔慶東、郜元寶著《中國現代文學史》：「《沉淪》主人公**蹈海自盡**是這種主體雙重缺失的必然結果」。〔註3〕

　　　　黃修己主編的《20世紀中國文學史》：「主人公因此備感恥辱和對自己的墮落的悔恨，最後**投海自盡**」。〔註4〕

　　　　朱棟霖、丁帆、朱曉進主編的《中國現代文學史：1917~1997》：「……最後**投海自盡**」。〔註5〕

　　　　嚴家炎主編的《二十世紀中國文學史》：「終於絕望而走向沉淪。他**臨終**前沉痛地呼喚……」。〔註6〕

〔註2〕錢理群、吳福輝、溫儒敏：《中國現代文學三十年》，北京：北京大學出版社1998年版，第75頁。
〔註3〕程光煒、劉勇、吳曉東、孔慶東、郜元寶：《中國現代文學史》，北京：北京大學出版社2011年版，第82頁。
〔註4〕黃修己主編：《20世紀中國文學史》，廣州：中山大學出版社2004年版，第161頁。
〔註5〕朱棟霖、丁帆、朱曉進主編：《中國現代文學史》，北京：高等教育出版社1999年版，第69頁。
〔註6〕嚴家炎主編：《二十世紀中國現代文學史》，北京：高等教育出版社1998年版，第273頁。

　　　　楊義著《中國現代小說史》:「……在大海的波濤中**自求毀滅**」。
〔註7〕

　　　　夏志清著《中國現代小說史》:「……忽然有了**自殺**的衝動,慢
慢走到水裏」,「作者維特式的自憐,誇大了主角對大自然的愛好和
內心的痛苦,但對**自殺一節**,卻沒有好好交代。」〔註8〕

　　查閱所有的文學史著作,是一個幾乎不可能完成的工作,所以不能武斷
地下結論說:所有的文學史著述都認定《沉淪》主人公是自殺。但從上述具
有較高影響力的現代文學研究者的文學史著作近乎一致的判斷來看,說《沉
淪》主人公最終自殺是學界公論,似無不妥。

　　民國時代關於《沉淪》的相關論述,較少涉及結局問題。在王自立、陳
子善編的《郁達夫研究資料》中,茅盾的評論涉及到主人公結局,但沒說自
殺與否,只說小說結尾有些「江湖氣」。〔註9〕成仿吾對主人公結局的解讀顯
得謹慎:「肉的滿足,我們的主人公也並不是絕對的沒有;……恢復了他的意
識的時候,他每覺得畫虎不成,反得一犬,便早悟到『我所求的愛情,大約是
求不到了』。這時候社會生活的失敗,也如黑夜的行雲,把他最後的希望的星
光都遮蔽了,促他往那唯一的長途上去。」〔註10〕明確說主人公自殺的大概
只有蘇雪林:「《沉淪》裏主人公為了不能遏制情慾,自加戕賊,至於元氣銷
沉神經衰弱,結果投海自殺。」〔註11〕

　　這個問題在現代文學學科設立之初王瑤、李何林、張畢來、劉綬松、田
仲濟、丁易等人的相關論述中,也鮮有提及。對以後的文學研究與述史產生
示範效應的,大概是曾華鵬、范伯群的《郁達夫論》,發表於 1957 年 6 月《人
民文學》。該文這樣描述《沉淪》主人公的結局:

　　　　《沉淪》中的主人公**跳入海裏死了**,他擺脫了這「多苦的世
界」。……

〔註7〕楊義:《中國現代小說史》,北京:人民文學出版社 1986 年版,第 548 頁。
〔註8〕〔美〕夏志清:《中國現代小說史》,劉紹銘等譯,上海:復旦大學出版社 2005
　　　年版,第 75 頁。
〔註9〕雁冰:《通信》(摘錄),王自立、陳子善編:《郁達夫研究資料》下,天津:
　　　天津人民出版社 1982 年版,第 304 頁。
〔註10〕成仿吾:《〈沉淪〉的評論》,王自立、陳子善編:《郁達夫研究資料》下,天
　　　津:天津人民出版社 1982 年版,第 312 頁。
〔註11〕蘇雪林:《郁達夫論》,王自立、陳子善編:《郁達夫研究資料》下,天津:天
　　　津人民出版社 1982 年版,第 389 頁。

最後，他感到：「我所求的愛情，大約是求不到的了。沒有愛情的生涯，豈不同死灰一樣麼？」唉，這乾燥的生涯，這乾燥的生涯，世上的人又都在那裡仇視我，欺侮我⋯⋯』他感到絕望，『他忽然想跳入海裏去死了』。是啊！他覺得現實的一切都幻滅了。這是一個苦悶得失去了任何大小依託的人，他的歸宿也只有海洋了。但是，直到他**即將和這冰冷的世界告別**時，他還望一望海的彼岸的遙遠的祖國，留下了令人心碎的**遺囑**，喊出了⋯⋯」。〔註12〕

鑒於這篇文章發表年份較早、篇幅長、份量重，對以後郁達夫研究的影響自然不可低估。這當然不是說自此之後的文學史研究和述史都將《沉淪》主人公的結局解讀為自殺，比如唐弢主編的《中國現代文學史》，表述就有些含糊：「主人公的憤激和反抗，最終往往變成自戕⋯⋯。」〔註13〕因為自戕與自殺在語義上畢竟有所區別。值得注意的是，以後的相關解讀將主人公結局定位為自殺就比較普遍了，既包括各類文學史著作，也包括大量的研究論文，還包括相關的傳記，比如袁慶豐《欲將沉醉換悲涼　郁達夫傳》：「個體在超負荷的雙重擠壓之下被壓抑和扭曲，生存本能被排斥，唯一的解脫便是精神上的沉淪之後，肉體上的消亡，就像小說中所安排的結局那樣。」〔註14〕

在以往研究中，不談《沉淪》主人公結局者，或許是出於謹慎，尊重閱讀體驗；或許也判定主人公是自殺，只是認為這不是個問題。而將主人公解讀為自殺者，也有一定的道理，因為小說最後的場景描寫，很容易讓人聯想到主人公跳海自殺，尤其是那句「祖國呀祖國！我的死是你害我的！」，似乎更加坐實了自殺的結局。還由於作品和作者之間強烈的互文性，郁達夫本人在不少文章中動輒談及自殺這一話題，所以無論是從閱讀體驗、權威評判還是作者言談等各個角度來看，說《沉淪》主人公跳海自殺，似乎就成了板上釘釘的鐵案。

然而，郁達夫本人關於《沉淪》的解釋中，並未明確涉及主人公的結局。是郁達夫的創作目的本來就是要「安排」主人公自殺？因而和他的同代人一

〔註12〕曾華鵬、范伯群：《郁達夫論》，王自立、陳子善編：《郁達夫研究資料》下，天津：天津人民出版社1982年版，第467、474頁。

〔註13〕唐弢主編：《中國現代文學史一》，北京：人民文學出版社1979年版，第229頁。

〔註14〕袁慶豐：《欲將沉醉換悲涼 郁達夫傳》，上海：上海文藝出版社1998年版，第170～171頁。

樣只關注小說主題為何，而不認為結局是個問題？還是郁達夫在小說寫作時乘興而往、興盡而返，並未著意考慮主人公最後是死是活？在《沉淪》小說集中，《銀灰色的死》的主人公的結局，是病斃於女子醫學校前的空地上；《南遷》的主人公的結局，是昏睡在北條病院的鐵床上，分不清是蠟人還是肉體，但畢竟還活著；那麼《沉淪》主人公的結局呢？是夏志清所說的作者對自殺一節沒有好好交代呢，還是作者刻意的留白？

其實，解決這一問題最好的辦法是看看小說怎麼寫的。小說在絕大部分篇幅中都沒有涉及「死」這個問題，只是結尾部分主人公在海邊徘徊時涉及：「不知是什麼道理，他忽想跳入海裏去死了」；因乘電車的錢也沒有了，「他」滯留海邊自責自憐：「我就在這裡死了吧。……我將何以為生，我又何必生存在這多苦的世界裏呢！」再就是小說末尾：「立住了腳，長歎了一聲，他便斷斷續續的說：祖國呀祖國！我的死是你害我的！……」（請注意，主人公不是悲憤疾呼或者呼喚之類）。這些有關「自殺」的描述，是否能說明主人公的結局是跳海自盡呢？

依據小說的上述描寫，當然可以推斷主人公自殺。但是，如果尊重小說文本原意的話，我們應該看到，小說結尾部分只是說主人公在海邊「忽然」產生了自殺的念頭，並在海邊徘徊、感歎和發洩，這猶如一個想跳樓的人站在樓頂高喊要跳樓；至於跳還是沒跳，小說沒有明確說明主人公的主觀意念是否實現，而是留下了一個延宕空間。茅盾是否因此而批評小說的結尾有「江湖氣」呢？依據小說的描寫，推斷出主人公最終自殺了，儘管也合乎某種閱讀邏輯；但是作為學術研究尤其是文學史敘事，必須要尊重小說文本，把閱讀後的推斷視為小說本身的內容，是不妥當的。

顧彬的說法值得注意：「保守的詮釋者會對該結尾信以為真，可從西方視角讀來，如果不把它當做戲仿來理解和翻譯，這段文字會不由自主地顯得滑稽、媚俗……，主人公想要投水自盡，小說的中文標題也應做如是理解。自殺的動因據說是日本人對他的侮辱，尤其是日本女人。」〔註15〕客觀說，判定主人公自殺，只是小說結局的多種可能性之一種；主人公還很可能在感慨和發洩完後，又回歸到小說一以貫之設置的「苦悶——抒發」狀態。文學研究和文學史述史將小說結局的多種可能性，判定為唯一的結果，至少是武斷

〔註15〕〔德〕顧彬：《二十世紀中國文學史》，范勁等譯，上海：華東師範大學出版社 2008 年版，第 53～54 頁。

的。我們的研究和文學史敘事的準確表述，是否只能這樣說：主人公想要投海自殺？

再回過頭去看《沉淪》集中的三篇。關於《銀灰色的死》，作者在篇末明確用英文注明取材於史蒂文森的《宿夜》和道生的生平者甚多，這無異於明確告訴讀者，小說主人公並不是作者自身；而《沉淪》和《南遷》，作者則沒有注明取材何處。其實不用說明，因為作者直接拿自身的許多經歷做了小說素材。尤其是《沉淪》，小說主人公的原型是誰，立然可判。而且在某個視角來看，《南遷》的主人公雖然也是一個患者，但病症明顯偏輕，小說很像《沉淪》的一個相對的正常人版和擴充版。長期以來，讀者往往將主人公和郁達夫本人混淆，是完全可以理解的。

暫且不論主人公和作者本事之間的互文性，如果說小說主人公是作者在一個虛構藝術世界裏的影像，如果說作者對這個影像又有強烈的認同感，那麼試想：誰會願意把自己寫死呢？郁達夫在自傳《雪夜──日本國情的記述》篇末有一段加引號的話：「沉索性沉到底吧罷！不入地獄，那見佛性，人生原是一個複雜的迷宮」，並說「這就是我當時混亂的一團思想的翻譯」。〔註16〕如果將《雪夜》和《沉淪》對照閱讀，顯然「沉淪」的寓意是指向嫖妓事件，而非顧彬所說的投水自盡。更何況郁達夫在《〈沉淪〉自序》中說：《沉淪》和《南遷》「是一類的東西，就把它們作連續的小說看，也未使不可的」。〔註17〕如果作者都指出《沉淪》和《南遷》兩篇小說之間的同類性和連續性，那麼即使在潛意識中，作者大概也不會將自己小說的主人公預設為自殺吧？

本文之所以提出《沉淪》主人公結局問題，目的不在於考證作者的創作動機和意圖，也不僅僅是評價既有文學研究和文學史述史的相關表述是否應該尊重小說文本，而是想指出：將主人公結局定位為自殺這種解讀，背後隱藏的問題乃是小說釋義方向上的重大分歧。儘管詩無達詁，但這種讀法凸顯了文學研究和文學史述史將小說故事化、寫實化以便陳述所謂的內容、主題等所帶來的釋義空間的狹窄化、粗疏化和簡單化。鑒於文學史教材的巨大影響力，這樣的小說讀法與釋義，不但與長期以來人們所定位的「抒情小說」

〔註16〕郁達夫：《雪夜》，《郁達夫全集》第4卷，杭州：浙江文藝出版社1992年版，第374頁。

〔註17〕郁達夫：《〈沉淪〉自序》，王自立、陳子善編：《郁達夫研究資料》上，天津：天津人民出版社1982年版，第185頁。

背離，而且將《沉淪》的豐富意義空間壓縮為一個寫實故事，導致小說釋義與賦義的單一化與模式化，從而也導致郁達夫及其相關作品的評價不盡準確、價值與意義長期被低估。

二、「一個病的青年的心理」

那麼，《沉淪》到底寫的是什麼？以往的解讀和評價忽略了什麼？

知子莫若父，小說的創造者有優先發言權。其實，郁達夫說的相當明白：「第一篇《沉淪》是描寫著一個病的青年的心理，也可以說是青年憂鬱病 Hypochondair 的解剖，裏邊也帶敘著現代人的苦悶，——便是性的要求與靈肉的衝突——但是我的描寫是失敗了。」〔註18〕暫且不論郁達夫要表達什麼，這段話的表述邏輯和語法重點非常清楚：第一句話是敘述主體，後面的話是解釋、補充這句話的。問題就出在這裡。以後的評論與研究，幾乎無視第一句話的語法和邏輯主體性，完全循著郁達夫的自我解釋，將理解和闡釋的重點放在了現代人的苦悶和靈肉衝突上。這種轉義式理解和解讀，也就迅速將《沉淪》的複雜意蘊引向令人共鳴的宏大主題，比如個性解放、民族國家、社會道德等等。這種轉義解讀當然有合情合理的邏輯可循，但是卻淡化甚至遮蓋了那個更為原始的涵義：一個病的青年的心理。

什麼病呢？小說裏面說的很清楚，Hypochondria 和 Megalomania，還有就是「他」的一個中國同學「說他是神經病」。Megalomania 譯為妄想自大狂、誇大妄想狂，作者沒有自譯和解釋，後來的評價者、研究者也沒關注。問題在於 Hypochondria，郁達夫譯為憂鬱病。從精神病理學和醫學病理學來說，這個詞還可譯為疑病症、臆想症，也有人稱為情感精神病或情感障礙症。民國時代一般將 Hypochondria 譯為憂鬱症，現在則通稱抑鬱症（臺灣還保留民國遺風，稱為憂鬱症）。憂鬱症是一種常見的心理障礙，在廣義上來說屬於精神疾病，被稱為第一心理殺手。憂鬱症一般是由於用腦過度、精神緊張、體力勞累等原因引發的一種機體功能失調，包含失眠症、焦慮症、疑病症、恐懼症、強迫症、神經衰弱等多種病症，病發者一般表現為性格內向、孤僻、多愁善感、依賴性強、緊張、恐懼、煩悶、胡思亂想、強迫觀念等多重症狀。

從小說的描述來看，結合心理學界和醫學界普遍公認的病與非病的三原

〔註18〕郁達夫：《〈沉淪〉自序》，王自立、陳子善編：《郁達夫研究資料》上，天津：天津人民出版社 1982 年版，第 185 頁。

則（一是否出現幻覺；二是自我認知是否出現問題，能否接受心理或精神治療；三是情感與認知是否錯亂，知情意是否統一，社會功能是否受損害），主人公的病狀基本符合憂鬱症或抑鬱症的精神病理和醫學臨床特徵。考慮到郁達夫的醫學背景，考慮到他在 1916 年致陳碧岑信中自述得病：「所以不能考者，因半途神經病發作故（所謂神經病者，即刺激性神經衰弱，一時昏絕如羊癲病，但無痙攣狀態耳，記憶力，忍耐力，理解力皆已去盡矣），今日猶未痊也。」〔註19〕郁達夫在《〈沉淪〉自序》中將主人公的病定位為憂鬱症，是有著可靠的緣由的。但是，考慮到日常生活中人們極少對各類精神疾病詳加辨析，而是籠統地稱呼患有精神疾病或言行異常的人為神經病；考慮到郁達夫的醫學水平是否能依據症狀準確進行確診；考慮到他當年將自己的病症也稱為神經病；那麼，將《沉淪》主人公的病理解為輕度乃至中度神經病，並無不妥，況且抑鬱症或憂鬱症也屬神經官能症的一種。

問題在於，多年來人們很少關注主人公的病症；即使關注主人公病症者，也往往直接將病症引向小說的隱喻層面，從而展開相關的宏大敘事研究。這就使人們很少注意小說通過主人公病症營造的富有內涵與彈性的張力藝術空間，很難細緻入微地探討這一病症與現代人的情感、欲望、意志、潛意識等層面的隱曲互動和內在關聯。如果小說不說主人公得了憂鬱症而是說抑鬱症或神經症，如《狂人日記》所賦予狂人的「迫害狂」那樣，或許會引起人們對病症及其隱喻的深度而細緻的思考。但是憂鬱病的譯法，不但淡化了病的實質，而且很容易將人的思維引向多愁善感等層面，又加之我國文人「多愁多病身」式的顧影自憐傳統，憂鬱病這個詞也許就此蒙上些許浪漫的審美面紗，從而淡化甚至排斥了原始的病理學因素。所以，從漢語的日常運用場景和中國文人多愁善感的傳統來看，無論是郁達夫本人還是評價者和研究者，幾乎都有意無意地將《沉淪》主人公的病淡化處理、甚至做了某種程度上的美學提升，這大概是在所難免了。

那麼，主人公的病症在小說釋讀中應該如何理解呢？我們可以換位思考：如果主人公不是一個病態的人物而是一個正常人，小說還會產生一石激起千層浪的藝術效果嗎？如果將《沉淪》與魯迅的《狂人日記》進行互讀，主人公的病症在小說中的作用，或許更為明顯。魯迅的《狂人日記》以一個病癒並

〔註19〕郁達夫：《致陳碧岑》，《郁達夫全集》第 11 卷，杭州：浙江文藝出版社 1992
　　　年版，第 7 頁。

赴某地候補的人發病期間的日記作為小說主體,而且強調「語頗錯雜無倫次,又多荒唐言」。這種小說布局不能不令人聯想起《在酒樓上》繞了一點小圈子的蜂子或蠅子的比喻。以病者日記形式來創作小說,既有表達策略的考慮,也有隱喻和轉義的功能。關於魯迅用意如何,學界已有很多討論,本文不再贅言。那麼《沉淪》將偷窺、手淫、嫖妓等觸目驚心的話題依託一個病者來表達,是否顧慮到讀者的接受心理和社會語境呢?即使今天,此類描寫在讀者接受視野中,也並非如飲甘飴。猶如一個正常人在日常公開場合大談性、偷窺、變態等禁忌話題,聽者會如何反應呢?可是如果是一個病者的胡言亂語,病就可以成為一面有效的擋箭牌。這種小說表達策略,不僅隱藏著作者對讀者的預測與期待,很可能還是作者自我內部世界分裂與彌補的結果。因為無論「達夫是摩擬的頹唐派,本質的清教徒」〔註20〕的外部評價,還是欲望、情感與道德劇烈衝突的小說內部描寫,作者本人對那些矛盾、衝突和分裂並不是零度介入,相反是感同身受、不得不鳴,那麼作者是否也需要一種自己能接受的方式加以處置呢?

還有更重要的一點必須提及,即小說如何抵達「真實」。關於小說的「真實」這個文學理論命題,郁達夫本人有過簡單而精闢的論述。比如在 1926 年由上海光華書局出版的《小說論》中,他認為:「小說的生命,是在小說中事實的逼真」,而且區分了現實 Actuality 與真實 Reality,認為「現實是具體的在物質界起來的事情,真實是抽象的在理想上應有的事情」。〔註21〕再比如在 1927 年商務印書館出版的《文學概說》中,他認為:「依理想上說來,凡一切的藝術作品,都應該是藝術衝動的完全的真切的表現」,「若藝術家喪失了他的良心,不能使藝術衝動與他的表現一致,不能使藝術與生活緊抱在一塊,不能使實感與作品完全合而為一,那麼,這時候的作品,就是藝術墮落的發軔了」。〔註22〕雖然《小說論》和《文學概說》是編著,但是依據常理,郁達夫對各種文學概念、理論和學說的擇取與編寫,不僅標明了他相當程度的認同,而且也融匯了他能感同身受的創作經驗與體會。關於郁達夫小說創作追

〔註20〕郭沫若:《論郁達夫》,蔣增福編《眾說郁達夫》,杭州:浙江文藝出版社 1996 年版,第 2 頁。

〔註21〕郁達夫:《小說論》,《郁達夫文集》第 5 卷,廣州:花城出版社、三聯書店香港分店 1982 年版,第 17 頁。

〔註22〕郁達夫:《文學概說》,《郁達夫全集》第 5 卷,杭州:浙江文藝出版社 1992 年版,第 348～349 頁。

求真實以及真實如何展現的話題，學界已有不少真知灼見，本文不再重複。

問題在於，對《沉淪》的構思和布局來說，如果小說通過描寫一個正常的人物形象，去涉獵輿論、心理和道德的禁區，即使不考慮接受層面的反彈，就是在小說藝術的生成層面，也很難保證不淪為宣言或告白式的滑稽或媚俗，從而喪失或背離了小說藝術的真實感。《南遷》主人公的狀態與《沉淪》主人公相比相對正常，其內心的苦悶、矛盾和衝突也基本通過正常渠道表達，最典型的即郁達夫所提及的那篇演說。可是，小說藝術的震撼力、衝擊力和《沉淪》相比份量幾何呢？這或許是顧彬所謂應當將郁達夫小說當做「戲仿」來閱讀的道理。而且，「戲仿」背後還隱藏著有力的「間離」藝術效應。

正如巴塔耶在探究文學和色情內在的深度心理關聯時所言：「小說的虛構特徵有助於支持真實的、能夠超越我們的力量並讓我們沮喪的東西。我們從自己的利益出發，間接地體驗我們不敢親身經歷的東西。」〔註23〕一個病者的胡言亂語，彷彿可以讓讀者置身事外，又讓讀者帶著強烈的共鳴和認同進入小說情境，小說藝術的衝擊力、震撼力和共鳴感不但藉此而落到實處，也因「戲仿」與「間離」的藝術效應而擴大與增強，梁啟超所謂「薰、浸、刺、提」的小說藝術閱讀和接受過程也就此完整形成。當年的京漂、文藝青年劉開渠的閱讀與接受，就是對這種「真實」藝術效應的一個鮮活佐證：「讀了郭沫若的詩集《女神》，使我心潮澎湃；看了郁達夫的小說《沉淪》，使我無比同情作品的主人公。我覺得他們作品中的某些詩句，有些章節就似乎寫我自己一般。」〔註24〕

由病者及其病狀的描寫來表達小說意圖，這種藝術設置的內在精神機制以及產生的終端藝術效應，弗萊的相關分析和概括比較到位：「在文學中，『真實感』這一術語所包含的內容要大大超過『真實性』。……在文學中，只有當事物變成真偽莫辨的幻覺時，我們才能見到它們，因為惟有這樣方可用主觀經驗去取代客觀經驗，不過它是一種受節制的幻覺，這時人們對事物感受之強烈不是日常生活中所能體驗到的。」〔註25〕弗萊的見解和郁達夫關於「現

〔註23〕〔法〕喬治・巴塔耶：《色情史》，劉暉譯，北京：商務印書館2003年版，第87頁。

〔註24〕劉開渠：《憶郁達夫先生》，蔣增福編《眾說郁達夫》，杭州：浙江文藝出版社1996年版，第94頁。

〔註25〕〔加拿大〕諾思洛普・弗萊：《文學的療效》，吳持哲編：《諾思洛普・弗萊文論選集》，北京：中國社會科學出版社1997年版，第77頁。

實」與「真實」術語的辨析。可謂是異曲同工。對郁達夫本身而言更上層樓的是，小說「虛構」的，可能就是「真實」的，在自我與小說之間，存在著相互建構、互為主體的深刻內在關聯機制。

所以從小說藝術研究的角度來觀察郁達夫小說尤其是《沉淪》，借病者及其病症來創造仿真藝術場景，從而吸引讀者由超然旁觀轉換為切身體驗；借病者及其病症來營造戲仿與間離氛圍，從而建構似幻而真、感同身受的心理真實；借病者及其病症來創造藝術幻覺從而映像社會、歷史、自我乃至讀者內心的真實，不僅是其常見的小說藝術手法，更造就了郁達夫小說「和人類心靈深處最動人的感情聯繫在一起的吸引力」，〔註26〕讓人「真實」地從小說的虛構世界抵達人的精神世界中最深層、最幽暗的部分，從而使郁達夫的小說藝術展示出令人心靈悸動的穿透力和感染力。

三、站在巨人肩上的巨人

關於《沉淪》的一件事，郁達夫一直耿耿於懷：「記得《沉淪》那一篇東西寫好之後，曾給幾位當時在東京的朋友看過，他們讀了，非但沒有什麼感想，並且背後頭還在笑我說：『這一種東西，將來是不是可以印行的？中國那裡有這一種體裁？』因為當時的中國，思想實在還混亂的很，適之他們的《新青年》，在北京也不過博得一小部分的學生的同情而已，大家決想不到變遷會這樣的快的。」〔註27〕七、八年後重提這椿瑣事，郁達夫可不僅僅要表明寫作《沉淪》時「想不到將來會以小說吃飯」，更隱含著他相當的自負：《沉淪》的超前性和先鋒性。

郁達夫在瑣事重提中，當然沒有直說自己的小說在當時文壇處於先鋒位置，但將朋友的理解、胡適之和《新青年》的傳播與接受情形作為襯托，其用意是不言而喻的。如果說這種曲徑通幽式的表達還嫌囉嗦，如果說瑣事重提的重點主要針對當年文壇對《沉淪》先鋒性的難適應、不認可；那麼郁達夫在另一篇文章中的「自負」，可謂呼之欲出：「《沉淪》《南遷》《銀灰色的死》是成於一個時期的，年代是一千九百二十一年。當時國內，雖則已有一班人

〔註26〕李杭春、梁譯心：《海外郁達夫研究漫評》，《浙江大學學報》2007年第5期。引文是該文介紹海外學者錢格觀點時所述。
〔註27〕郁達夫：《五六年來創作生活的回顧——〈過去集〉代序》，王自立、陳子善編：《郁達夫研究資料》上，天津：天津人民出版社1982年版，第201～202頁。

在提倡文學革命，然而他們的目標，似乎專在思想方面，於純文學的討論創作，還是很少。」〔註28〕很明顯，郁達夫這種對比式、飽含潛臺詞的表達策略，不僅僅是情緒層面的自負，而且還包含著對自己小說歷史地位的高度肯定。

從郁達夫遭受攻擊後動輒要跳江自殺的情形來看，還是郭沫若知人論世：「達夫在暴露自我這一方面雖然非常勇敢，但他在迎接外來的攻擊上卻非常脆弱。」〔註29〕由此也可以看出，郁達夫的自負顯然不僅僅是來自於小說自身層面的信心，還來自於權威和讀者的支持：《沉淪》印成了一本單行本出世，社會上因為還看不慣這一種畸形的新書，所受的譏評嘲罵，也不知有幾十百次。後來周作人先生，在北京的《晨報副刊》上寫了一篇為我申辯的文章，一般罵我誨淫，罵我造作的文壇壯士，才稍稍收斂了他們痛罵的雄詞。過後兩三年，《沉淪》竟受了一般青年病者的熱愛，銷行到了貳萬餘冊。」〔註30〕

本文指出郁達夫對《沉淪》的自負，當然不僅僅是一種合理的推斷。陳翔鶴的一段回憶，可以佐證這種自負的存在與表達。當年的文學青年陳翔鶴，因經常造訪泰東書局的鄧成均，〔註31〕從而與郁達夫交遊甚密。在《沉淪》出版後不久，郁達夫即送陳一冊，並告訴陳說：「你拿去讀讀看，讀完以後，告訴我你的意見。中國人還沒有像我這樣寫小說的。有些人是淺薄無聊，但我卻淺薄有聊。中國人此刻還沒有人懂得什麼是 Sentimental。」〔註32〕如果說公開發表言論，需要注意表達策略；那麼私人談話，就無需過多考慮謙虛的面紗。這段談話不但表露了郁達夫的不屑和自負，而且也蘊含了數年後為自己小說爭取歷史地位的潛臺詞，這就是他在 1927 年所說的那個標籤：「純文學」。

〔註28〕郁達夫：《〈雞肋集〉題辭》，王自立、陳子善編：《郁達夫研究資料》上，天津：天津人民出版社 1982 年版，第 196 頁。

〔註29〕郭沫若：《論郁達夫》，蔣增福編：《眾說郁達夫》，杭州：浙江文藝出版社 1996 年版，第 3 頁。

〔註30〕郁達夫：《〈雞肋集〉題辭》，王自立、陳子善編：《郁達夫研究資料》上，天津：天津人民出版社 1982 年版，第 196 頁。

〔註31〕陳文中鄧成均，即為 1921 年加入創造社並擔任《創造季刊》編輯的鄧均吾，也即郭沫若《創造十年》中所說的鄧均吾。

〔註32〕陳翔鶴：《郁達夫回憶瑣記》，王自立、陳子善編：《郁達夫研究資料》上，天津：天津人民出版社 1982 年版，第 102 頁。

　　事實上，郁達夫對自己小說和文學理念的自負，早有淵源可溯。這在《沉淪》出版不久後的文章中，即可看出端倪。比如那句「文藝是天才的創造物，不可以規矩來測量的」，〔註33〕其恃才傲物的姿態，畢露無遺；尤其是《純文學季刊〈創造〉出版預告》開篇那段：「自新文化運動發生後，我國文藝為一二偶像所壟斷，以至藝術之新興氣運，漸滅將盡。創造社同人奮然興起打破社會因襲，主張藝術獨立，願與天下之無名作家共興起而造成中國未來之國民文學。」〔註34〕其睥睨文壇、挑戰權威的造反精神，力透紙背。文壇造反，首先需要的是資本，如果沒有《沉淪》的出版與影響，郁達夫能否生發橫掃文壇的無畏氣概呢？

　　文壇造反，不但需要資本，還要有與眾不同、獨樹一幟的口號。如同文學研究會高喊鴛鴦蝴蝶派是庸俗的、消遣的文學，而自家的文學是「於人生很切要的一種工作」；創造社當年的異軍蒼頭突起，很大程度上得益於「本著內心的要求」而打出的「純文學」旗號。這些，不僅使創造社和文壇前輩們拉開了距離，也使新一代的文壇英雄登場，有了雄厚的文學資本和理論支點。十多年後郭沫若的回憶，可謂一語中的：「文學研究會和創造社並沒有什麼根本的不同，所謂人生派與藝術派都只是鬥爭上使用的幌子。」〔註35〕顯然，郁達夫回顧關於《沉淪》的是非風雨時，拈出自己小說的超前和「純文學」，既顯示著社團精神的歷史延續性，又針對著當時文壇的話語權力機制，還是對自身創造性及其歷史地位的高度自負和肯定。這種「純文學」所寓含的自負與肯定，用今天的術語來說就是先鋒性。

　　我們今天大可不必再按照當年文壇的鬥爭策略和邏輯思路來考慮問題。否則，不但無法理解創造社「竟可以從自悲自歎的浪漫詩人一躍而成了革命家，昨天還在表現自己，今天就寫第四階級的文學」。〔註36〕就是對郁達夫「純文學」的標籤，也很容易淺嘗輒止於純粹的藝術形式層面，拘泥於當時的歷史邏輯和表達策略，陷入口號、概念和字面的邏輯陷阱。考諸最近二十年學

〔註33〕郁達夫：《藝文私見》，《郁達夫全集》第 5 卷，杭州：浙江文藝出版社 1992年版，第 24 頁。

〔註34〕郁達夫：《純文學季刊〈創造〉出版預告》，《郁達夫全集》第 5 卷，杭州：浙江文藝出版社 1992 年版，第 22 頁。

〔註35〕郭沫若：《創造十年》，《郭沫若全集》文學編第 12 卷，北京：人民文學出版社 1992 年版，第 140 頁。

〔註36〕甘人：《中國新文藝的將來與其自己的認識》，《「革命文學」論爭資料選編》，北京：人民文學出版社 1981 年版，第 61 頁。

界關於「純文學」的爭論，也絕非是文學內部思想內容和藝術形式孰重孰輕的辯駁，而是蘊含著思想和理論的深度對話與交鋒。顯然，對於郁達夫這個「純文學」標籤，只有從「先鋒」這個層面來理解才更為合適。

那麼，《沉淪》的先鋒性主要指什麼？體現在那些層面？關於《沉淪》乃至創造社諸君的創作在所謂純粹文藝層面的成就，學界已有很多詳細而駁雜的論述。關於《沉淪》隱喻民族國家訴求、現代人格建構、美學主體生成等層面的研究，學界也不乏精闢的見解。〔註37〕本文無意也不必重複。正如已有研究所看到的，郁達夫有意別樹一幟的那個「純文學」標籤，「純文學」所代表的創作、理論等各層面的成果，的確為中國現代文學的演進提供了實質性貢獻。但本文所要著意強調的是，《沉淪》及其先鋒性，如果僅僅體現在文藝的內部事務層面，我們就無法準確理解和闡釋當年小說為何產生那麼大的轟動效應和心理震撼力；應當看到，《沉淪》及其先鋒性，更體現在那個郁達夫有點不屑的新文化提倡者們的「專在思想方面」；它不僅為五四時代的「思想方面」拓展了領域，塑造了新的存在空間，而且將「純文學」所包孕的真正富有衝擊力的內涵，從觀念層面、邏輯層面落實到了肉體、情感、欲望乃至靈魂的深處。

首先要說明的是，不但詞與物之間會保持距離，就是話語運用者對詞的內涵的理解和運用也因人、因時、因地而異。經查閱國內各種詞典，對「思想」一詞，基本都以「理性認識」、「觀念」為核心來闡釋、理解與運用。所以從通用的語言運用習慣來看，當年五四新文化運動提倡者們的功績，的確主要集中於那個「思想層面」，也就是今天學者們所常說的啟蒙思想、理性精神等等層面。眾所周知，郁達夫對五四新文化運動有一個著名的定位：「五四運動的最大的成功，第一要算『個人』的發見。」〔註38〕無論是當年的周作人還是後來的研究者，將「人的文學」作為新文學的核心標籤，毫無疑問恰中肯綮。問題是，這個「人」究竟包含什麼內涵？應該是什麼樣的「人」呢？

〔註37〕比如鄭績《想像的自我：郁達夫的文學人格與現實人格》，《浙江學刊》，2007年第2期；吳曉東《中國現代審美主體的創生──郁達夫小說再解讀》，《中國現代文學研究叢刊》2007年第3期；羅滋池《頹廢與革命──試論郁達夫「不端方的文學」》，《湖北社會科學》2010年第9期；李音《郁達夫、憂鬱症與現代情感教育》，《中國現代文學研究叢刊》2012年第5期。由於閱讀侷限和偏見等原因，列舉的文章難免掛一漏萬，盼識者有所教益。
〔註38〕郁達夫：《良友版新文學大系散文選集導言》，《郁達夫全集》第6卷，杭州：浙江文藝出版社1992年版，第194頁。

　　這個「人」，當然是有別於中國古代人的現代人。那麼，什麼是「現代人」？今天人們對何謂現代人的理解已經比較全面，尤其是經英克爾斯等學者的闡發，我們已經充分意識到所謂現代人的標尺，不僅僅體現在社會制度等人的外部世界，還體現在人的思想、情感、意志、欲望等人的內部精神世界，是一個由人的外部世界和人的肉體、心理和精神等各個層面共同組成的一個存在標尺。由此來看，在郁達夫及其創造社同人崛起之前，前輩英雄們對何謂「現代人」的審視與闡發，目光顯然主要聚焦於思想、理性、觀念層面的啟蒙。人的肉體、情感、欲望、意志等層面的內涵，並沒有成為早期新文化運動提倡者和實踐者視野中的顯要目標，儘管他們對這些層面的問題也有所涉及，比如周作人《人的文學》對人的「獸性」即人的自然欲望的肯定，但這並不是他們的當務之急。如果說周作人的《人的文學》是前輩英雄們在理論和觀念方面的代表和綱領，那麼魯迅的《狂人日記》則是前輩英雄們在創作領域的象徵和寓言。然而，無論我們怎樣闡釋這個寓言和象徵，都無法從中發掘肉體、情感、意志、欲望的因子。如果說周氏兄弟在思想、理論、觀念和實踐層面代表了「五四」精神的高度，那麼我們必須看到這個精神高度的內涵和骨架，主要是由觀念性的、思想性的、理論性的、邏輯性的東西組成的。「五四」精神在人的肉體、情感、欲望、意志、潛意識等層面的心理和精神深度，還需要後輩英雄們來豐富和補足。

　　這些後輩英雄，要首推那幫自命不凡的「創造」的吶喊者和實踐者，郁達夫當然是其中的佼佼者。而且他們所體現的「五四」精神的深度，比起前輩英雄們的條分縷析、綱舉目張和高屋建瓴，顯得更富有血肉，更為精細、複雜、含混甚至「變態」。這當然也得益於他們「故意在自己身上造些血濃糜爛的創傷」的藝術手法和表達策略。應該說，只有到了包括郁達夫在內的創造社諸君等後輩文壇英雄的閃亮登場，五四新文化運動才真正實現了從人的外部世界到人的內部標尺的整體性言說與實踐，才真正完成了從人的思想、觀念、理性等精神層面到人的肉體、情感、欲望、意志等心理層面的全面性認知與體驗。由此，一個完整的「五四」精神世界，完整的「現代人」的觀念才得以較為徹底的完型；由此，一個由古典走向現代的中國人的完整心理座標和精神尺度，不但為中國文藝復興樹立了第一塊重要界碑，而且也發揮出了充足而巨大的歷史衝擊力和精神震撼力。

　　從這個角度來審視《沉淪》，我們就不能不說：它不僅在美學和藝術層面

體現了先鋒性，而且在精神和思想層面也抵達了「五四」的先鋒地帶。其實，當年已經有敏銳的評論家感受並觸及到了《沉淪》的這種先鋒性：比如，「他的小說是抒情小說，同樣的在這一特點之下他也使自己的小說成為問題小說」；〔註39〕再比如，「打破了傳統（Tradition），習見（Convention），《沉淪》出世的影響不但在文壇上，在現今中國社會上，道德上的變動，我可以大膽的說一句是發自它的原動。」〔註40〕文學作品的接受與影響首在體驗，這些評論者或許沒有上升到理性高度來審視《沉淪》的先鋒性，但切身的體驗和敏銳的感受，卻可以使他們能夠感覺到和意識到這種先鋒性所指涉的那些內涵。

還需要注意的是，這種敏銳的感受和切身的體驗，不僅僅存在於評論者身上，而且也深深觸動了當時的年青人：「生活的卑微，在這卑微生活裏所發生的感觸，欲望的進取，失敗後的追悔，由一個年青獨身男子用一種坦白的自暴方法，陳述於讀者，郁達夫，這個名字從《創造週報》上出現，不久以後成為一切年青人最熟習的名字了。人人皆覺得郁達夫是個可憐的人，是個朋友，因為人人皆可從他作品中發現自己的模樣。郁達夫在他作品中，提出的是當前一個重要問題。『名譽、金錢、女人，取聯盟樣子，攻擊我這零落孤獨的人……』這一句話把年青人心說軟了。」〔註41〕

顯然，在豐富、補足和完型「五四」精神的意義上來看，《沉淪》使郁達夫成為了五四時代站在巨人肩上的巨人。然而，郁達夫及其《沉淪》的意義與價值，絕不僅僅指向和侷限於那個時代：「如果說『五四』運動是剝去了半封建半殖民地中國腐朽的外衣，『文學研究會』是將西洋文學『廣泛』的介紹到中國來，給中國腐朽的文學一個強烈的打擊和對比，那『創造社』諸人的功績，便是在對已經陳舊的外形被剝脫得赤裸裸的，而且已經有著初步覺醒的中國青年們，教他們怎樣地徹底『自我解放』，怎樣地反抗黑暗現實，怎樣將自己心中所感覺到的苦悶，大無畏地叫了出來。」〔註42〕《沉淪》不僅僅

〔註39〕秀子：《郁達夫的思想和作品》，王自立、陳子善編：《郁達夫研究資料》下，天津：天津人民出版社1982年版，第406頁。

〔註40〕錦明：《達夫的三時期——〈沉淪〉——〈寒灰集〉——〈過去〉》，王自立、陳子善編：《郁達夫研究資料》下，天津：天津人民出版社1982年版，第332頁。

〔註41〕沈從文：《論中國小說創作》，《抽象的抒情》，上海：復旦大學出版社2004年版，第66頁。

〔註42〕陳翔鶴：《郁達夫回憶瑣記》，王自立、陳子善編：《郁達夫研究資料》上，天津：天津人民出版社1982年版，第104～105頁。

是一部小說，還是一百餘年來中國人精神史和心靈史的一個界標，它一直在拷問著後來者的靈魂。《沉淪》提出的問題，到今天也沒有終結。儘管我們已經習慣於尊重我們的自然欲望、尊重我們的個體情感、尊重我們的內在意志，但是「靈與肉」所象徵的人自身的深刻內在矛盾與衝突，依然在延續，而且還不知道要延續多久。

這，是否才是周作人所謂的《沉淪》的「真摯與普遍的所在」？〔註43〕

「現代人的苦悶，——性的要求與靈肉衝突——但是我的描寫是失敗了。」當年郁達夫如是說時，是否因為《沉淪》只是提出了問題，而沒有給予答案？

〔註43〕周作人：《〈沉淪〉》，王自立、陳子善編：《郁達夫研究資料》下，天津：天津人民出版社 1982 年版，第 307 頁。

第四章 《星》：當審美遭遇政治，當娜拉遭遇革命

　　20 世紀 30 年代，中國左翼文學家們在馬克思主義革命理性精神指引下，將文學的發展方向與政黨的政治鬥爭方向緊密結合起來，選擇激進的政治意識作為文學創造的核心理念，形成了意識形態化的文學觀以及文學的黨派性等文學的存在方式。這種創作態度和價值取向，對中國左翼文學作品樣態的形成，產生了不可低估的影響。在某種負面影響看，這種激進的對文學功能的擇取，擠壓了文學的審美創造空間，弱化了文學創造的自律意識，使文學創作在很大程度上成為馬、恩所說的時代意識的簡單的傳聲筒。

一、政治理性與審美意識能否和諧共生

　　眾所周知，政治與藝術雙重旋律的交織，是中國 20 世紀 30 年代文學的一個典型特徵，尤其是對左翼文學創作而言。強烈的政治關懷意識，使文人知識分子們走出「五四」以個性解放為本位的狹窄天地，將目光和激情轉向廣闊而劇烈的社會變動、轉向民生疾苦、轉向階級鬥爭，用文學創作和文學行為來思考社會和人生。這使文學創作的題材得到空前規模的開拓，表現角度得到深度開掘，敘事視野、敘事手段、作品結構、情節設置和人物塑造具有了尖端性和前衛性的時代特點，一大批優秀的左翼作家領文壇之風騷。他們從各自的實際體驗和感受出發，在政治激情的引導下，特別是在新的文學題材和新的文學品種試驗與開拓上，引領當時文學創作的時尚。但是，政治

意識對文學創作是一面雙刃劍，反抗政治和文化專制主義的政治理性要求，使左翼作家們在最大程度上實踐了文學的社會價值和戰鬥功能，可是急切的政治訴求往往抑制文學自身內部的美學建構，淡化作品審美意蘊的營造。這使大多數左翼作家的作品直到今天依然受到人們的詬病。既然政治意識的鼓動與高漲是左翼文學創作的價值命脈，同時又以文學形式為載體，那麼其存在的限度和現身的尺度何在？

應當清醒認識的是，文學觀念不等同於具體的文學作品，文學作品不是單純的理念的表達，而是人的直覺、情感、意志和理性訴求等精神活動的全面藝術化展現；粗俗淺陋的文學作品不但毫無藝術性可言，甚至也不足以深入全面地表達政治理念；而有品位的文學作品不但具有豐富的藝術想像空間，而且可以藉此使政治理念更富於生命力和感染力。詹明信曾經強調：「我歷來主張從政治、社會、歷史的角度閱讀藝術作品，但我絕不認為這是著手點。相反，人們應從審美開始，關注純粹美學的、形式的問題，然後在這些分析的終點與政治相遇。人們說在布萊希特的作品裏，無論何處，要是你一開始碰到的是政治，那麼在結尾你所面對的一定是審美；而如果你一開始看到的是審美，那麼你後面遇到的一定是政治。我想這種分析的韻律更令人滿意。」〔註1〕我們知道，文學與政治本來分屬於人類不同的精神層面，二者既沒有必然的邏輯從屬聯繫，也決非毫不相連，文學與政治發生關係，主要在於創造主體的自我意識和自我選擇。因此問題的關鍵不在於文學從屬於政治或者文學應當排斥政治，而在於如何將政治理念與審美意識高度融合在作品中，用作品所創造的藝術想像世界去展現人們的政治理念籲求。豈止是布萊希特的戲劇作品，古今中外有許多優秀的文學作品，不僅具有高超的藝術審美性，而且還洋溢著濃烈的、充滿現實關懷的政治意識，達到藝術與政治的較為完美的融合。

左翼文學之所以今天仍然受到人們的深切關注，除了它所蘊含的文學與政治不解之結之外，還在於它創造了不少既具有深沉的藝術底蘊又具有濃烈的政治激情的作品，葉紫就是其中的一個佼佼者。魯迅曾經評價葉紫說：「作者還是一個青年，但他的經歷，卻抵得太平天下的順民的一世紀的經歷，在輾轉生活中，要他為『藝術而藝術』，是辦不到的。……但我們卻有作家寫得出東西來，作品在摧殘中也更加堅實。……這就是作者已經盡了當前的任務，

〔註1〕詹明信：《晚期資本主義的文化邏輯》，三聯書店 1997 年版，第 7 頁。

也是對於壓迫者的答覆：文學是戰鬥的！」〔註2〕作為一個 30 年代在上海從事左翼革命文藝運動的革命作家，葉紫的小說多取材於故鄉湖南洞庭湖畔的農村生活，以生動的筆觸和曲折的故事，描繪了農民的苦難與抗爭，總是迴蕩著呼喚農民革命的吶喊，具有鮮明的政治革命意識。與眾不同之處在於，葉紫的小說既非口號式也非概念化，而是以濃鬱悲憤的藝術氛圍來展現政治革命的主題，在藝術創造上非但沒有被左翼批評的「普洛克魯思德斯之床」拉長或鋸短，其藝術魅力反而因為深沉的政治革命意識而意味悠長，政治理念和革命籲求也借助於藝術的想像空間而變得合情合理，實現了文學的戰鬥的社會功能，既展現了左翼文學作家運用文學手段追求政治理想的理性要求，也表明了左翼文學在藝術創造上具有達到精湛高度的廣闊空間。

筆者以為，除了為作者贏得廣泛聲譽的《豐收》外，葉紫的中篇小說《星》更是一篇富有包孕性的、政治理性精神與藝術審美意識高度融合的傑作。

二、革命引導下人性覺醒的生理、心理和社會角色的選擇

在大多數人印象中，個性解放與人性覺醒應該是「五四」時代的文學主題，「五四」之後思想啟蒙的時代主題讓位於政治救亡的吶喊，階級解放和民族解放成為時代的最強音。但是必須看到，「五四」時代的個性解放和人性覺醒更多是屬於知識者內心世界掙脫束縛的精神需要，而中國最廣大的社會實體——農民很少真正走入這個知識者創造的文藝世界。

然而在左翼十年間情況就完全不同了。儘管個性解放與人性覺醒成為從屬於政治解放主題的次級主題，但是卻不再像「五四」時代那樣空泛和輕飄，而是和人間底層人民真實的生存狀況、社會地位以及悲慘的命運連接起來，農民真正成為文學的反映主體，個性覺醒和人性解放獲得了堅實的現實基礎和實踐路向，啟蒙真正落到了實處，虛弱的思想轉化為具體的堅定的政治實踐，個性解放與人性覺醒也獲得了血肉豐滿的表現對象，和大多數的地之子們的靈魂與命運休戚相關，共同塑造了更為深沉和廣闊的藝術創造空間。

葉紫的中篇小說《星》，就是一篇在政治理性精神和革命原則燭照下，個性解放與人性覺醒與時俱進的時代新篇章。其實準確地說，對於《星》的中心人物梅春姐來說，個性解放與人性覺醒應該是女性的反抗與覺醒。但是，

〔註2〕魯迅：《葉紫作〈豐收〉序》，載《魯迅全集》第 6 卷，人民文學出版社 1981 年版。

僅就這篇小說建構的藝術空間來看，並沒有明顯的自覺的女權主義精神跡象，因此在強烈的政治意識的輝映下，性別特徵並不具有實質意義，反而更近似於具有普遍特徵的個性解放與人性覺醒的內涵和本質。當然，小說對這一主題的表現是借助於女性命運展開的。這更能獲取讀者的同情，更能激發讀者的悲憫之心。

　　小說開篇就營造了充溢著悲劇氣息的場景。梅春姐在悲哀和怏怏的閨怨中，迎來了「初生太陽幸福的紅光」，但是幸福不屬於梅春姐。梅春姐的閨怨不是單純的少婦的思春，而是在生理、心理和社會角色諸多方面壓抑下的「地火」。梅春姐是一個漂亮、多情和賢惠的青春女性。小說以富於詩意和愛憐的筆觸描寫她的外形和氣質：「朝露掃濕了她的鞋襪和褲邊，太陽從她的背面升上來，映出她那同柳枝般苗條與柔韌的陰影，長長的，使她顯得更加清瘦。她的被太陽曬的微黑的臉頰上，還透露著一種少婦特有的紅暈；彎彎的眉毛底下，閃動著一雙含情的，扁桃形的，水溜溜的眼睛。」但是這樣一個美麗的女性，非但得不到丈夫的呵護，反而只是一個「替他管理家務，陪伴泄欲的器具」。丈夫非但沒有一個笑臉，反而折磨她，「常常兇惡地，無情地，在夜深人靜的時候毆打她」。這不但使梅春姐生理和心理受到壓抑和摧殘，也使她的社會角色和社會形象受到損害，男人們「用各種各色的貪婪的視線和粗俗的調情話去包圍，襲擊那個年輕的婦人」，女人們用窺視、諷刺、鄙夷和同情的語言嘲笑她。唯一值得梅春姐自己驕傲的，是「她用她自己的眼淚和遍體的傷痕來博得全村老邁人們的讚揚」，「尤其是對於那些浮蕩的，不守家規的婦人驕傲」。

　　但是對於梅春姐這樣一個有愛有欲、珍視社會形象的青春少婦來說，生存境遇所帶來的痛苦、悲哀、空虛和孤獨，使她難以忍受無涯的黑暗的長夜，「有時候，她也會為著一種難解的理由的驅使從床上爬起來，推開窗口，去仰望那高處，那不可及的雲片和閃爍著星光的夜天；去傾聽那曠野的，浮蕩兒的調情的歌曲，和向人悲訴的蟲聲」。她盼著丈夫有迴心轉意的一日，「然而這一日要到什麼時候才來呢？」然而，是地火就要奔突，就要燃燒，梅春姐的生命活力在壓抑中忍耐著，等待著命運星火的點燃。革命成了梅春姐的救世主，儘管她根本不知道什麼是革命。因此當革命第一個事件剪頭髮降臨時，所有女人都痛哭流涕，唯有梅春姐泰然地毫不猶豫的挺身迎接銳利的剪刀，但只不過是自認為是永遠看不見太陽的人，剪髮不剪髮都一樣。可是在

梅春姐這一不自覺的舉動背後，有沒有在絕望中生發出的渴望「變」的希望呢？

　　革命終究來了。人們在緊張、好奇、恐懼和惶惑中適應著眼前的變化，連梅春姐那殘暴、野蠻的無賴丈夫也要去參加什麼會，因為這個會可以使他發財、打牌、賭錢。但是革命對梅春姐來說，卻是一場從肉體到心靈的脫胎換骨的洗禮，她的世界和命運從此改觀。對梅春姐來說，革命帶給她的首先是情慾的解放，「那一個的白白的，微紅的，豐潤的面龐上，閃動著一雙長著長長的，星一般的眼睛」，攪亂了梅春姐本已絕望的心靈，「在她的腦際裏，卻盤桓著一種從未有過的，搖擺不定的想頭」。儘管她覺得「不能讓這些無聊的，漆一般的想頭把她的潔白的身名塗壞」，可是欲望、情感和希望的閘門一旦打開一點縫隙，就阻擋不住洶湧澎湃的解放潮水。當長著一雙「長長睫毛的，撩人的，星一般眼睛」的黃副會長向她求歡求愛時，「她猶疑，焦慮著！她的腳，會茫然地，像著魔般地不由她的主持了！它踏著那茅叢叢的園中的小路，它把她發瘋般地高高低低地載向那林子邊前！……」但是偷情被人知曉了，梅春姐面對的是村人的指指點點，丈夫的暴打，內心的悔恨，以及那不曾熄滅的希望之光。當黃副會長決定依靠革命的力量解決問題時，梅春姐終於將身體、命運和革命捆綁在一起，情人黃副會長成了她生命中可以依靠的北斗星：「我初見你時，你那雙鬼眼睛……你看：就像那星一般地照到我的心裏。現在，唉！……我假如不同你走……總之，隨你吧！橫直我的命交了你的！」

　　革命讓梅春姐飽經摧殘的人性得以覺醒，壓抑已久的情愛得以釋放，更讓梅春姐確立了新的社會角色和社會形象。在經歷了偷情風波不久，「梅春姐非常幸福地又回到村中來了：她是奉了命令同黃一道回的」。她手中有了革命者的權威，有了革命者的價值資源，成了村中的婦女領袖，「她整天都在村子裏奔波著：她學著，說著一些時髦的，開通的話語，她學著，講著一些新奇的，好聽的故事」，「這些話，梅春姐通統能說得非常的時髦、漂亮和有力量」，儘管從前那班讚譽過她的老頭子和老太婆們開始「卑視」和「痛恨」梅春姐，但是那些年輕的姑娘和婦人們卻像瘋了一般「全都信了梅春姐的話，心裏樂起來，活動起來了」。更為重要的是，梅春姐白天高興的活動著，獲得參與和引導社會事務的滿足之後，夜晚還能「名正言順」地「像一頭溫柔的，春天小鳥般的，沉醉在被黃煽起來的情火裏；無憂愁，無恐懼地飲著她自己青春地

幸福！」革命給了梅春姐新生的機遇，梅春姐也毫不猶豫地將全副身心交給了其實她瞭解並不多的革命。

但是革命失敗了。先是反革命的謠言「公妻」和「裸體遊鄉大會」之類動搖了革命的社會心理基礎，而後梅春姐的情人黃被槍殺。懷孕的梅春姐在牢房中生下了她和黃的愛情結晶。在善良的鄉親們的勸說下，受到壓力或者是人性未泯的丈夫將她保釋出獄。但是革命停滯了，失敗了，一切又都復原了，梅春姐彷彿具有了更深的罪孽，她的丈夫更加殘酷的折磨她，「一切的生活，都重行墜入了那一年前的，不可拔的，烏黑的魔淵中，而且還比一年前更要烏黑，更加要悲苦些了！」但是，堅強的梅春姐以更大的毅力忍耐著，她懷念著黃，幻想著兒子長大能讀書，寫字，「甚至於同她那死去的爹爹一樣」。

然而六年後，當丈夫陳德隆在舊石板上看到梅春姐寫的兩個歪歪斜斜的「黃」字，盛怒中將孩子拋向田野、最終致死後，梅春姐的幻想、希望、計劃，六年來撫養孩子長大的願望，全都被摧毀了。但是這一次梅春姐不再逆來順受，「她漸漸地由悲哀而沉默，由沉默而又想起了她的那六年前的模糊而似乎又是非常清晰的路途來！」這次，「她沒有留戀，沒有悲哀，而且還沒有目的地走著」，也沒有了啟蒙者，沒有了熱戀的對象，然而她的信念漸漸明晰、堅定起來。在小說家葉紫極富象徵和預言的詩意筆觸下，梅春姐堅定而又自覺的選擇了自己的前進方向，「北斗星拖著一條長長的尾巴，那兩顆最大最大的上面長著一些睫毛。一個微紅的，豐潤的，帶笑的面容，在那上方浮動！……在它的下面，還閃爍著兩顆小的，也長著一些睫毛的星光，一個小的帶笑的面容浮動……並且還似乎在說：『媽媽！你去罷！……我已經找到我的爹爹啦！……走吧！你向那東方走吧！……那裡明天就有太陽了！』」。梅春姐義無反顧的選擇了北斗星閃爍的前進方向，因為那裡將會出現「太陽幸福的紅光」，這種幸福將屬於梅春姐，她（和黃）在革命歲月時所感受的幸福體驗，將會更加燦爛的降臨。

這樣，通過梅春姐坎坷和悲慘的經歷，通過梅春姐痛苦但是堅定的人生選擇，通過梅春姐由愛欲追求到革命精神爆發，一個頗富藝術張力、頗富象徵意味的革命故事和革命預言就誕生了。革命理念在藝術情感和想像世界中，獲得了充足的生命力，而且也似乎預示了革命是唯一的選擇和最高原則，不然就是奴役和死亡。

三、革命啟蒙的統攝性、包孕性與複雜性的藝術展現

　　值得人們珍視的是，《星》所建構的有關革命的藝術想像世界，首先遵循和完成的是文學的自律性要求，它所創造的想像空間昇華了革命理念，而非革命政治理念的機械表達。雖然小說在塵埃落定後凸現了革命在社會存在和人生選擇方面的終極價值意義，但是小說所展現的革命決非單純的政治革命和社會革命，而是將重點放在在政治革命和社會革命背景之下人的全面革命和整體革命，既包含人的社會地位、社會身份的外部世界的革命，更包括人的生理、心理、情感和理性的內在精神世界的革命。或者說，不但強調了政治理性和革命精神的統攝作用和指導意義，而且更為細緻、更為敏銳的展現了革命的複雜性和包孕性。

　　「五四」時期文學所塑造的人性覺醒與個性解放主題，尤其是女性的人性覺醒與個性解放，是沒有現實出路的。面對洶湧澎湃的個性解放潮流，面對掙脫枷鎖紛紛奪門而出的中國娜拉們，當年的魯迅就清醒而深刻地發出了「娜拉走後怎樣」的疑問，而且現實社會環境也只有魯迅所預言的兩條道路：不是墮落，就是回來。「五四」時期的個性解放和人性覺醒，更富於理想化和浪漫色彩，也正是因為想像的絢爛與超脫，卻缺乏堅實的現實支點，夢境固然美妙，但夢醒時分依然是風雨如磐的現實環境。可是這些到了左翼十年間就完全不同了，無論是男人還是女人，個性解放和人性覺醒有了明確的現實價值座標，在「墮落」和「回來」兩條路之外，有了選擇革命之路的可能。

　　葉紫的小說《星》就以敏銳的藝術筆觸，將「五四」時期像雲霓飄一般浮在天上的個性解放和人性覺醒，拉回到堅實的大地之上，以革命與反革命的角逐，來規劃地之子們的命運和選擇。儘管生活在社會的最底層，但是就生理、心理和生存狀態而言，梅春姐和「五四」時期中國的娜拉們是一樣的，只不過是一個最底層的娜拉，可是卻是一個有了明確現實追求目標的娜拉，一個革命的娜拉。魯迅在《娜拉走後怎樣》的演講中指出，娜拉們要麼墮落、要麼回去，因為沒有出路。但是梅春姐卻在革命的星光燦爛中尋找到人生的航道，去追求生理、心理和社會地位的解放。「革命」成了最高的人生價值律令。

　　更令人們感興趣的是，葉紫的小說《星》對革命的想像和描繪，又完全不同於早期左翼小說的浮躁、浪漫和激情。早期的左翼小說尤其是革命浪漫蒂克小說，大多側重於憤懣的革命情緒的宣洩，側重於革命政治理念的宣傳，

急於使理想獲得傳播、獲得認可、獲得群眾，作者的主觀意圖沒有很好地通過藝術的途徑進行傳達，反而由於宣傳革命理念的主觀意圖過於強烈，不但使革命理念沒有很好地經過藝術轉化，反而以意害辭，強烈的主觀理念意圖嚴重妨礙了藝術創造的生長空間。這不僅損害了文學藝術的自然生長性，也使革命理念的傳播和接受大打折扣。到了葉紫走上文壇的時代，這一切悄悄發生了變化，宣傳革命的熱誠、喧囂與浮躁，開始轉換為冷靜的思索，左翼作家們在反對者「拿出貨色」的質疑下，開始深入細緻地探索革命和藝術的關係，開始認識到革命與藝術決非簡單的從屬與被從屬的關係，而是蘊含著複雜的辯證內涵。在尊重藝術規律的前提下來表現革命和政治的理念，開始得到左翼陣營的理論家、批評家和作家們的重視。

葉紫的小說《星》可視為這一文學背景下的一篇有代表性的傑作，突出表現了左翼作家在藝術創造上的努力。在小說中，將梅春姐和革命維繫起來的中介，是她的情人黃，革命的最根本的基礎和動機是欲望和愛情受到壓抑與摧殘，以及由此帶來的社會地位和社會角色的損害。其小說主題的營造基本上是「革命＋戀愛」模式，彷彿這個早期左翼革命浪漫蒂克小說的主題，又藝術地復活在葉紫的小說中，但是已完全脫去了概念化、公式化、模式化的弊端，也使早期左翼小說家們浮躁的浪漫的革命激情獲得了時間的沉澱，變得更為深沉、真摯、豐滿，更富於藝術感染力，更為有血有肉，也更能打動讀者，尤其是通過革命暴力爭取社會解放和階級解放的宗旨，已具體化於人性解放與個性解放之中，從而使作品能發揮更大的社會功能，在整體上提高了左翼小說的藝術品位。

毫無疑問，小說最主要的主旨即在於表現革命的統攝性和必然性，這在梅春姐的人生選擇中已經非常明顯的表現出來，革命在小說的人物命運和社會前景的描寫與塑造上，是至高無上的、唯一的生之路。但是作品的高超之處是超越了這一點（這一點大家都可以做到），藝術地再現了革命的包孕性和複雜性，以及在文本中作者不自覺流露出來的對革命的一絲憂鬱、懷疑和茫然。

這首先表現在小說所敘述的革命，是整體的、全方位的革命，是從肉體、心靈、情感到社會角色選擇和爭取社會地位的全面革命，決非單純的赤裸裸的政治革命和政治鬥爭。這在梅春姐突破封建倫理和禮教文化思想的束縛，首先掙脫了情慾的壓抑獲得生理和心理的解放，進而從事革命活動獲得嶄新

的社會角色方面，有著細緻和突出的表現，這是小說著力表現的，前文已有較多的討論，不再贅述。需要注意的是，在小說其他人物，尤其是梅春姐的丈夫和鄉親的描繪上，似乎顯示了作者提醒人們應該對精神革命給予更多的關注。作者在注意革命作為外來力量引起他們生存狀況變化的同時，似乎更注重他們內在精神世界的變遷，更注重政治理念和革命思想能否內化為這些人的變革驅動力。毫無疑問，梅春姐是這樣的典型，可是其他人呢？在小說中，作者並沒有拔高和誇大革命的偉力，反而以濃彩重墨來講述革命的來去匆匆。革命猶如一陣風，風過樹搖，風止樹靜，風波過後依然死水一潭，和魯迅小說中對革命的疑問和反思有異曲同工之妙。這是不是作者在強調革命統攝性的前提下，將焦點移向了革命的包孕性、複雜性乃至脆弱性呢？

在小說中，除了簡單提及的看守婦和獄卒之外，沒有涉及具體的反革命人物。這意味著作者並不注重革命和反革命的對抗，而是將革命和反革命的對抗淡化為小說的背景故事。這意味著「革命如何啟蒙群眾」就成為小說的思考和表達重心。這裡似乎運用了對比的寫作手法。梅春姐自然是革命引導人性覺醒的成功範例，可是同樣遭受壓抑和剝削的其他人卻似乎與梅春姐形成了鮮明對照。她的野蠻、粗俗、醜陋的丈夫就階級地位而言，是屬於貧下中農的範疇，然而卻沒有下層人民通常所具有的善良品行，反而是一個粗暴、蠻橫的鄉間無賴，對待革命是一個典型的實用主義者和機會主義者，他的革命理想、革命目標與阿Q一樣。再看那些鄉親們，在革命降臨時是那麼驚慌失措，彷彿天塌地陷一般。年輕人在適應了革命的衝擊後懷著好奇心理試探著加入了革命，在很大程度上是在革命作為外力的挾裹下的不自覺的選擇，一旦外力失去作用，就會風消雲散，缺乏理性主體的革命自覺性，在某種意義上是革命的盲從者，或者說是革命的烏合之眾，他們以生存為第一要義，大多數不會為了革命的信念而拋頭顱灑熱血。老年人在革命風起雲湧面前，先是懷疑歎息，繼之以抵制、暗罵和反對。

對於作為革命基礎的這些大多數群眾，作者借梅春姐之口道出了對革命進程和手段的疑惑：「我們也應該給老年人一些情面，這些老人家過去對我都蠻好的。……因為，我們不要來的太急！……譬如人家帶了七八年的『細媳婦』，一下子就將她們的奪去，也實在太傷心了！……我說……寡婦也是一樣了！說不定是她們自己真心不願嫁呢？……」小說通過對梅春姐鄉親們的敘述與描寫，我們可以看到，革命理念世界中的無產階級並非在人性上具有優

越性，他們既有底層人民質樸善良的品性，又有民間社會藏污納垢的精神和心理特點，正如別爾嘉耶夫從人格哲學高度對革命進行反思後所強調的那樣：「馬克思的無產階級缺乏經驗的真實，僅是知識分子構想的一項觀念神話而已。就經驗真實來說，無產者彼此既有差異，又可以類分，而無產者自身並不具有圓滿的人性。」〔註3〕這在反革命謠言的傳播過程中，表現尤為突出，所謂「公妻」、「裸體遊鄉大會」的津津樂道者，就是同屬社會底層的老黃瓜之類的鄉親們。也同是這些鄉親們，在梅春姐身陷囹圄時，沒有幸災樂禍，勸說她的丈夫，合力將梅春姐營救出來。

葉紫的小說《星》以近乎原生態般的藝術描繪，將中國鄉村社會男男女女們沉重而又複雜的生存和精神狀態，置放於革命帶來的社會變動中，著重展現他們在突如其來的革命面前的複雜的心理狀態和人生選擇。《星》以小說藝術的含混合張力結構提醒人們：人性覺醒與否成為革命如何由外在力量轉化為內在驅動力的關鍵中間環節。就此，革命的複雜性、包孕性乃至脆弱性，就鮮活的凸現在小說世界中，而接受者往往在細讀之後難免有更深入的思索。

小說對革命複雜性、包孕性乃至脆弱性的描繪，還表現在敘事主體的主觀態度、敘事視角上。與早期左翼小說不同的是，小說的敘事主體不再直接充當革命的傳聲筒，而是隱藏在故事的背後，用小說世界來展現對於革命的複雜價值選擇。這一方面說明了左翼小說在藝術建構上的成熟，也說明了作者對於革命本身的認識和體驗進一步深化。作者不再像早期左翼小說家蔣光慈、洪靈菲、陽翰笙等人那樣近乎歇斯底里的革命情緒的宣洩、那樣狂熱的革命宣傳激情，而是變得冷靜、甚至有一絲疑慮和不安。梅春姐的情人黃，在小說中應該是革命啟蒙者的化身，然而作者並沒有對他寄予多大的期望與熱情，反而在小說的描述中顯得單薄、軟弱。在和梅春姐偷情被發覺後，只知道抱怨鄉民的不開通，只知道依賴「上級」；在梅春姐懷疑革命手段的激進時，嘲笑她心腸的軟弱；在反革命勢力反撲之時，缺乏冷靜的應變能力，為革命獻身的同時似乎也在表達著自身的無能。儘管小說沒有明確說明，但從各種跡象判斷，黃副會長似乎是一個知識分子類型的革命者，這個人物儘管小說著墨不多，但從他身上似乎寄託了小說作者對革命者的複雜思索。

總體來看，葉紫的小說《星》在政治理念與藝術塑造的結合上，是一個成功的典型文本。作者將自己對革命的理性思索藝術化地融合在小說世界的

〔註3〕別爾嘉耶夫：《人的奴役與自由》，貴州人民出版社1994年版，第187頁。

創造中，既表明了作者的政治態度，又成功地發揚了小說的社會功能。這也證明，政治與文學既非相互排斥，又非從屬、被從屬關係，關鍵在於創造主體如何理解二者的關係，並藝術地展現出來。

第五章 日月不出 爝火何熄：
《狂人日記》百年祭

　　一百年前，寂寞如大毒蛇纏住靈魂的魯迅，未能忘懷寂寞時的悲哀和年青時的夢，終於發出「鐵屋的吶喊」。大約七年後，張定璜在《現代評論》第一卷第七期、第八期，連續發表長文《魯迅先生》。這應該是魯迅研究史上第一次全面、系統、深入和細緻地評價魯迅。或許同代人相似的社會人生體驗與暢想未來情懷使然，張定璜在魯迅這個「不是和我們所理想的偉大一般偉大的作家」身上，在流動的文學和歷史暗影中，感到了深深的共鳴：「《雙枰記》等載在《甲寅》上是一九一四年的事情，《新青年》發表《狂人日記》在一九一八年，中間不過四年的光陰，然而他們彼此相去多麼遠。兩種的語言，兩樣的感情，兩個不同的世界！在《雙枰記》《絳紗記》和《焚劍記》裏面我們保存著我們最後的舊體的作風，最後的文言小說，最後的才子佳人的幻影，最後的浪漫的情波，最後的中國人祖先傳來的人生觀。讀了他們再讀《狂人日記》時，我們就譬如從薄暗的古廟的燈明底下驟然間走到夏日的炎光裏來，我們由中世紀跨進了現代。」〔註1〕

　　這段修辭色彩濃鬱的評價，無法不讓我們想起恩格斯那句名言：「封建的中世紀的終結和現代資本主義紀元的開端，是以一位大人物為標誌的。這位人物就是意大利人但丁，他是中世紀的最後一位詩人，同時又是新時代的最

〔註1〕 張定璜：《魯迅先生（上）》，《1913～1983 魯迅研究學術論著資料彙編》第 1
　　　　卷，第 86 頁，北京：中國文聯出版公司，1985 年。

初一位詩人。」〔註2〕多少年來，在我們的知識譜系、價值秩序和意義系統中，對《狂人日記》及魯迅的評價與定位，自然也達到了無人堪比的「峨冠博帶」地步。然而，一百年轉瞬即逝，「狂人」及其呐喊，是春風化雨、落地生根，還是漸行漸遠、行將湮滅？那些高亢的關於歷史進步的幻影與修辭，是否能掩蓋住人生輪迴與歷史循環的噩夢？

一、「中國人一向自詡的精神文明第一次受到了最『無賴』的怒罵」
〔註3〕

　　曾經很驚訝於有人將列維─斯特勞斯《憂鬱的熱帶》，評為人類歷史上最偉大的十部文學作品之一。一部人類學著作，何以成為文學作品？而且還要冠以偉大？其實仔細想想魯迅同代人林覺民的《與妻書》，即可釋然。一代黨人，怒目專制，慷慨赴死，碧血橫飛，何曾想過一封訣別信、光焰萬丈長？面對這撼人魂魄、動人情懷、激勵情操的急就章，有多少冠以偉大、傑作稱號的所謂文學作品，將黯然失色？回想讀《憂鬱的熱帶》時那種瑣碎的、低沉的、昏黃的、雨濛濛的、抒情的、詩意的感覺，一個杳然失落的世界難道不是那麼鮮活的浮現在眼前？又有多少號稱偉大的、傑出的作品，因為虛假和膚淺而讓人昏昏欲睡？正如 James Boom 在封底所言該書「以隱喻的方式描繪了世界的形式」，人類歷史上那些偉大的作品，難道不都是以文學的獨特方式，描繪、表現、隱喻、象徵、抽象出這個世界的本真形式？

　　由此反觀，當我們為文學紮上僵硬的籬笆，是否想過已經畫地為牢？觀念的枷鎖是否常常限制我們心靈的自由飛翔？我們是否因為把《狂人日記》僅僅當做小說，而忽略、淡化乃至曲解了它在現代精神史、心靈史上的真實位置？James Boom 在《憂鬱的熱帶》封底有評語曰：「某些特權社會所欣賞的歷史意識在這裡根本沒有市場」。這類歷史意識，在《狂人日記》裏面不但也沒有市場，而且遭到了空前絕後的徹底否定。然而，這類歷史意識卻具有超級變形、置換與延展的能力，幾乎恒久、堅硬地盤踞在它的上空，歪曲、干擾我們對它的真實體會、準確理解與有效闡釋，更妨礙、阻擋甚至扼殺我們由它所激發的自由意志和實踐動力。

〔註2〕《共產黨宣言・1893 年意大利文版序言》，《馬克思恩格斯選集》第 1 卷，第
　　　397 頁，北京：人民出版社，2012 年。
〔註3〕雁冰：《讀〈呐喊〉》，《1913～1983 魯迅研究學術論著資料彙編》第 1 卷，第
　　　35 頁，北京：中國文聯出版公司，1985 年。

　　想想風雅頌和屈騷時代，那些滿懷詩意的靈魂，何嘗認為自己「詩言志，歌永言，聲依永，律和聲」，是在從事偉大的文學創作？初衷難道不就是抒發胸臆、一澆塊壘？文學門類的獨立，自然是人類思想和精神逐步伸展、演化的需要，但壁壘森嚴的科層分類往往將我們圍於體制內的邏輯自足乃至狂歡，我們也常常忘卻文學本來就是世界整體意識的一種特殊的、具體的展現形式。魯迅自然首先是借助於文學形式抒發胸臆、一澆塊壘，是「未能忘懷於當日自己的寂寞的悲哀」、「聊以慰藉那些在寂寞裏奔馳的猛士」，所以他說「我的小說和藝術的距離之遠，也就可想而知了」。〔註4〕或許，距離藝術有多遠，並不是魯迅考慮的首要選項，魯迅也沒有多麼在意那些文學的清規戒律，只是想創造一種適合自我又表達自我內心衝動的方式而已。

　　出於日常邏輯和認知慣性，魯迅的絕大多數同代人首先是把《狂人日記》當作小說來解讀的。比如第一個做出評價的傅斯年就說：「就文章而論，唐俟君的《狂人日記》用寫實筆法。達寄託的（Symbolism）旨趣，誠然是中國近來第一篇好小說。」〔註5〕再比如後來的李長之，就認為《孔乙己》《風波》《故鄉》《阿Q正傳》《社戲》《祝福》《傷逝》和《離婚》八篇小說，才是「完整的藝術」、「有永久的價值」。〔註6〕仔細翻閱《1913──1983魯迅研究學術論著資料彙編》搜集的相關文章，民國時代魯迅作品被評價最多的是《阿Q正傳》等小說，專論《狂人日記》者實屬寥寥，且大多掩映在對《吶喊》的總體評論中。

　　應該說，此後儘管人們從各種角度、視野、立場，運用各種理論、概念、方法，賦予《狂人日記》以更加豐富、駁雜的內涵與意義；但從傅斯年開始的將《狂人日記》作為小說來評價、闡釋和研究，逐漸成為權威和慣用的思維模式與闡釋傳統；民國時代的有關評價與闡釋，已經基本奠定了1949年後《狂人日記》研究的邏輯框架和話語體系。由此，也逐漸造就了後來文學史知識譜系、價值秩序和意義系統中關於《狂人日記》的那些「權威證詞」，登峰造極者當屬教科書體系。蘇雪林那句「發表後『吃人禮教』四字成為『五

〔註4〕魯迅：《吶喊·自序》，《魯迅全集》第1卷，第419～420頁，北京：人民文學出版社，1981年。

〔註5〕記者：《〈新青年〉雜誌》，《1913～1983魯迅研究學術論著資料彙編》第1卷，第8頁，北京：中國文聯出版公司，1985年。

〔註6〕李長之：《魯迅批判》，《1913～1983魯迅研究學術論著資料彙編》第1卷，第1203頁，北京：中國文聯出版公司，1985年。

四』知識階級的口頭禪」,〔註7〕何嘗只屬於「五四」那代知識階級?有多少後來者將「吃人禮教」凝固為僵化的知識與刻板的教條?

這當然是一種「自由」選擇。包括魯迅在內,每代人都有運用自己時代的主流知識譜系、價值秩序和意義系統進行言說的需要與權力。問題是當故步自封於這種知識譜系、價值秩序和意義系統時,我們是否要付出「總為浮雲能蔽日,長安不見使人愁」的代價?《狂人日記》最初的反響寥寥,就說明這種代價自始即有,只是尚未於今尤烈。劉大杰在 1936 年紀念魯迅時說:「在當時,剛剛從古典主義解放出來的青年們,對於他的作品,還不能深深地接受,倒是晚出的創造社的充滿感傷與熱情的作品,大受青年們的歡迎。……狂人就是作者自己,作者借著狂人這個名目,把他自己的思想反映出來。這思想確實有點新奇,也有點大膽。當日的遺老遺少,不知怎的沒有注意到這種危險,大概是胡適之的白話文學問題鬧得太凶了,遮掩了遺老遺少們的眼珠。」〔註8〕其實早在 1923 年,茅盾就意識到了後世評價與當時反響的懸殊:「那時《新青年》方在提倡『文學革命』,方在無情地猛攻中國的傳統思想,在一般社會看來,那一百多面的一本《新青年》幾乎是無句不狂,有字皆怪的,所以可怪的《狂人日記》夾在裏面,便也不見得怎樣怪,而曾未能邀國粹家之一斥。前無古人的文藝作品《狂人日記》於是遂悄悄地閃了過去,不曾在『文壇』上掀起了顯著的風波。」〔註9〕茅盾、劉大杰不約而同地將《狂人日記》誕生之初的平淡,歸因於《新青年》和胡適之的「白話文」,自然是對歷史現象的實事求是的記憶。可是,中國向來有視小說家言乃街談巷語、道聽途說之傳統;那麼深層原因中,是否該有小說作為一種觀念而帶來的認知、體驗和闡釋壁壘呢?

所幸的是,民國時代有關《狂人日記》的評價,儘管從小說出發,卻沒有止步於小說。魯迅的同代人們,憑藉共同的歷史、生存境遇和相似的社會、人生體驗,感受最為刻骨銘心的,大概應是《狂人日記》藝術虛構中的「寫實」。這種「寫實」體驗,絕非文學觀念意義上的「寫實」可以框定的,而

〔註7〕蘇雪林:《〈阿 Q 正傳〉及魯迅創作的藝術》,《1913～1983 魯迅研究學術論著資料彙編》第 1 卷,第 1039 頁,北京:中國文聯出版公司,1985 年。

〔註8〕劉大杰:《魯迅與寫實主義》,《1913～1983 魯迅研究學術論著資料彙編》第 2 卷,第 108 頁,北京:中國文聯出版公司,1986 年。

〔註9〕雁冰:《讀〈吶喊〉》,《1913～1983 魯迅研究學術論著資料彙編》第 1 卷,第 34 頁,北京:中國文聯出版公司,1985 年。

是出於人生體驗的痛切感受、社會經驗的強烈共鳴。比如劉大杰所說：「我們知道他是一個寫實主義者，以忠實的人生觀察者的態度，去觀察潛在現實諸現象之內部的人生的活動。他不是人道的教師，也不是社會生活的指導者。他有銳利的眼光，捉住旁人所不注意的種種的人生的活動。他板著面孔，莊嚴的毫不留情的，用他諷刺的筆，把這些東西，逼真的寫出來。他不批評，也不說教。把人類的社會的醜惡，一件件陳列在讀者的眼前，他就算盡完了責任。」〔註10〕再比如甘人所言：「他的性情是孤獨的，觀察是深透的，筆鋒是峭刻的，他的態度是 Cynical，但是衷心是同情的，他將自己完全拋開，一雙銳利的目光，注視著我們的社會。他將看懂了的，懂透徹了的東西，拿來告訴我們。」〔註11〕

　　正是出於強烈的感同身受，對魯迅的同代人而言，小說描寫的世界，既不是虛無縹緲的藝術之宮，更不是森嚴壁壘的知識雷池，而是他們的肉身與靈魂無處可逃的棲居之地。如果反用成仿吾所說「《狂人日記》為自然派所極主張的記錄（document）」〔註12〕，那麼藝術虛構中的狂人居所，自然也就是他們祖祖輩輩置身其中、念茲在茲的家園。最能惟妙惟肖將閱讀體驗的這種鮮活性、真實性留存下來的，非茅盾莫屬：「那時我對於這古怪的《狂人日記》起了怎樣的感想呢？現在已經不大記得了，大概當時亦未必發生了如何明確的印象，只覺得受著一種痛快的刺戟，猶如久處黑暗的人們驟然看見了絢麗的陽光。這奇文中冷雋的句子，挺峭的文調，對照著那含蓄半吐的意義，和淡淡的象徵主義的色彩，便構成了異樣的風格，使人一見就感著不可言喻的悲哀的愉快。這種快感正像愛於吃辣的人所感到的『愈辣愈爽快』的感覺。我想當日如果竟有若干國粹派讀者把這《狂人日記》反覆讀至五六遍之多，那我就敢斷定他們（國粹派）一定不會默默的看它（《狂人日記》）產生，而要把惡罵來歡迎它（《狂人日記》）的生辰了。」〔註13〕

　　難能可貴的是，在葆有鮮活現實體驗基礎上，魯迅的同代人們已經充分

〔註10〕劉大杰：《〈吶喊〉與〈彷徨〉與〈野草〉》，《1913～1983 魯迅研究學術論著資料彙編》第 1 卷，第 379 頁，北京：中國文聯出版公司，1985 年。
〔註11〕甘人：《中國新文藝的將來與其自己的認識》，《1913～1983 魯迅研究學術論著資料彙編》第 1 卷，第 286 頁，北京：中國文聯出版公司，1985 年。
〔註12〕成仿吾：《〈吶喊〉的評論》，《1913～1983 魯迅研究學術論著資料彙編》第 1 卷，第 45 頁，北京：中國文聯出版公司，1985 年。
〔註13〕雁冰：《讀〈吶喊〉》，《1913～1983 魯迅研究學術論著資料彙編》第 1 卷，第 34 頁，北京：中國文聯出版公司，1985 年。

意識到《狂人日記》和魯迅的文學史價值與意義。比如有著史者從文學史角度進行的評價之準確和到位，就絕不亞於今天的我們：「在近代中國小說界中，最偉大的莫如魯迅（周樹人）。他的觀察能鑽入世態人心的深處，而洞燭隱微；其筆又尖刻，又辛辣，能曲達入微，描寫最為深刻。他的小說簡直就是一面人生的照妖鏡。」〔註 14〕更難能可貴的是，文學觀念和文學史體系建構並沒有讓他們的真切體驗和深刻洞察，凝固為知識的歸納、累積與因襲。有人就越過了文學的閾限，敏銳而深刻地領悟到《狂人日記》的核心指向，及其在我們精神史和心靈史上的軸心價值：「從他的《狂人日記》創作上我們可以看出他揭穿了中國歷史在一切治人者階層的哲學的宗法的偽裝下面的人民的、被人喝血的命運，這是歷來所見的射穿過一切玄學的煙霧的最明澈的光，說明所有一切統治階層的哲學的一個基本共通點就是吃人」。〔註 15〕

對照民國時代那些不成體系、不合學術規範、甚至只是零散的讀後感式的評論，尤其是那些溢於言表的同代人所擁有的真實性、鮮活性、誠摯感和痛切感，後來者如我們是否應該反思：當我們的知識譜系、價值秩序和意義系統，將《狂人日記》供奉於文學殿堂最高端的時候，是否應該警醒這種高聳雲端的供奉，已經有意無意將《狂人日記》關進了語言的牢籠、觀念的牢籠？已經有意無意在忘卻《狂人日記》為何誕生？尤其在這個啟蒙早已終結的時代，《狂人日記》和魯迅是否早已遠離我們，已經化為黃昏中的偶像？

二、「血紅的書面，雖然有些黯澹，但它的精神似乎是不能磨滅的，翻開來一看，依舊一個字一個字都像用刀刻在木上的一樣」
〔註 16〕

1926 年，《京報副刊》實名制票選「新中國之柱石」。第 619 票選魯迅的理由是：「文學界的大元帥。他先生的文鋒，足以殺進一般醉生夢死的人們底祖宗墳內去。」〔註 17〕仔細回味這個理由，我們是否需要就此思考：當我們

〔註 14〕 胡雲翼：《新著中國文學史》，《1913～1983 魯迅研究學術論著資料彙編》第 1 卷，第 672 頁，北京：中國文聯出版公司，1985 年。

〔註 15〕 曉風：《論魯迅的思想生活與創作──從劉文典教授講演想起》，《1913～1983 魯迅研究學術論著資料彙編》第 4 卷，第 857 頁，北京：中國文聯出版公司，1987 年。

〔註 16〕 周愕伽：《讀〈狂人日記〉》，《1913～1983 魯迅研究學術論著資料彙編》第 1 卷，第 862 頁，北京：中國文聯出版公司，1985 年。

〔註 17〕《他為什麼選他們（十四）》，《1913～1983 魯迅研究學術論著資料彙編》第 1 卷，第 151 頁，北京：中國文聯出版公司，1985 年。

將反叛歷史、抨擊傳統、批判現實、反封建、反禮教、思想啟蒙、改造國民性等主題賦予並框定《狂人日記》時，中國現代文學研究的知識譜系、價值秩序和意義系統，除了理論規範、方法多樣、術語嫻熟、概念清晰、專業分明的優勢外，還能在哪些方面比投票者朱嶽峙走的更遠？

需要強調的是，當失去了「同甘共苦」的歷史、文化語境，我們應該警覺自己的眼光，是否已經固步自封於文學的園地？自說自話於學術的領地？同樣，如果換位思考，眼光的越界，必須要依賴可靠而紮實的專業座標。只有首先從文學、從小說及其使命出發，才能避免凌空蹈虛，我們的眼光或許才能更加準確、敏銳、深邃與犀利。

回首晚清民初時代，有那麼多抨擊傳統、批判現實、揭露黑暗的文章，論調不可謂不高亢，言辭不可謂不激烈，影響不可謂不廣泛，可是悠悠百年後還有多少辨之者？所謂質而無文行之不遠，斯言不虛。《狂人日記》當初雖不如陳、胡輩文章之耀眼一時，但「那樣的譏誚而沉摯，那樣的描寫深刻，似乎一個字一個字都是用刀刻在木上的」，〔註18〕顯然使之更具有歷久彌新、仰之彌高的深遠潛力。魯迅內心衝動之託形藝術，終獲更持久的生命力。因此，無論賦予《狂人日記》怎樣繁雜的內涵與意義，不管是浪漫還是寫實，不管是寓言還是象徵，不管是隱喻還是轉義，不管是間離還是戲仿，不管是反叛還是啟蒙，我們都必須從一個約定俗成的基本事實出發：《狂人日記》首先是以小說形式存在並傳世的。

福柯嘗言：「在古典時代裏，並不存在瘋狂文學，因為瘋狂並沒有它自主的語言，並沒有以一個真實語言來說明自身的可能。……瘋狂自己並無權力操作它的語言和真相之間的綜合。」〔註19〕在古典時代，瘋狂的確沒有獨立存在的條件與空間，更無法形成自發、自主乃至獨立的真實語言。但是，卻有扭曲、變異乃至變態的語言和形式，來表達異化的自身。比如魏晉南北朝，戰亂頻仍，災禍橫行，血污遍野。魏晉文人，抗言直辯者，人頭落地，廣陵散絕；放浪形骸者，苟全性命，託形文藝；但是，「文的自覺」和「人的自覺」卓然於亂世，迄今血脈流傳、餘韻不絕。無論是阮籍的窮途猖狂，

〔註18〕西諦：《〈吶喊〉》，《1913～1983 魯迅研究學術論著資料彙編》第 1 卷，第 208 頁，北京：中國文聯出版公司，1985 年。

〔註19〕〔法〕米歇爾·福柯：《古典時代瘋狂史》，林誌明譯，第 717 頁，北京：生活·讀書·新知三聯書店，2005 年。

還是陶潛的桃源夢想，所謂魏晉風度者，那麼灑脫、那麼開闊、那麼深沉，骨子裏那股巨大的悲哀、無盡的憂傷，至今仍然深深觸痛我們的心靈。魏晉文人的「自覺」，雖然沒有錘鍊出一種獨立的「真實語言」，卻以自身的佯癲詐狂，校驗和證明了自身的真實性。再如被後世譽為中國最偉大文學作品的《紅樓夢》，開篇就虛晃一槍：「上面雖有些指奸責佞貶惡誅邪之語，亦非傷時罵世之旨；及至君仁臣良父慈子孝，凡倫常所關之處，皆是稱功頌德，眷眷無窮，實非別書之可比。……因毫不干涉時世，方從頭至尾抄錄回來，問世傳奇。」〔註20〕然後，作者才能借「通靈」之說，發「假語村言」，以「滿紙荒唐言」的自嘲自抑，來換取演義「一把辛酸淚」的語言獨立與心靈自由。

艾森斯塔特論及「中國歷史經驗和中國現代性的某些方面」時，認為：「不像在其他文明中所發生的那樣，中國在制度領域沒有產生任何突破。……在中國出現的反叛和意識形態的發展，通常僅僅對主流價值結構提供了一種輔助性解釋……大多數人強調天命的意識形態與符號體系，沒有從根本上孵化出新的取向或制度模式，尤其在統治者的責任方面，更是如此。」〔註21〕回首百年風雲，諸多反叛言行及其意識形態、符號體系，最終歸順主流價值結構者，總是屢見不鮮、比比皆是；新的價值取向和制度模式，依然進退維谷、步履維艱，乃至面臨沒頂之災。但是，自辛亥革命終結帝制之後，專制儘管身形百變、與時俱進、自信滿滿，卻在語言上精神上，再也無法阻止人們「剪辮的自由」。

「瘋狂之所以可能，條件是在其四周必須存有一個寬廣的幅度，一個遊戲的空間，允許主體可以自發地說著自己的瘋狂語言，並建構自身為瘋狂。」〔註22〕當帝制倒塌，專制再也無法冠冕堂皇、名正言順地監控和奴役人的思想，一個存有寬廣幅度的遊戲空間，就開始逐步建構起來。「人的自覺」和「文的自覺」，終於開始獲得獨立的空間、獨立的形式、獨立的生命和真實的語言。一百年前，需要產生陳、胡諸賢那樣「振臂一呼應者雲集的英雄」，去剪掉人們頭上的辮子；也需要魯迅這樣焦脣敝舌、恐其衰微者，去剪掉人們內心深

〔註20〕曹雪芹、高鶚：《紅樓夢》，第6頁，北京：人民文學出版社，1982年。
〔註21〕〔以色列〕艾森斯塔特：《反思現代性》，曠新年、王愛松譯，第275頁，北京：生活・讀書・新知三聯書店，2006年。
〔註22〕〔法〕米歇爾・福柯：《古典時代瘋狂史》，林誌明譯，第711～712頁，北京：生活・讀書・新知三聯書店，2005年。

處根深柢固的辮子。魏晉的佯癲詐狂，滿清的滿紙荒唐，在帝制的廢墟瓦礫之上，終於開出了《狂人日記》這朵獨異的中國「惡之花」。

從「真的人」訴求看，中國現代文學的產生、獨立，是瘋狂文學為其先鋒乃至嚮導的。先是魯迅的《狂人日記》橫空出世，繼之郁達夫的《沉淪》石破天驚，中國現代文學的自我確證與伸展，由此發軔，蓬勃生長。如果說「真的人」，既要體現在社會制度等人的外部世界層面，又要體現在人的思想、情感、意志、欲望等內部精神世界層面；那麼，「真的人」就是由人的外部世界和人的肉體、心理和精神等內在層面共同組成的一個存在標尺。如果說魯迅的《狂人日記》，主要聚焦於思想、理性、觀念層面的啟蒙，是觀念性的、思想性的、理論性的、邏輯性的象徵與寓言；那麼郁達夫的《沉淪》，則側重於情緒、感性、欲望層面的宣洩，是肉體的、情緒的、感覺的、意志的乃至潛意識的表現與擴張。是魯迅、郁達夫等人的相繼登場，五四新文學運動才真正完成了從人的外部世界到人的內部標尺的全面性認知與體驗；才真正完成了從人的思想、觀念、理性等精神層面到人的肉體、情感、欲望、意志等心理層面的整體性言說與實踐。一個完整的「真的人」的觀念與實踐，一個完整的「五四精神」的自主世界，才得以較為徹底的完型與展現。

《狂人日記》與《沉淪》的降臨，標誌著一個由古典走向現代的中國人的完整心理座標和精神尺度的建立。一個狂人和一個病的青年，以其巨大的歷史衝擊力、現實震撼力、藝術感染力和精神穿透力，讓「人的發現」真正獲得了獨立的歷史意識、自由的現實感受和自足的真實語言，更讓「人的發現」成為迄今依然是射穿「一切治人者階層的哲學的宗法的偽裝」的最明澈的光。

從這個意義上說，《狂人日記》實乃現代中國瘋狂文學之開山。它既是中國瘋狂文學當仁不讓的歷史界標，更是中國文學真實語言之詩性桂冠。福柯嘗言：「人之客觀化的重要時刻，和他陷入瘋狂的過程，乃是同一回事。相關於人之真相藉以進入客觀界，並得以為科學感知所接近的動態過程而言，瘋狂乃是其中最純粹、最主要、最原初的形式。只因為人有能力發瘋，他才能成為他自己眼中的自然。……人反而是通過瘋狂——即使他是在理性狀態下——才能在他自己眼中成為具體和客觀的真相。由人走到真正的人，瘋人乃是必經之道。」〔註23〕大概福柯沒有想到的是，一篇署名魯迅的小說《狂人

〔註23〕〔法〕米歇爾·福柯：《古典時代瘋狂史》，林誌明譯，第 729 頁，北京：生活·讀書·新知三聯書店，2005 年。

日記》，已經早於他四十年，就以詩性的、隱喻的、象徵的和寓言的方式，或者說以真正主體的、自發的、自主的、自足的真實語言，借狂人之瘋狂，說出了人之最為黑暗、最為晦澀、最為殘酷的迷思與真相。這個叫做魯迅的東方中國的作家，其全部創作之核心、主調與方向，不但就此基本奠定，而且雖九死其猶未悔。誠如中外論者後來所總結：「這是一篇承前啟後的分水界，豫才此後的主要思想，在這篇《狂人日記》裏全找得到伏線。」〔註 24〕「在他第一篇故事《狂人日記》中，他的文體和方針似已完全奠定了。」〔註 25〕就連魯迅斥之為奴隸總管、以鳴鞭為唯一業績的人，也堂而皇之地紀念魯迅說：「為被吃者感受痛苦，對吃人的人提出火焰似的抗議——這就是他的全部創作的基調。」〔註 26〕歷史的反諷在於，鳴鞭者們大概也沒有想到，自己終究也會成為被吃者。

　　毫無疑問，「吃人」是《狂人日記》最響亮的真實語言。可是，誰是被吃者？誰是吃人者？多少年來，歷經文學批評與研究的累積，我們有了不勝枚舉的關於吃與被吃的理解與闡釋。比如陳思和教授的《現代知識分子覺醒期的吶喊：〈狂人日記〉》一文，就從「歷史上的吃人傳統」、「現實遭遇的吃人威脅」、「對人性黑暗的批判」等視角，在學理層面較為全面地解說了吃人意象的演變。〔註 27〕經過百年沉澱，今天的我們已經能夠較為充分地看到，小說以高度凝練、自主、自發、自足的真實語言，全面、深入、細緻地展示了吃人遊戲的觸目驚心：從仁義道德吃人、家族制度吃人、禮教吃人，到現實中吃人遊戲的於斯為盛，再到狂人自我拷問「現在也輪到我自己」；範圍之廣，綿延之久，危害之深，確乎從古至今、由外到內、由表及裏，由他者波及自身。

　　《狂人日記》展示出來的「吃」與「被吃」的整體性、綿延性、持久性和流動性，「吃」與「被吃」的無時不有、無處不在、無孔不入，的確讓人不寒而慄；吃人遊戲的整體性、持久性和殘酷性，在西方學者的眼中，甚至超過了資本主義原始積累時期的殘忍無情：「魯迅的同胞們『確實』是在吃人：他

〔註 24〕歐陽凡海：《魯迅的書》，《1913～1983 魯迅研究學術論著資料彙編》第 3 卷，第 884 頁，北京：中國文聯出版公司，1987 年。

〔註 25〕〔英〕H.E.Shadick：《魯迅：一個讚頌》，《1913～1983 魯迅研究學術論著資料彙編》第 2 卷，第 186 頁，北京：中國文聯出版公司，1986 年。

〔註 26〕周揚：《一個偉大的民主主義現實主義者的路》，《1913～1983 魯迅研究學術論著資料彙編》第 2 卷，第 1020 頁，北京：中國文聯出版公司，1986 年。

〔註 27〕陳思和：《中國現當代文學名篇十五講》，第 44～63 頁，北京：北京大學出版社，2003 年。

們受到中國文化最傳統形式和程序的影響與庇護，在絕望之中必須無情地相互吞噬才能生存下去。這種吃人的現象發生在等級社會的各個層次，從無業游民和農民直到最有特權的中國官僚貴族階層。值得強調，吃人是一個社會和歷史的夢魘，是歷史本身掌握的對生活的恐懼，這種恐懼的後果遠遠超出了較為局部的西方現實主義或自然主義對殘酷無情的資本家和市場競爭的描寫，在達爾文自然選擇的夢魘式或神話式的類似作品中，找不到這種政治共振。」〔註 28〕

在《狂人日記》問世後的第十八個年頭，魯迅說過一段常被研究者選擇性引用的話：

「從一九一八年五月起，《狂人日記》，《孔乙己》，《藥》等，陸續的出現了，算是顯示了『文學革命』的實績，又因那時的認為『表現的深切和格式的特別』，頗激動了一部分青年讀者的心。然而這激動，卻是向來怠慢了紹介歐洲大陸文學的緣故。一八三四年頃，俄國的果戈里（N. Gogol）就已經寫了《狂人日記》；一八八三年頃，尼采（Fr. Nietzsche）也早借了蘇魯支（Zarathustra）的嘴，說過『你們已經走了從蟲豸到人的路，在你們裏面還有許多份是蟲豸。你們做過猴子，到了現在，人還尤其猴子，無論比那一個猴子』的。而且《藥》的收束，也分明的留著安特萊夫（L. Andreev）的陰冷。但後起的《狂人日記》意在暴露家族制度和禮教的弊害，卻比果戈里的憂憤深廣，也不如尼采的超人的渺茫。此後雖然脫離了外國作家的影響，技巧稍微圓熟，刻畫也稍加深刻，如《肥皂》，《離婚》等，但一面也減少了熱情，不為讀者們所注意了。」〔註 29〕且不論他說怠慢歐洲大陸文學，是否深諳「吃人」現象中外皆然；也不論他引用尼采的話，是否意指「吃人」現象古今皆是；問題是：魯迅所謂的「卻比果戈里的憂憤深廣，也不如尼采的超人的渺茫」，只是遞進式說明「意在暴露家族制度和禮教的弊害」嗎？考慮到魯迅語言的獨特性和曲折性，這是不是還暗含吃人遊戲帶來的恐懼與夢魘的現實性、預見性、震撼性、強烈性與持續性？

作為創造者的魯迅，當然有天賦的權利，選擇任何適意的方式，去安置自

〔註 28〕　〔美〕詹明信：《處於跨國資本主義時代中的第三世界文學》，《晚期資本主義文化邏輯：詹明信批評理論文選》，陳清橋等譯，第 525～526 頁，北京：生活‧讀書‧新知三聯書店，1997 年。

〔註 29〕　魯迅：《〈中國新文學大系〉小說二集序》，《魯迅全集》第 6 卷，第 238～239頁，北京：人民文學出版社，1981 年。

己的內心衝動與表達欲望。從這個層面來看，李長之所謂「大抵在《狂人日記》，是因為內容太好了，技巧上似乎短少的是結構」〔註30〕之說，如果不是遺憾於美玉有瑕的感慨，就是陷入某種僵化文學觀念、自閉於某種固定文學模型的書生之見。其實，僅僅就小說結構藝術而言，我們就不能不佩服《狂人日記》的藝術創造性，而且我們還要佩服當年一位讀者的敏銳：「這一個狂人，我想決不是他篇首所聲明的什麼迫害狂，而簡直是推理狂了。」〔註31〕貌似凌亂的結構和無序的布局，恰恰是狂人得以存在的內在心理需要和必然藝術形式。借助於瘋狂這種「人走到真正的人」的必經之道，小說才抵達了自身真實語言、自身藝術使命得以綻放的澄澈境界：從歷史的深層結構，到現實的複雜表象；從集體無意識的塵埃，到現實中吃與被吃遊戲的血淋淋上演；最終聚焦於面向未來的渺茫呼告、絕望吶喊，《狂人日記》結構嚴謹、邏輯縝密、步步為營、層層遞進，一環扣一環、一波接一波地剝離出了「四千年來時時吃人的地方」的人之黑暗與真相。「救救孩子」的無望呼告，實乃陰沉與絕望中的最後搏擊。

三、「所謂『日月出而爝火熄』，正是我們要求的命運。——但是日月一時不出，爝火總不令他一時熄去」〔註32〕

《狂人日記》雖以小說名世，卻終究要跨出藝術的象牙之塔，直抵人之存在真相，成為隱喻、抽象出我們這個世界整體存在狀態的「有意味的形式」。更重要的是，只要吃人的遊戲不終結，這個「有意味的形式」就依然是「對於摧殘者的憎的豐碑。」

早在民國時代，充分理解《狂人日記》的歷史底蘊尤其是現世旨歸、未來指向的，不乏其人。既有李長之從首開先河角度得出的判斷：「從此，新文化運動便有了最勇猛的戰士，最妥實的保護人，中國國民也有了最嚴厲的監督，青年則有了不妥協，不退縮的榜樣，而新文藝上開了初期的最光彩的花。這重要不止在魯迅，而且在中國！」〔註33〕也有譚正璧從整體觀照視野

〔註30〕李長之：《魯迅批判》，《1913～1983 魯迅研究學術論著資料彙編》第 1 卷，第 1311 頁，北京：中國文聯出版公司，1985 年。

〔註31〕A.B.：《要做一篇魯迅論的話》，《1913～1983 魯迅研究學術論著資料彙編》第 1 卷，第 450 頁，北京：中國文聯出版公司，1985 年。

〔註32〕傅斯年：《通信》，《1913～1983 魯迅研究學術論著資料彙編》第 1 卷，第 11 頁，北京：中國文聯出版公司，1985 年。

〔註33〕李長之：《魯迅批判》，《1913～1983 魯迅研究學術論著資料彙編》第 1 卷，第 1277、頁，北京：中國文聯出版公司，1985 年。

做出的定位：「他的小說集《吶喊》，是一部永久不朽的作品，很有地方色彩，而用筆冷誚暗譏，有特別風味。不但是好的文藝創作，是一本革命的宣傳書。」〔註 34〕耐人尋味的是，一個外國讀者的評價，或許應該更令我們深思：「自然那是一篇對於狂人心理的深刻的描寫，讀後即使人生恐怖之感；但它更是一種喝血的社會的反映。在行文間我看到一幅人吃人的世界的 Swlftian 圖畫，其中有一狂人洞悉底細，因而向他的同胞呼號，要他們洗心革面。這篇作品在世界大戰的前夕寫就，在一個外國讀者看來，特別是一件有意思的事」〔註 35〕《狂人日記》命題的世界性、普遍性、典型性和穿透性，是否由此可見一斑？

縱觀《狂人日記》的有關評價，茅盾堪稱一個出色而道地的「知人論世」者。他以一個卓越文人的筆觸，不但向我們娓娓傳遞了同代人對《狂人日記》的那種感同身受、無可替代的鮮活藝術體驗，而且更真切而具體地道出了《狂人日記》的歷史底蘊、現世旨歸與未來指向：「《狂人日記》是寓言式的短篇。惟其是寓言式，故形象之美為警句所蓋掩；但是因此也使得主題絕不含糊而戰鬥性異常強烈。」〔註 36〕《狂人日記》的時代，或許民主共和的招牌尚在，或許暴露家族制度和禮教的弊害更為緊迫，但魯迅所謂「比果戈里的憂憤深廣，也不如尼采超人的渺茫」，是否同樣也在呼應著自家小說的「主題絕不含糊而戰鬥性異常強烈」？

由此，我們不能不想起《狂人日記》問世十年後發生的那場著名的「革命文學」論戰。1928 年的魯迅禍不單行，只能「而已而已」之際又「運交華蓋」，猝不及防遭到了創造社、太陽社諸雄的垂青。《死去了的阿 Q 時代》，《「除掉」魯迅的「除掉」！》，《請看我們中國的 Don Quixote 的亂舞——答魯迅〈「醉眼」中的朦朧〉》，《魯迅的閒趣》，《死去了的魯迅》，《畢竟是「醉眼陶然」罷了》，《魯迅之所謂「革命文學」》，《魯迅罵人之策略》，《朦朧以後——三論魯迅》，《文藝戰線上的封建餘孽——批評魯迅的〈我的態度氣量與年

〔註 34〕譚正璧：《中國文學史大綱（節錄）》，《1913～1983 魯迅研究學術論著資料彙編》第 1 卷，第 247 頁，北京：中國文聯出版公司，1985 年。

〔註 35〕〔英〕H.E.Shadick：《魯迅：一個讚頌》，《1913～1983 魯迅研究學術論著資料彙編》第 2 卷，第 186 頁，北京：中國文聯出版公司，1986 年。引文中 Swlftian，疑為印刷錯誤，應為 Swiftian，即斯威夫特式。

〔註 36〕茅盾：《論魯迅的小說》，《1913～1983 魯迅研究學術論著資料彙編》第 4 卷，第 776 頁，北京：中國文聯出版公司，1987 年。

紀》》，一系列有組織、有計劃、有預謀的雄文，猶如晴天霹靂，令世人瞠目結舌。僅從篇名的架勢看，就能感受到當年「圍剿」行動之飛沙走石、招招封喉。這場論戰涉及《狂人日記》者，當以錢杏邨最為雄赳赳、氣昂昂：「他不過是如天寶宮女，在追述著當年皇朝的盛事而已；站在時代的觀點上，我們是不需要這種東西的。」〔註37〕

魯迅是否如天寶宮女追述前朝盛世，如今已經不辯自明。至於站在時代觀點上需要不需要這種東西，錢杏邨和他的同類們後來自然是如魚飲水。對錢杏邨們的豪言壯語，當時就有人指出：「標語口號仍是標語口號，不過更堆砌了些鐵錘鐮刀，煤油石炭之類的字眼罷了」〔註38〕再想想1935年行將被死亡所捕獲的魯迅，所謂「比果戈里的憂憤深廣，也不如尼采超人的渺茫」之說，難道不是又多了一個活靈活現的現世注腳？難道不是又多了一次百足僵屍的滿血復活？往事並不如煙，今夕更當何堪。當「安排給闊人享用的人肉的筵宴」反覆循環、輪迴上演的時候，我們是否更應該細細咀嚼、感受和領悟魯迅所說的「比果戈里的憂憤深廣，也不如尼采超人的渺茫」？

吃人之所以是《狂人日記》最響亮的真實語言，實乃吃人的遊戲，從古至今構成了一個超級強悍的「無物之陣」。由於《狂人日記》不但是寫實主義的藝術、先鋒主義的藝術、象徵主義的藝術，更是未來主義的藝術；由於《狂人日記》的真實語言，是詩性的、虛擬的、戲仿的、間離的、寓言的、象徵的、總體的、開放的；我們當然不能將「吃人者」固定為某個實指，但更不能漠然指涉為事不關己高高掛起的「他者」。萬難破毀的鐵屋子，終究會有它強勢運行的核心機制，自然也是它維繫自身統治的中樞與命脈。這當然也是《狂人日記》早已明示的一個開放性、未來性命題：誰是第一吃人者？誰是吃人遊戲的主謀？路上的人、小孩子、古久先生、女人、陳老五、何先生、大哥、狼子村佃戶、乃至母親，雖然都主動或被動參與到吃人遊戲的行列；但那個「臉色鐵青」、「代抱不平」的趙貴翁，究竟是誰？在吃人遊戲中究竟扮演什麼角色？這個「用滿懷想像的藝術形式表現自己的概念──用統帥的形象象徵教條和理性的要素，形象而『擬人地』體現出『集體意

〔註37〕錢杏邨：《死去了的阿Q時代》，《1913～1983 魯迅研究學術論著資料彙編》第1卷，第326頁，北京：中國文聯出版公司，1985年。
〔註38〕李錦軒：《最近中國文藝界的檢討》，《1913～1983 魯迅研究學術論著資料彙編》第1卷，第590頁，北京：中國文聯出版公司，1985年。

志』」〔註39〕的代言人和象徵者，是否才是赫然盤踞在吃人遊戲金字塔尖的主謀、第一吃人者？以至於率先出場的「趙家的狗」都成為全篇最為奪目的意象？

　　百代皆行秦政治，祖龍雖死魂猶在。以趙貴翁為核心、以趙家的狗為先鋒、以大哥與陳老五為執行者、以路上的人等眾多吃人者為聯盟，一個完整有序、等級井然、無微不至、盤根錯節的吃人系統與機制，衣冠楚楚地屹立於歷史、現實以至未來的複雜流程中。吃人的脈絡是那麼清晰可辨，愚妄的歡呼是那麼令人毛骨悚然。正如魯迅後來所說：「因為古代傳來而至今還在的許多差別，使人們各各分離，遂不能再感到別人的痛苦；並且因為自己各有奴使別人，吃掉別人的希望，便也就忘卻自己同有被奴使被吃掉的將來。於是大小無數的人肉的筵宴，即從有文明以來一直排到現在，人們就在這會場中吃人，被吃，以凶人的愚妄的歡呼，將悲慘的弱者的呼號遮掩，更不消說女人與小兒。//這人肉的筵宴現在還排著，有許多人還想一直排下去。」〔註40〕吃人的遊戲，從古至今排演到現在以至於將來，確乎有始無終，猶如黑沉沉的夢魘矗立在人之四周，猶如銅牆鐵壁之牢不可破，令人難以視聽、艱於呼吸；不但絞殺著人的肉體，而且吞噬著人的靈魂，以義正辭嚴、美輪美奐的方式讓人無地遁逃：「我們中國人，最妙是一面會吃人，一面又能夠講禮教。……我們如今應該明白了！吃人的就是講禮教的！講禮教的就是吃人的呀！」〔註41〕

　　凶人的愚妄的歡呼，固然可憎；曾經的被吃者，又如何變成吃人者？「他們——也有給知縣打枷過的，也有給紳士掌過嘴的，也有衙役佔了他妻子的，也有老子娘被債主逼死的；他們那時候的臉色，全沒有昨天那麼怕，也沒有這麼凶。」按照「哪裏有壓迫，哪裏就有反抗」的歷史邏輯和宏大敘事，狂人一聲吶喊，他們滿腔的熱血就應該沸騰，去把舊世界打個落花流水。至少，他們也應該站在狂人的身後，默默地搖旗吶喊。可是，魯迅的小說卻以非同凡響、無比透徹、撼人心魄的真實語言，撕碎了這歷史邏輯和宏大敘事的虛

〔註39〕〔意〕安東尼奧・葛蘭西：《獄中札記》，曹雷雨等譯，第 88 頁，北京：中國社會科學出版社，2000 年。

〔註40〕魯迅：《燈下漫筆》，《魯迅全集》第 1 卷，第 217 頁，北京：人民出版社，1981 年。

〔註41〕吳虞：《吃人與禮教》，《1913～1983 魯迅研究學術論著資料彙編》第 1 卷，第 14～16 頁，北京：中國文聯出版公司，1985 年。

幻面紗。奴性恒久遠，吃人永流傳。做了華老栓、華小栓的，還算善良本分；做了康大叔、紅眼睛阿義的，又何止過江之鯽？

「我們極容易變成奴隸，而且變了之後，還萬分喜歡」，〔註42〕魯迅的沉重與犀利，早已經明示後來者：萬分喜歡，是因為人人想成為趙貴翁，再不濟成為「趙家的狗」也可耀武揚威，最無濟於事的阿Q也可以分一杯羹、吃幾片肉。所以，時間永是流逝，街市依舊太平，太陽照常升起，吃人遊戲總是輪迴上演：「人對無形的事，總以為是沒有，也便不很留心。其實它的厲害，它的可怕，較有形的要大十倍百倍……千倍萬倍，就是因為它無形，不為人們留心，也便不易察覺，也便不易消滅，有意無意的，永遠的繼續下去，有形的人吃人，古書上記載著，人們也有時看見過，便以為是有，便覺得它非常可惡，非常悲慘；無形的人吃人，人們因為它是無形的，不易察覺的，便以為是沒有，所以它也就是從古演到現今，現今還在一場場的開演，尚無停止的日期。……儘管魯迅先生在大聲疾呼並且指示我們以事實，而仍然救不了已經麻痺耳聾眼瞎吃慣了人的人們。」〔註43〕

要麼吃人，要麼被吃，這是一個迄今無解的問題。更令人無地自容、不寒而慄的是，在吃人遊戲的超級穩定結構中，異化往往約等於同化：「一旦『服從』成為同一集團的事，它必然是自發的；不僅無須證明它的必要性和合理性，也毋庸置疑。（有人認為，更糟糕的是還根據這一信念行事，即無須懇求、無須指出行動的路線，『服從』就『會到來』。）」〔註44〕由此，在狂人的棲居之地，「服從」就必然成為主動謳歌或被動低吟的主旋律，人性的黑暗、醜惡、貪婪與卑劣，彷彿就可以天經地義、名正言順地釋放與宣洩；狂人的吶喊終將在「凶人的愚妄的歡呼」中漸漸窒息，吃人遊戲將一而再、再而三地盛裝排演。

於是，《狂人日記》那個被人們反覆研究、探討的文言小序，就成為小說的畫龍點睛之筆。我們自然可以說魯迅深諳傳統小說之三昧，也可以說魯迅小說實現了融會中外、貫通古今的藝術創造；但我們絕不能忽略和忘卻的是，

〔註42〕魯迅：《燈下漫筆》，《魯迅全集》第1卷，第211頁，北京：人民出版社，1981年。

〔註43〕石泉：《〈祝福〉讀後感》，《1913～1983魯迅研究學術論著資料彙編》第1卷，第428～429頁，北京：中國文聯出版公司，1985年。

〔註44〕〔意〕安東尼奧·葛蘭西：《獄中札記》，曹雷雨等譯，第108頁，北京：中國社會科學出版社，2000年。

小說核心旨要的落腳點在於「然已早愈，赴某地候補矣」。佐之以娜拉走後「不是墮落，就是回來」，佐之以蜂子或蠅子「又回來停在原點」，佐之以「他終於在無物之陣中衰老，壽終。他終於不是戰士，但無物之物則是勝者。／／在這樣的境地裏，誰也不聞戰叫：太平。／／太平……。」〔註45〕魯迅的憂憤為何深廣，難道不是一目了然？所謂「主題絕不含糊而戰鬥性異常強烈」，豈非不言而喻？

四、「凡事須得研究，才會明白」

康德早在 1784 年就告誡說：「通過一場革命或許很可以實現推翻個人專制以及貪婪心和權勢欲的壓迫，但卻絕不能實現思想方式的真正改革；而新的偏見也正如舊的一樣，將會成為駕馭缺少思想的廣大人群的圈套。」〔註46〕一百三十四年後，《狂人日記》以小說藝術的獨特方式，從人的外部世界的枷鎖開始，直抵人的內部世界的黝黑底層，深刻而鮮活地詮釋了「圈套」的根深柢固、花樣百出、歷久彌新。「殺的殺掉了，死的死掉了，還發什麼屁電報？」范愛農「鈍滯的聲音」，何嘗沒有隱含魯迅對「置身毫無邊際的荒原」的狂人命運的絕望？一篇小說，即使是最銳利的投槍與匕首，在「無物之陣」中又奈其如何？

一段僅僅晚於《狂人日記》問世一年的評論，彷彿已經預言了狂人或者《狂人日記》及其作者的命運：「譬如魯迅先生所做《狂人日記》的狂人，對於人世的見解，真個透徹極了，但是世人總不能不說他是狂人。哼哼！狂人，狂人！耶穌、蘇格拉底在古代，托爾斯泰、尼采在近代，世人何嘗不稱他做狂人呢？但是過了些時，何以無數的非狂人跟著狂人走呢？文化的進步，都由於有若干狂人，不問能不能，不管大家願不願，一個人去闖不經人跡的路。最初大家笑他，厭他，恨他，一會兒便要驚怪他，佩服他，終結還是愛他，像神明一般的待他。所以我敢決然斷定，瘋子是烏托邦的發明家，未來社會的創造者。至於他的命運，又是受嘲於當年，受敬於死後。這一般的非瘋子，偏是『前倨後恭』，『二三其德』的，還配說自己不瘋說人家瘋嗎？」〔註47〕

〔註45〕魯迅：《這樣的戰士》，《魯迅全集》第 2 卷，第 215 頁，北京：人民出版社，1981 年。

〔註46〕康德：《答覆這個問題：「什麼是啟蒙運動？」》，《歷史理性批判文集》，何兆武譯，第 24 頁，北京：商務印書館，1990 年。

〔註47〕孟真：《一段瘋話》，《1913～1983 魯迅研究學術論著資料彙編》第 1 卷，第 9～10 頁，北京：中國文聯出版公司，1985 年。

「弄文罹文網，抗世違世情。積毀可銷骨，空留紙上聲。」還有誰，能比魯迅更懂得狂人的前生今世？魯迅活著的時候，就極不願意將「苦的寂寞」傳染給正做著夢的青年，但他也無力改變吃人遊戲帶來的恐怖與絕望，只能借小說傾吐自己內心深處最為赤裸、最為真實的語言，給予沉默的大多數以警醒：「中國人的不敢正視各方面，用瞞和騙，造出奇妙的逃路來，而自以為正路。在這路上，就證明著國民性的怯懦，懶惰，而又巧滑。一天一天的滿足著，即一天一天的墮落著，但卻又覺得日見其光榮。」〔註48〕人人都在吃人，又終究難以避免被吃的命運；人人都知道吃人遊戲的無恥與卑劣，卻總是沉默於瞞和騙的大澤。無怪乎早就有人在魯迅作品中讀出了民族夢魘的可怕與沉重：「從《狂人日記》起，篇篇都是告訴我們這樣一個可怕的吃人世界，並且挽救是無望的。」〔註49〕

《狂人日記》不愧是魯迅作品真實語言的總綱與樞紐，首開創作先河之初，就已經預告了他後來更為直接的判斷：「『時日曷喪，予及汝偕亡！』憤言而已，決心實行的不多見。實際上大概是群盜如麻，紛亂至極之後，就有一個較強，或較聰明，或較狡猾，或是外族的人物出來，較有秩序地收拾了天下。釐定規則：怎樣服役，怎樣納糧，怎樣磕頭，怎樣頌聖。而且這規則是不像現在那樣朝三暮四的。於是便『萬姓臚歡』了；用成語來說，就叫做『天下太平』。」〔註50〕狂人的「然已早愈，赴某地候補矣」，正是「霧塞蒼天百卉殫」之必然結局，也是大大小小無數沉默者的集體意志，更是《狂人日記》歷經百年滄桑遺留下來的最沉重、最無奈的象徵與預言。

春溫秋肅，月光如水。「如果一個人決定要拋棄枷鎖，那麼他首先必須感覺到這個枷鎖已經不可忍受。一個民族的精神上的黑暗經常必須變得如此沉重，以致它不得不撞破腦袋來尋求光明。」〔註51〕一百年前的狂人，以「撞破腦袋」的莫大勇氣，掙脫精神的枷鎖，發出「救救孩子……」的呼告，震驚了我們的靈魂，也給我們留下了難以名狀的無盡悲哀。「一生不曾屈服，臨死

〔註48〕魯迅：《論睜了眼看》，《魯迅全集》第1卷，第240頁，北京：人民出版社，1981年。

〔註49〕正廠：《魯迅之小說》，《1913～1983魯迅研究學術論著資料彙編》第1卷，第50頁，北京：中國文聯出版公司，1985年。

〔註50〕魯迅：《燈下漫筆》，《魯迅全集》第1卷，第212頁，北京：人民文學出版社，1981年。

〔註51〕卡爾·萊昂哈德·賴因霍爾德：《對啟蒙的思考》，《啟蒙與現代性：18世紀與20世紀的對話》，第76頁，上海：上海人民出版社，2005年。

還要鬥爭」的魯迅，終究是深諳「絕望之為虛妄，正與希望相同」的魯迅。「沒有吃過人的孩子，或者還有？」儘管「彷徨於明暗之間」實乃無法擺脫的宿命，但他卻敢遣春溫上筆端：為狂人，這現代中國最早的戰鬥者形象，吹響了希望者的號角，又寫下絕望者的耒文。

魯迅雖死，《狂人日記》尚在。「沒有偉大的人物出現的民族，是世界上最可憐的生物之群；有了偉大的人物，而不知擁護，愛戴，崇仰的國家，是沒有希望的奴隸之邦。因魯迅的一死，使人們自覺出了民族的尚可以有為，也因魯迅之一死，使人家看出了中國還是奴隸性很濃厚的半絕望的國家。」〔註 52〕但願《狂人日記》的微光不被湮滅，終將擺脫「捧殺」和「棒殺」的命運，不但是「對於摧殘者的憎的豐碑」，更是「對於前驅者的愛的大纛」！

一百年前，《狂人日記》的橫空出世，在我們的精神史、心靈史、思想史、文化史上，刻下了一道奇麗詭譎、穿透黑暗的精神之光、心靈之光、思想之光、文化之光。「狐狸方去穴，桃偶已登場」，歷史從未有過終結，還在神奇而持續地循環與輪迴。一百年風雨如磐的歲月，雖然不過是「寄蜉蝣於天地，渺滄海之一粟」；可是對生之有涯者，俟河之清、人壽幾何？月光穿過一百年，心靈的拷問、思想的衝擊、精神的震撼和文化的審視，是否還依然在《狂人日記》中汩汩釋放？

惟借福柯那如詩般讚美「瘋狂語言」的語言，致祭於《狂人日記》。願它能夠持久盛開在《狂人日記》的上空：「瘋狂語言在浪漫詩中的特色，乃在於它是最後終結的語言，又是絕對復始的語言：這是墮入黑夜之人的終結；但在這個黑夜末尾，又出現了一道光，而這便是萬物初始之光……這便是瘋狂的力量：它說出了人那不可理喻的秘密，它說人之墮落的終極點，也就是他最初的清晨，它說他的黑夜結束於其最鮮嫩青春的光線之中，它說，在人身上，終點便是重新開始。」〔註 53〕

〔註 52〕郁達夫：《懷魯迅》，《1913～1983 魯迅研究學術論著資料彙編》第 2 卷，第 134 頁，北京：中國文聯出版公司，1986 年。
〔註 53〕〔法〕米歇爾·福柯：《古典時代瘋狂史》，林誌明譯，第 718～719 頁，北京：生活·讀書·新知三聯書店，2005 年。

第六章　意識形態想像與《中國古代社會研究》

　　郭沫若曾在《名辯思潮的批判》中談到：「社會在比較固定的時候，一切事物和其關係的稱謂，大體上是固定的。積久，這些固定的稱謂被視為天經地義，具有很強大的束縛人的力量。但到社會制度發生了變革，各種事物起了質變，一切的關係都動搖了起來，甚至天翻地覆了，於是舊有的稱謂不能適應新的內容，而新的內容還在紛紛嘗試，沒有得到一定的公認。在這兒便必然捲起新舊之爭，即所謂『名實之相怨』。在我們現代，正是一個絕好的例證，封建秩序破壞了，通常日用的言語文字都發生了劇烈的變化，舊的名和舊的實已經『絕而無交』，雖然還有一部分頑固分子，在死守著舊的皮毛，然而大勢所趨，聰明的人早知道新舊不能『兩守』，而採取新化一途了。」〔註1〕恰如郭沫若所判斷的，20世紀的2、30年代「正是一個絕好的例證」，其史學言說在學術界的橫空出世，適逢中國現代史上「名實之相怨」的劇變時代，頑固者守舊、聰明人逐新；更逢國共兩大政治勢力，為維護自身利益和獲取社會合法性，不僅在政治、軍事領域廝殺，而且在思想文化領域進行激烈的角逐。滄海橫流，方顯英雄本色，風雲變幻的亂世，為郭沫若提供了一個大顯身手的歷史舞臺。

一、作為問題框架的意識形態想像

　　眾所周知，國民黨南京政權的確立和運行，主要是依靠政治暴力來維持

〔註1〕《郭沫若全集》歷史編第2卷，人民出版社1982年版，第252～253頁。

的。易勞逸在分析南京政權的意識形態、結構和職能的行使時認為：「所有強大的現代民族國家的一個特點是，人口相當大的部分被動員起來支持政府的政治目標。而國民黨人在重視政治控制和社會秩序的同時，不信任民眾運動和個人的首創精神；所以他們不能創造出那類基礎廣泛的民眾擁護，在 20 世紀，民眾擁護才能導致真正的政治權力。」〔註2〕一個統治階級在依靠暴力維持其統治的同時，還必須在精神和思想文化領域建立意識形態領導權，說服人們承認現政權的合理性與合法性，依靠人們某種形式的贊同來維持社會現狀。這對主要以精神勞作為志業的文人知識分子尤為重要。國民黨政權不但缺乏這樣一套行之有效的說服體系，其政治專制和獨裁反而加劇了社會整體尤其是文人知識分子的政治緊張心理。新舊不能兩「守」，「大革命」失敗給中國知識分子造成嚴重精神創傷後，開明、穩定的社會政治秩序又沒有建立。他們對國家政治進程的懷疑、對社會前景的苦悶與焦慮，得不到國家政治意識形態的合理解釋與指導時，勢必要尋求其他渠道來釋放和排解。文人知識分子們被迫以新的眼光觀察社會和革命，「革命不再是全民族的共同鬥爭，它只是階級戰爭的一個方面而已。經過白色恐怖和他們自己的信心危機之後，思想家們開始對自己有了新的認識。」〔註3〕中國左翼文化運動的興起，就是在國民黨政治意識形態不能夠為社會政治進程提供恰當的形象和意義指導時，以一套完整的、能夠激發人們想像力的說服體系──作為新的社會想像化身的馬克思主義意識形態，向它提出挑戰，解構和顛覆其合法性、合理性，以社會狀態的科學認識論的先進形象，關注社會下層民生疾苦，追求建立平等、合理的社會政治秩序，強調社會的有目的、合規律的發展，對社會發展前景做出了嶄新的說明和構想，滿足了人們對社會政治意識形態說明的渴望。

　　我們知道，每一種意識形態都有其問題框架，接受了某種意識形態的人總是把它蘊含的問題框架作為觀察、分析和解決問題的出發點。左翼文化運動期間，馬克思主義意識形態理論在思想文化領域初步確立領導權，有兩點原因不容忽視：第一，它建構了自身問題框架的真理形象，即強調資產階級及一切剝削階級的意識形態都是「虛假意識」，而馬克思主義意識形態是「科學的意識形態」，是科學性與階級性的辯證統一，既是無產階級根本利益的體

〔註2〕《劍橋中華民國史》下卷，中國社會科學出版社 1994 年版，第 157～158 頁。
〔註3〕微拉・施瓦支：《中國的啟蒙運動》，山西人民出版社 1989 年版，第 222 頁。

現又是社會發展規律的正確表達，只有運用「科學的意識形態」馬克思主義來指導革命鬥爭，才能推動社會的進步與發展。第二，在思想文化領域尋找這一真理形象的代言人和宣傳者，使其在具體的思想文化層面論證和傳播馬克思主義意識形態，從而更廣泛地獲得社會各階層尤其是文人知識分子的大力支持。文人知識分子加入本來並不從屬的階級之所以成為可能，是因為他們能在建構和宣傳該階級的意識形態追求上發揮重大作用；同時社會政治鬥爭對文人知識分子的爭奪，又為他們穩居思想文化的話語權力中心、確保社會角色和功能的實現，提供了一條合乎社會認同標準的自我確證之路。馬克思主義意識形態理論，既是左翼文人知識分子理論和自我確證的思想基礎，又因為他們的宣傳與傳播而羽翼豐滿。

　　具體言之，郭沫若史學研究產生重大影響的思想文化背景，或者說專業的學術文化語境，是從 1928 年開始的長達近十年之久的關於中國社會性質和中國社會史問題的大論戰。這既是當時中國思想文化界關於中國社會發展前景問題和中國革命走向問題的大爭論，也是當時主要的政治勢力企圖在思想文化界建立意識形態霸權的輿論戰場。郭沫若在《中國古代社會研究》自序中宣稱：「對於未來社會的待望逼迫著我們不能不生出清算過往社會的要求。古人說：『前事不忘，後世之師。』認清楚過往的來程也正好決定我們未來的去向。……目前雖然是『風雨如晦』之時，然而也正是我們『雞鳴不已』的時候。」〔註4〕郭沫若這種強烈關注社會現實的治史傾向，使他從沒有將視野侷限於純粹的學術領域，而是「目的意識」非常明確地將學術層面的史學命題推進到政治實踐層面。他的《中國古代社會研究》，以馬克思主義唯物史觀為理論和方法指南，以中國歷史存在過奴隸制為學術核心，認為中國從遠古到近代經歷了原始共產制、奴隸制、封建制和資本制諸種社會形態的更替，建構了在馬克思主義問題框架觀照下的中國歷史和社會發展的闡釋體系。這種對中國歷史和社會發展體系的闡釋，不僅是對當時鼓吹「中國國情特殊論」、反對馬克思主義的「動力派」和「新生命派」等右翼思想文化派別的有力回擊，而且是以中國歷史發展體系為例證，確證了馬克思主義理論關於人類社會發展規律的科學性、普適性和真理性。郭沫若關於中國歷史分期和中國社會性質的論斷，不僅「在中國社會科學界有劃時代的貢獻」〔註5〕，「確為中

〔註4〕《郭沫若全集》歷史編第 1 卷，人民出版社 1982 年版，第 6～10 頁。
〔註5〕何乾之：《中國社會史問題論戰》，生活書店 1937 年版，第 95 頁。

國古史的研究，開了一個新紀元」〔註6〕，也不僅是「為我們的理性開闢了一條通到古代人類社會的大道，……毫無疑義地成為一切後來者研究的出發點」〔註7〕，更為重要的是在廣泛的社會政治領域和社會價值評判系統中，為馬克思主義指引下的社會政治革命提供了歷史精神資源的合法支撐，正如郭沫若在《中國古代社會研究》中所期望的：「瞻往可以察今，這是一切科學的豫言的根本。社會科學也必然地能夠豫言著社會將來的進行。社會是要由最後的階級無產者超克那資本家的階級，同時也就超克了階級的對立，超克了自己的階級而成為無階級的一個共同組織。這是明如觀火的事情，而且事實上已經在著著地實現了。」〔註8〕

以《中國古代社會研究》為代表的郭沫若史學研究，不僅在學術領域構成了當時中國史學革命的重要一環，而且在政治領域為馬克思主義的普泛化提供了理念實證基礎，成為政治意識形態鬥爭的現實承載物。顯然，馬克思主義意識形態問題框架，成為其史學研究本體和實現社會功能的價值中軸，並與郭沫若史學研究實現了雙贏。當時一個認為郭沫若史學「著作的本身並無諾大價值」的批評者，就指出過郭沫若史學研究超出歷史學範疇本身的政治實踐價值：「全是因為此著作出世之時代關係和它應給了某種社會勢力的待望」〔註9〕。郭沫若史學研究之所以被譽為劃時代的、破天荒的貢獻，關鍵就在於它以馬克思主義意識形態問題框架為指引，不但對中國古代史進行了重新闡釋，開闢了中國史學研究的新格局，而且在史學這一現代學術領域證明了馬克思主義意識形態想像的真理性，為現實政治鬥爭提供了合法性與合理性的歷史前提，實現了學術與政治的高度融合。

二、黨派聖哲的追求

文人知識分子是現代思想精神資源的佈道者，在以黨治為主要政治形式的現代中國，文人知識分子與現代革命的互動關係，對現代中國文化體系和學術體系的形成有著重要意義。政治革命成功的關鍵在於民心向背，一個政

〔註6〕 何乾之：《中國社會史問題論戰》，生活書店 1937 年版，第 104 頁。

〔註7〕 李初梨：《我對郭沫若先生的認識》，載 1941 年 11 月 18 日《解放日報》（延安）。

〔註8〕 《郭沫若全集》歷史編第 1 卷，人民出版社 1982 年版，第 17～18 頁。

〔註9〕 李麥麥：《評郭沫若底〈中國古代社會研究〉》，載 1932 年 6 月《讀書雜志》第 2 卷第 6 期。

黨一個階級不可能完全依靠暴力獲得社會各階層的廣泛贊同，必須有一套宣傳、說服機制向社會各階層言說政治革命的合理性與合法性，獲得理解與支持。文人知識分子是最有資格實踐這一功能的社會力量。共產黨政治革命依據列寧社會主義意識只能依靠知識分子從外部灌輸進去的理論，高度重視和利用文人知識分子宣傳馬克思主義意識形態的作用。一旦文人知識分子支持社會政治革命，意味著他們將會在自己熟悉和擅長的領域，履行宣傳、教育和說服的職能，以專業的權威身份，將他們所接受的信仰學說和價值觀念向社會各階層廣泛傳播和推廣。

這類文人知識分子兼具知識人和革命家的雙重社會角色。郭沫若是最為叱咤風雲的典型。成為這類文人知識分子，最為基本的條件是必須具有被社會評判系統所認可的知識和精神資源；其次是成為一個或多個專業領域的精英，具有向社會發言的權力；再次，自願加入到政治鬥爭的行列，成為某一黨派的工作人員，為該黨派實現政治理想服務。化用弗·茲納涅茨基的社會學術語，這類文人知識分子可稱之為「黨派聖哲」〔註10〕，即依賴一種或多種專業的精神和知識資源，為某一黨派或集團的政治實踐和目標，提供意識形態闡釋和評判的人。在政治鬥爭激烈的社會中，黨魁們通常缺乏時間或能力承擔這一任務，而一個黨派或集團傳播和宣揚新的思想文化秩序時，又往往會遭遇到舊秩序擁護者的公開或潛在抗拒，黨派聖哲的基本任務和職責就在於「證明」新秩序相對於舊秩序的絕對優越性，從而使該黨派或集團的政治鬥爭合法化、合理化。

以郭沫若為代表的中國左翼文人知識分子在20世紀2、30年代政治鬥爭漩流中所承擔的，就是實現馬克思主義意識形態普遍性、合理性與合法性形象的現實功能，在思想文化領域論證共產黨代表社會歷史發展的大趨勢，是追求人類真善美的化身。郭沫若的與眾不同之處，在於他是在多個專業領域或者說更為廣泛的思想文化領域，承擔了黨派聖哲的職能，最有影響的當然是文學和史學領域。王富仁曾這樣評價郭沫若在文學領域的成就：「以郭沫若為代表的創造社、太陽社的文學作家是以馬克思主義理論為號召最早提出革命文學口號的左翼知識分子，他們其中的大多數更以自己政治上的先進性意識自己的先進性，從而忽視了對中國文化和意識形態的切近的感受和理解，

〔註10〕參見弗·茲納涅茨基：《知識人的社會角色》有關論述，譯林出版社2000年版。

他們在政治觀點變化之後反而沒有取得在文學創作上的更加自由的心態，也沒有超過他們 20 年代文學創作的新的成就。」〔註11〕如果說在文學領域實踐黨派聖哲功能的郭沫若，遭到了人們的詬病和非議，至今不絕於耳，那麼郭沫若在史學領域以《中國古代社會研究》為代表的成就，則被譽為「馬克思主義史學的拓荒之作，開闢了『科學的中國歷史學的前途』。」〔註12〕諸如此類。更為重要的是，它以學術資源為話語基石，淋漓盡致地展現了郭沫若運用專業知識技能，實踐意識形態闡釋和評判的黨派聖哲功能。

　　「沒有革命的理論，就沒有革命的行動」，但革命理論轉化為革命行動之前必須獲得信徒、掌握群眾，這就需要黨派聖哲類型的文人知識分子作為中間環節進行滲透、溝通和指導，因為他們被賦予了對社會各界所持知識和信念的可靠性、有效性與真理性進行裁判的權力。眾所周知，馬克思主義意識形態學說在中國思想文化界初步確立話語權力，與以郭沫若為代表的創造社、太陽社成員的大力鼓吹密不可分。但這種鼓吹如果僅僅停留在「標語口號」階段，是無法以情動人、以理服人的，更需要在社會慣例和常識所認可的知識系統與價值系統獲得切實的支持。正如後期創造社所宣稱的雄心壯志：「政治，經濟，社會，哲學，科學，文藝及其餘個個的分野皆將從《文化批判》明瞭自己的意義，獲得自己的方略。」〔註13〕向來作為中國學術系統之顯學的史學，自然成馬克思主義意識形態爭奪的重要分野，成為獲得話語領導權的學術陣地。反用一句老話來說，意識形態領域資產階級不去佔領，無產階級就去佔領。

　　關於中國社會性質和社會史問題的論戰，就是這樣一場有著強烈政治關懷的學術大論爭。郭沫若曾明確申述自己的治史目的：「要使這種新思想真正地得到廣泛的接受，必須熟練地善於使用這種方法，而使它中國化。使得一般的、尤其有成見的中國人，要感覺著這並不是外來的異物，而是泛應曲當的真理，在中國的傳統思想中已經有著它的根蒂，中國歷史的發展也正是循著那樣的規律而來。因而我的工作便主要地傾向到歷史唯物論這一部門來了。我主要是想運用辯證唯物論來研究中國思想的發展，中國社會的發展，自然

〔註11〕王富仁：《「左聯」的誕生和「左聯」的歷史功績》，載《紀念中國左翼作家聯盟成立 70 週年文集》，上海文藝出版社 2000 年版。
〔註12〕侯外廬：《韌的追求》，三聯書店 1985 年版，第 223 頁。
〔註13〕成仿吾：《祝詞》，載 1928 年 1 月《文化批判》創刊號。

也就是中國歷史的發展。反過來說，我也正是想就中國的思想，中國的社會，中國的歷史，來考驗辯證唯物論的適應度。」〔註14〕馬克思主義關於社會發展的五階段論，畢竟是針對西方歷史文化系統所做出的歷史辯證描述，要「考驗辯證唯物論的適應度」，必須以中國歷史的實證和論者自身的專業能力為話語基礎。正如許華茨評價的那樣：「按照馬克思主義的用語來確定中國當前的『生產方式』，事實證明卻不是一件容易的事。這完全合乎邏輯地導致對中國悠久社會歷史的週期性關注。在探討所有這些問題當中，參加者不知不覺地只好從『理論是行動的指南』的討論轉向馬克思主義學說當其應用於過去時的更具決定性質的方面。」〔註15〕以當時中國社會性質和社會史論戰的三個焦點命題——「亞細亞的生產制」、「奴隸制」和「商業資本制」為例，陶希聖、李季、王禮錫、胡秋原等「思想界的驕子」，認為中國長期存在「亞細亞生產方式」，取消奴隸制，縮短封建制，誇大資本制，無異於否認馬克思主義學說的真理性和有效性，更是抽空了共產黨政治革命合理性與合法性的歷史根基。郭沫若運用自身豐厚的歷史知識資源和嫻熟的專業技能，以馬克思主義意識形態想像為價值支點和方法論，「詮索」馬克思主義學說的真理性：「他這兒所說的『亞細亞的』，是指古代的原始公社社會，『古典的』是指希臘、羅馬的奴隸制，『封建的』是指歐洲中世紀經濟上的行幫制，政治表現上的封建諸侯，『近世資產階級的』那不用說就是現在的資本制度了。／這樣的進化的階段在中國的歷史上也是很正確的存在著的。大抵在西周以前就是所謂『亞細亞的』原始公社社會，西周是與希臘、羅馬的奴隸制時代相當，東周以後，特別是秦以後，才真正地進入了封建時代。」〔註16〕這種評判除卻其學術內涵，潛臺詞無非就是推導出他那誇張式的預言：「現在是電氣的時代。電氣的生產力不能為目前的資本制所包容，現在已經是長江快流到崇明島的時代了！」〔註17〕

　　像大多數的黨派聖哲一樣，郭沫若包括史學研究在內的思想文化創造行為，並不僅僅侷限於證明所屬黨派和集團政治鬥爭的合法化與合理化，而是

〔註14〕《郭沫若全集》文學編第 13 卷，人民文學出版社 1992 年版，第 330～331 頁。
〔註15〕《劍橋中華民國史》上卷，中國社會科學出版社 1994 年版，第 502 頁。
〔註16〕《郭沫若全集》歷史編第 1 卷，人民出版社 1982 年版，第 154 頁。
〔註17〕《郭沫若全集》歷史編第 1 卷，人民出版社 1982 年版，第 18 頁。

以馬克思主義的意識形態想像為指南，力圖將歷史與現實納入到新的公理系統之中，創造出比舊有思想文化秩序更優越、更合理、更全面的價值標準和行動指南。如果說郭沫若的文學成就尚不足以使許多行家裏手心悅誠服，可是他的史學成就在學術界沉澱了政治因素之後，到了 1935 年以後，變成了「大家共同信奉的真知灼見，甚至許多從前反過他的人，也改變了態度。」〔註18〕其實早在 1924 年，郭沫若在批判整理國故運動時就隱約表達了自己的學術志向：「整理的事業，充其量只是一種報告，是一種舊價值的重新估評，並不是一種新價值的重新創造，它在一個時代的文化的進展上，所效的貢獻殊屬微末。」〔註19〕郭沫若包括史學在內的思想文化成就，在「一種新價值的創造」和「一個時代的文化的進展上」，也就是中國馬克思主義思想文化體系的充實和形成上，具有舉足輕重的作用。1941 年 11 月 16 日《新華日報》發表了周恩來《我要說的話》一文，高度評價郭沫若在新的思想文化秩序創造上的成就：「魯迅是新文化運動的導師，郭沫若便是新文化運動的主將。魯迅如果是將沒有的路開闢出來的先鋒，郭沫若便是帶著大家一道前進的嚮導。魯迅先生已不在世了，他的遺範尚存，我們會愈感覺到在新文化戰線上，郭先生帶著我們一道奮鬥的親切，而且我們也永遠祝福他帶著我們奮鬥到底的。」顯然，這是一個政黨領袖代表該黨派，對充當黨派聖哲的郭沫若思想文化創造績效的認可、肯定與獎賞。

三、真理戰士的限度

　　郭沫若在《韓非子的批判》中曾提及治學態度問題：「大約古時候研究學問的人也是有兩種態度的，一種是為學習而研究，另一種是為反對而研究。」〔註20〕其潛臺詞無非是說：自古已然，於今尤是。實際的治學狀態固然不會如此界限分明，但主導傾向還是可以清晰辨別的。就郭沫若這樣一個成就卓然的史學大家來說，儘管他的意識形態衝動是如此強烈，但是其「為學習而研究」的態度也是絕對不能忽視的，這在他對史料的極度重視上可見一斑：「研究歷史，和研究任何學問一樣，是不允許輕率從事的。掌握正確的科學的歷史觀點非常必要，這是先決問題。但有了正確的歷史觀點，假使沒有豐

〔註18〕何乾之：《中國社會史問題論戰》，生活書店 1937 年版，第 49 頁。
〔註19〕《郭沫若全集》文學編第 15 卷，人民文學出版社 1990 年版，第 162 頁。
〔註20〕《郭沫若全集》歷史編第 2 卷，人民出版社 1982 年版，第 365 頁。

富的正確的材料，材料的時代性不明確，那也得不出正確的結論。」〔註 21〕且不說他在史料的輯逸勾沉方面所下的學術苦功，僅是他在許多具體史學觀點上敢於不斷自我否定，「常常是今日之我在和昨日之我作鬥爭」〔註 22〕，就表明他治學態度上的嚴肅、認真和慎重。

　　這是一種真理戰士〔註 23〕的治學態度。如果說黨派聖哲所需要的，是利用他對作為材料的思想文化世界進行研究後所獲得的結果，來設計和論證新的思想文化秩序，是力圖找到實證根據證明新思想文化秩序的真理性，從而雄辯地說明他所代表的黨派或集團社會政治鬥爭的合理性與合法化，那麼真理戰士所重視的，是知識體系和學術系統自身的絕對客觀性、絕對真理性和絕對超越性，必須遵守嚴格的、明確的邏輯秩序和學術規範，客觀經驗事實是至高無上的第一根據，並且「對真正的學者來說，真理與謬誤問題無條件地高居一切實際衝突之上，絕對知識不應降低身份充當黨派之爭的工具。」〔註 24〕如果說街頭巷尾任何一個對郭沫若略知一二的人，都可以對他的文學創作指手畫腳的話，那麼可以相信，除了少數專業人士之外，很少有人敢於對他的史學成就置喙。他的史學成就之所以被今人譽為「中國舊史學的終結和新史學的開端」〔註 25〕，最為關鍵的是他的「新見解、新史料」，首先遵循的是學術系統自身嚴格、明確的邏輯規範和學理秩序，其意識形態衝動與想像也是首先遵循經驗事實的制約和規定。僅就這點而言，他首先是一個真理戰士，其次才是一個黨派聖哲，或者說只有憑藉真理戰士所擁有的知識權威和文化資本，他才有資格成為一個政治目的明確的黨派聖哲。

　　但是，承認郭沫若真理戰士的治學態度，並不能否定他的黨派聖哲的主導傾向。如果說真理戰士是郭沫若的知識人角色，那麼黨派聖哲則是郭沫若的社會人角色，後者的集域和適用範圍遠遠大於並包括前者。我們知道，黨派聖哲的主要現實目的，在於證明所屬黨派或集團的選擇是正確的，而對手則是錯誤的，因此其論證方法往往將問題納入到正確與錯誤兩大範疇之中。

〔註 21〕《郭沫若全集》歷史編第 1 卷，人民出版社 1982 年版，第 4 頁。
〔註 22〕《郭沫若全集》歷史編第 1 卷，人民出版社 1982 年版，第 4 頁。
〔註 23〕參見弗·茲納涅茨基：《知識人的社會角色》有關論述，譯林出版社 2000 年版。
〔註 24〕弗·茲納涅茨基：《知識人的社會角色》，譯林出版社 2000 年版，第 95 頁。
〔註 25〕林甘泉、黃烈主編：《郭沫若與中國史學》，中國社會科學出版社 1992 年版，第 3 頁。

他總是選擇和引證大量符合自身意識形態想像要求的「經驗事實」，從理論和事實兩個層面論證言說的真理性和有效性。況且所謂的客觀經驗事實材料，並不能充當「充分」的真理標準，對客觀經驗事實材料的歸納和概括，只有符合理論演繹和推導時才能說明材料的有效性，這正如郭沫若批評郭寶鈞「抱著一大堆奴隸社會的材料，卻不敢下出奴隸社會的判斷」，「是缺乏馬克思列寧主義的掌握」〔註26〕，郭寶鈞的史學研究因為缺乏有力的理論來闡釋和說明已有材料，其史學判斷和材料的有效性也就變得可疑。但是反過來看，由於人文社會科學研究所運用的往往是不完全歸納法，其演繹和推論缺乏絕對可靠性，豐富的材料本身也就只能「相對」充分地證明理論，因此黨派聖哲在行使自己的職能時，「他只能使自己及其皈依者心滿意足，因為在大量七零八落的文化資料中，總能找到事實，在對它進行『恰當』說明以後，能證明他接受為真的概括就是真的，而他斥之為假的東西就是假的。」〔註27〕當然這種方式具有普遍性特徵，對黨派聖哲和其對手是同等的，正如有的學者對中國社會史問題論戰所作的評價：「如果說這場爭論有勝負，那也是靠認可而不是靠論證取勝的。」〔註28〕

因此從嚴格的邏輯視角來看，郭沫若的史學言說與馬克思主義意識形態想像之間，存在著潛在的循環論證：新材料的運用，論證了馬克思主義理論的普遍性；而馬克思主義理論的新視野，則闡釋了新材料的有效性，二者構成了一個自足、自閉系統。從功能與效果來看，似乎是相得益彰，但是就純粹的學術論證規則來看，因為都不具有「充分」的邏輯概括和邏輯推論上的完全性，二者產生難以消除和彌合的內在矛盾，就是難以避免的。就本文論題範圍而言，這種論證所產生的真空地帶和漏洞，是黨派聖哲和真理戰士兩種角色所持的不同價值標準所造成的。進一步而言，對郭沫若史學研究來說，是黨派聖哲的價值追求壓倒了真理戰士的價值追求，即如他對自己初期研究方法的反思，「是犯了公式主義的毛病」，「差不多死死地把唯物史觀的公式，往古代的資料上套，而我所據的資料，又是那麼有問題的東西。」〔註29〕。既要闡明自己的意識形態想像，又要尊重客觀經驗事實，要做到學術與政治

〔註26〕《郭沫若全集》歷史編第3卷，人民出版社1984年版，第83頁。
〔註27〕弗・茲納涅茨基：《知識人的社會角色》，譯林出版社2000年版，第52頁。
〔註28〕《劍橋中華民國史》上卷，中國社會科學出版社1994年版，第503頁。
〔註29〕《郭沫若全集》文學編第13卷，人民文學出版社1992年版，第357頁。

的統一，此事難兩全。他的諸多具體史學論斷的幾經變換，究其根源，主要就是由於兩種價值取向的不同標準和內在矛盾所致，他以後的學術研究固然在努力消除這種矛盾，但是也只能是原有「秩序」內的修補和完善。真理戰士的追求最終要以黨派聖哲的價值取向為限度。

任何人都有自主選擇自己社會角色的權力和自由，郭沫若的政治傾向和社會角色選擇無可厚非。僅就造成郭沫若作為知識人和社會人、或者說黨派聖哲和真理戰士內在衝突的精神根源而言，意識形態想像本身的遮蔽性和虛假性，是更為內在的思想精神源頭。元典馬克思主義向來將意識形態理解為虛假意識的代名詞，強調「人們迄今總是為自己造出關於關於自己本身、關於自己是何物或應當成為何物的種種虛假的觀念。他們按照自己關於神、關於模範人等等觀念來建立自己的關係。他們頭腦的產物就統治他們。他們這些創造者就屈從於自己的創造物。我們要把他們從幻想、觀念、教條、和想像的存在物中解放出來，使他們不再在這些東西的枷鎖下呻吟喘息。」〔註30〕（當然馬克思也認為意識形態有時可能是真實狀況的反應）但是，出於實際的政治鬥爭以及自我確證的需要，20世紀絕大多數馬克思主義的追隨者和實踐者，拋棄了馬克思主義創始人對待意識形態問題的謹慎態度，致力於建構一種引導人類行動的「真」的觀念體系，將過去所有統治階級的意識形態斥為虛假的，將馬克思主義意識形態本身視為真理的化身，從而使自己處於「絕對正確」的位置上。但是任何一種觀念系統形成之後，日積月累往往就被視為天經地義，「具有很強大的束縛人的力量」。

對於馬克思主義意識形態的真理性與否，我們今天還不具有充足的言說空間。但是從郭沫若兼具黨派聖哲和真理戰士雙重角色的實際狀況來看，政黨意識形態的偏限與束縛是顯而易見的，郭沫若既是受益者，也受到相當程度的限制，這在他的文學創作和史學研究中，表現的尤為突出。意識形態研究權威卡爾‧曼海姆曾經說過，政黨「是公開的組合和戰鬥的組織。這一事實本身已經迫使他們具有了教條主義的偏向。知識分子愈是成為黨派的工作人員，他們便愈是失去了他們從他們原先的不穩定狀況所帶來的理解力和彈性的優點。」〔註31〕照此來看，如果說郭沫若在左翼文化運動時期，在他信

〔註30〕馬克思：《德意志意識形態》序言，載《馬克思恩格斯全集》第3卷，人民出
　　　　版社1960年版。
〔註31〕曼海姆：《意識形態與烏托邦》，商務印書館2000年版，第39頁。

奉的意識形態還沒有成為國家意識形態時，其史學言說還能在黨派聖哲和真理戰士兩種角色之間自由、自主的轉換和選擇，那麼其日後的史學言說，則失去了進行再選擇的權力和自由，只能沿著政黨和國家意識形態規定的天條鐵律前行，無論是自願還是被迫，都沒有了尋找其他言說空間的可能。相反，還必須借助於政黨領袖的政治言論，來確證自己的史學判斷。最典型、也最耐人尋味的例證，大概是他曲解和注釋毛澤東關於「周秦」一詞的內涵：「『自周秦以來，中國是一個封建社會』，換一句話說，便是：中國古代奴隸社會與封建社會的交替，是在春秋與戰國之交。」〔註32〕

毫無疑問，意識形態想像是郭沫若史學研究的價值座標和思想基石。馬克思主義意識形態的真理性（郭沫若也為證明其真理性做出了貢獻），規定了郭沫若史學研究所能達到的學術高度，並構成了評判郭沫若史學研究價值的大前提。儘管人們從沒有小覷郭沫若史學研究的學術價值，但是，假設（只是假設）像有的學者所說的那樣：「西方舊的有產階級可能會發現它與東方政治精英最深刻的歷史共同點在於他們都是過渡階級。在東方，先鋒隊政黨相當於新教改革的共產主義的對應物，一旦為新階級鋪平了道路，它（像新教一樣）就成了一個中空的意識形態外殼。……**地位最低的階級從來沒有獲得過政權。今天看來，依然如此。**」〔註33〕那麼在這種問題框架下，人們該如何評說郭沫若史學研究、或者說像郭沫若這樣類型的文人知識分子呢？

〔註32〕《郭沫若全集》歷史編第 3 卷，人民出版社 1984 年版，第 13 頁。
〔註33〕艾爾文・古德納：《知識分子的未來和新階級的興起》，江蘇人民出版社 2002
　　　　年版，第 93 頁。

後　記

　　這是應李怡教授邀請，在花木蘭出版的第二本書了。感謝李怡教授的盛情，是首先和必須的。

　　最早見李怡教授，大概是 2001 年隨朱德發老師去西南師大參加一個現代文學的會。那時他已經是盛名天下的蜀中才子，卻屈尊到我住的房間探望，當時我乃讀博的無名之輩，自然是心生惶恐與感念，估計他大概不記得了（記得好像他因為捧了一跤，腳上纏著繃帶，一瘸一拐來到房間的，所以感動翻番）。其實，早在此面的五六年前，就已經知道他的大名與逸聞了，蓋與魏建老師合寫《齊魯文化與山東新文學》時聽聞的緣故。記得我們的書還八字沒一撇呢，他就寫出且出版了《現代四川文學的巴蜀文化闡釋》。當時還感歎：這是何方神聖啊？這麼年青？這麼有才？還這麼飛毛手？

　　以後因為研究郭沫若的緣故，彼此熟絡起來。雖然他學術輩分高，但因為他年輕且整天笑呵呵，我本來就不拘小節，屬於大大咧咧、無所顧忌的類型，所以平時見面也就沒大沒小，私下的學術探討沒多少，雜七雜八的海闊天空倒是一大堆，當然是伴隨著笑聲連連，甚至是放肆無忌的大笑。這也算是亦師亦友吧？這種節奏，連帶的我和他的很多門生也關係甚好。李怡教授大我四五歲，我正好也大他的門生四五歲，於是和他的門生們也是放言無忌的關係，尤其遇到開會等場合就「狐朋狗友」般聚在一起海闊天空、胡侃亂彈，且經常聚而群遊。這導致李怡教授的「強烈不滿」，他有一次「憤憤」地說：我的學生竟然都跟著你跑！「憤憤」的地點記不清了，可能是在北京的一個會上。

　　之所以扯這些，其實是想說我和李怡教授在「民國文學」這一理念上的

共鳴，不是無源之水。我寫了不少有關民國文學史觀的小文，應該說得益於李怡教授甚多，這是必須要感謝的。遺憾的是，因為外部因素的抑制，民國文學史的相關研究和討論，已經偃旗息鼓了。應該說，那是最近 20 年最有可能導致中國現代文學研究發生天翻地覆變化的一個重要學術生長點。但沒有了天時地利，人和也就只能遁於無形。可是，地火總是在運行。沒有了鮮衣怒馬的機會，不屈的靈魂卻不會失去尋找光亮的渴望；但願能化為堅韌、頑強的學術倫理意志繼續前行。

　　本書所涉獵者，從研究時段看，除金庸一章外，均屬民國範疇。之所以列入金庸，實際上也是在民國文學史觀的燭照下進行的一種思考。總體上，全書能夠體現自己在諸多方面從民國文學視野探索和理解研究對象的努力。不管怎樣，民國時代是中國歷史發生天翻地覆變化的時代，把中國人從古典時代帶入了現代，儘管這個現代之路的走向還充滿了很多變數。是故，本書截取張定璜評價魯迅時的一句話作為書名：「我們由中世紀跨入了現代」。

　　所以，這本書能在花木蘭出版，既是自己的一個學術反思的機會，也是和李怡教授友誼的一個見證。

　　春溫秋肅，月光如水。

　　夜正深，路還遠。

　　月光已經穿越了百年，還在繼續穿越。

　　是為後記。

2021 年 1 月 19 日，時疫情肆虐一年多矣